사랑에는
무게가 없습니다

사랑에는 무게가 없습니다

초판1쇄 인쇄 | 2009년 3월 2일
초판1쇄 발행 | 2009년 3월 3일

지은이 | 김종순
펴낸이 | 박대용
펴낸곳 | 도서출판 징검다리

주소 | 413-834 경기도 파주시 교하읍 산남리 292-8
전화 | 031)957-3890,3891 팩스 031)957-3889
이메일 | zinggumdari@hanmail.net

출판등록 | 제 10-1574호
등록일자 | 1998년 4월 3일

김|종|순|목|사|신|앙|에|세|이

사랑에는
무게가 없습니다

|김종순 지음|

징검다리

목사가 강단에 서지 못하고 병원에 있는 동안 참 힘들었습니다.

병원에 있는데 한번은 갑자기 문자와 전화가 막 쏟아져 들어왔습니다. 평소에 표현을 잘 안 하던 분까지도 문자를 보내왔습니다.

내가 몸이 굉장히 안 좋아진 줄 알고 걱정이 되어서 그렇게 전화들을 한 것입니다.

토요일에 억지로 퇴원을 하고 주일에 교회 왔더니, 교인들이 나를 보고 깜짝 놀라면서도 안심하는 것을 봤습니다. 정말 미안하고 감사했습니다.

우리교회 남자들 중에는, "우리 목사님 설교 안 하면 나 교회 안 갈래."하는 분들이 있다는 이야기를 듣고 그 말이 그저 좋았습니다. 그걸 핑계로 교회 어떻게 좀 안 가보려고 그러는 줄 알면서도 그 말에 속아서 강단에 섰습니다. 사실은 올해 말까지는 교회 일도 안 하고, 설교도 안 하기로 약속하고 안식년을 가지기로 했는데 오히려 그게 나에게는 더 어색하고 힘들었습니다. 내 성격이 그런 걸 어쩌겠습니까? 나는 일하는 게 너무 좋습니다. 힘이 조금 생기니까 그냥 있을 수가 없었습니다.

그래서 주일 설교는 꼭 하려고 무리를 좀 하기도 했습니다. 강단에서 여러분을 만나는 것이 목사의 행복입니다. 오랜만에 같이 찬송할 수 있는 것도 너무 좋습니다. 몇 달 만에 찬송하니까 좋기도 하면서 하도 체중이 많이 빠져서 힘이 좀 들었습니다. 찬송은 배에 힘이 좀 있어야하는데 전에 찬송하던 거 하고 조금 다르다는 걸 느꼈습니다. 그러나 달라도 다르다고 말하지 않고 "목사님이 축도만 해주셔도 우리는 행복한데 목사님 설교 들으니까 너무 좋아서 눈물이 납니다."라고 말씀해주시는 여러분의 사랑이 있어서 힘을 얻었습니다. 맛있는 것만 보면 '이거 목사님께서 드시고 힘을 내시면 좋겠다.'는 생각이 먼저 든다는 분들 때문에 참 행복했습니다. 눈물 나도록 감사했습니다.

병원에 있는 동안 어떤 때는 너무 힘들고, 너무 아파서, '하나님, 왜 이러세요? 하나님, 왜 이러세요? 하나님, 왜 이러세요? 나 30년 동안 쉬지 않고 달려오지 않았습니까. 30년 동안 당신이 능력 주셔서 암환자가 일어나고 훈춘에서는 벙어리가 말하고 장님이 눈을 뜨지 않았습니까? 그런 기적적인 사건을 우리는 너무나 많이 보지 않았습니까. 상상할 수 없는 일들을 우리는 너무나도 많이 보지 않았습니까. 하나님, 그런데 왜 나한테 이러세요?' 하는 원망도 사실은 나왔습니다. 목사가 주일날 강단에 서지 못하고 병원에 누워서 눈물 흘리고 있을 때 참 힘들었습니다. 그러나 조금 지나니까 그런 기회를 통해서 나를 돌아볼 수 있어서 그것도 감사했습니다.

　난 참 많은 걸 잃어버렸습니다. 어떻게 보면 모든 걸 다 잃어버렸습니다. 난 굉장히 자신감에 차 있던 사람이었습니다. 하나님이 내게 능력 주셔서 큰일을 감당해왔습니다. 세상에 나처럼 자신감에 차있던 목사도 드뭅니다. 나에겐 아직 이루어야할 꿈도 있습니다. 내게 남은 시간, 10년 앞을 내다보는 목회계획도 있었습니다. 근데 건강을 잃어버리니까 다 잃어버린 것 같았습니다. 정말 나는 다 잃어버렸습니다. 솔직한 이야기로 여러분 앞에 자신이 없어졌습니다. '나' 라고 하는 존재 자체를 잃어버렸습니다. 그러나 내 자신감, 내 앞으로의 일들, 내 모든 것을 다 잃어버렸지만 그 대신 하나님이 내 안에 차있다고 하는 걸 알았습니다. 나에게는 아무것도 없어도 그분만 계시면 되는 겁니다. 내가 교만스럽게 '무슨 병을 고쳤지, 무슨 기적을 행했지.' 하던 그런 내 자랑이 아니라 하나님만 자랑할 수 있는 사람이 되었습니다. 나는 없어도 그분이 내안에 계십니다. 나는 다 잃어버렸어도 그분만 계시면 나는 다 있다고 하는 사실을 깨닫게 되었습니다. 참 감사합니다. 너무 감사합니다. 병원에 있는 동안의 그 시간이 그냥 잃어버린 시간이 아니었습니다. 그 안에서 내가 중고등학교 때 가졌던 꿈, 하나님이 나에게 주신 달란트 가운데 글을 쓰는 것을 기억나게 하셨습니다. 이제까지 설교 집은 많이 냈지만, 처음으로 여러분의 사랑에 대한 이야기를 썼습니다. 하나님은 결코 시간을 그냥 낭비하게 하지 않으셨습니다. 인간적으로 생각해보면 나는 잃어버린 시간인 줄 알았는데 오히려 더 큰 것을 할 수 있는 기회를 주셨음을 감사합니다. 그것은 믿음의 기회였고 기도의 기회였습니다. 생각해보면 감사가 아닌 것이 없습니다. 앞만 보며 달려온 나에게 뒤를 돌아보게 하시고, 하나님만 자랑하는 내가 되게 하심을 감사합니다. 아픈 목사를 위해 기도해주시고 기다려 준 교인들에게 감사합니다.

사랑하는 모든 분들께 하나님 주시는 복과 사랑이 늘 함께 하기를 바라며 오늘도 기쁨으로 눈물의 고백을 합니다. "하나님, 감사합니다. 하나님은 나의 희망입니다. 여러분은 나의 희망입니다."

|차례|

# 또 한 번

우리 주님께서는 또 한 번 죽음의 고비를 넘기게 해주셨습니다. 중환자실에서 주님의 크신 사랑으로 지켜주시고 인도해주시는 손길을 또 한 번 체험하고 너무 감사했습니다.

"아~맘"

언제나 내가 너와 함께 한다는 그 말씀 때문에 다시 살아났습니다.

그동안 기도해주시고 사랑을 보내주신 것 감사를 드립니다.

제가 사랑하는 성도 여러분을 위해 기도해야 할 텐데, 오히려 여러분이 저를 위해 엎드려 기도하고 같은 마음으로 아파해 주신 그 사랑이 얼마나 감사한지…….

또 얼마나 큰 힘이 되었는지…….

감사하고 또 감사합니다.

사실 몸이 아픈 것보다 목사가 주일에 설교를 못하고 병원에 있어야 하는 그 마음이 더 아팠습니다.

그러나 지금까지 언제나 그랬듯이 앞으로도 지켜주실 것을 믿습니다.

더욱 더 기도해주시기 바랍니다.

교회 홈페이지에 주일 설교가 올라오지 않는다고 여러 곳에서 전화해주시고, 걱정 해주신 분들께 담임목사로서 정말 죄송한 마음입니다.

다음 주일부터는 제가 설교를 하겠습니다.

그동안 설교해 주신 목사님들께 감사드립니다.

이제 다시 건강을 회복하게 해주셨으니, 생명이 다하는 그날까지 열심히 일할 것입니다.

감사합니다. 그리고 사랑합니다.

여러분에게 주님의 사랑이 언제나 함께 하시기를 기도합니다

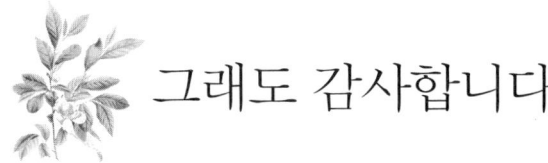

그래도 감사합니다

몸이 조금 회복되기도 하였고, 남은 시간이 아까워 의욕을 앞세웠다가 무리가 되어서 다시 중환자실로 와야 했습니다. 너무 아파서 '하나님 이제 그만하세요. 너무 아파요. 너무 힘들어요.' 하는 생각도 들었지만, 제 입술에서는 "그래도 감사합니다."하는 고백이 나왔습니다. 병원에 있음으로 지난 날들을 다시 한 번 뒤돌아 볼 기회를 얻었고, 더 많이 기도하였고, 더욱 큰 은혜를 체험할 수 있었습니다. 받은 은혜가 너무 크고 감사했습니다. 또한 많은 분들로부터 눈물겨운 사랑을 받았습니다.

여러분 때문에 울던 목사가 나 때문에 흘리는 여러분의 눈물을 보았습니다. 그 사랑이 감사하고 행복해서 또 울었습니다. 아직 할 일이 많은데……. 저들을 위해 더 기도하고, 더 일해야 되는데…….

여러분에게로 달려가고 싶은 급한 마음이 저를 더 아프게 했습니다.

그러나 하루라도 빨리 건강한 모습으로 여러분 앞에 서고 싶어 안달했던 것은 내 인간적인 욕심이었나 봅니다. 사랑하는 성도들의 눈물어린 간곡한 부탁 때문에 제 고집을 꺾고 겸손하게 주님의 뜻을 따르고자 합니다. 내 생전에 없던 일이지만 당분간 휴식을 취하면서 회복의 기간을 가지려고 합니다.

주님께서 나 같은 거 쓰시는 것이 너무 감사해서 일 년 365일 하루도 쉬지 않고 달려 온 날들이었습니다. 쓰러지더라도 강단에서 쓰러지겠다는 내 마음은 변함이 없습니다. 그러나 우리 주님은 조금 쉬다가 다시 뛰기를 바라시는 것 같습니다. 보다 좋은 것으로 예비하시고, 아프면 아픈 모습 그대로, 건강하면 건강한 모습 그대로, 하나님의 방법으로 쓰시리라 믿습니다.

어떤 상황 속에서도 감사하지 않은 것이 없습니다. 돌아보면 매일 매일이 감사입니다. 건강하여 주님 일을 할 수 있게 하신 것도 감사하고, 병들어 아픔 속에서 인내심을 기르게 하신 것도 감사하고, 안식년을 가지며 내 평생 살아온 길을 뒤돌아 볼 수 있게 해 주심도 감사합니다. 지금까지 지키시고 인도하시고 보호하신 하나님께서 앞으로도 지켜주실 것을 믿습니다.

6년 전, "아~맘, 언제나 내가 너와 함께 하고……." 제게 들려 주신 하나님의 음성이 있었기 때문에 췌장과 신장 이식 수술을 하고도 건강한 모습으로 다시 여러분 앞에 설 수 있었습니다. 그 글자가 살아서 내 곁으로 달려오고, 그 음성이 내 마음 속, 내 뼈 속까지, 내 힘줄까지 모든 것을 다 흥분시키면서 나에게 힘을 주었습니다. 내가 새 생명을 얻은 건 바로 그 말씀이 있었기 때문입니다.

"아~맘, 언제나 내가 너와 함께 하고……."

힘들고 어려울 때마다, 하나님은 이 음성을 계속 들려주시며 용기를 주셨습니다. 오늘도 그때 들려주셨던 이 사랑의 음성을 다시 한 번 듣습니다. 세미한 음성 같지만 생명과도 같은 음성입니다.

언제나 그랬듯이 하나님은 이번에도 새롭게 다시 시작할 수 있는 힘을 주시리라 믿습니다. 다시 건강한 모습으로 여러분 앞에 설 수 있도록 기도해 주시기 바랍니다.

저도 여러분을 위해서 늘 항상 기도할 것입니다.

함께 아파하고 함께 기도해 주는 여러분이 있어서 저는 참 행복한 목사입니다.

감사합니다. 그리고 사랑합니다.

"감사해서 행복합니다."

내 호흡이 다하는 그날까지 주님을 찬양하며 고백할 것입니다.

"그래도 감사합니다."

어떤 상황 속에서도 늘 감사함으로 여러분의 삶 속에 승리와 행복이 함께 하기를 축원합니다.

친구야

　　　　　요나단과 다윗을 아는 사람이면 누구나
그 두 사람의 우정을 부러워합니다. 요나단은 다윗이 자기의 위
치를 위태롭게 할 수도 있는 사람이었지만 누구보다 그를 사랑하
였습니다. 그 사랑은 서로의 집안이 원수지간이라는 사실도, 눈
앞의 이익도 뛰어 넘는 것이었습니다. 그들에게는 하나님의 뜻과
이스라엘을 사랑하는 마음이 우선이었습니다. 요나단은 아버지
사울이 다윗을 죽이려고 한다는 사실을 알고 다윗이 위험에서 피
할 수 있도록 결정적인 도움을 줍니다. 두 사람은 여러 가지 어려
운 여건 속에서도 마음이 통하였고, 피를 나눈 친형제보다 더 서
로를 아꼈습니다.

　성서에 보면 요나단의 죽음 앞에서 다윗은 "내 형 요나단이여,
내가 그대를 애통함은 그대는 내게 심히 아름다움이라. 그대가
나를 사랑함이 기이하여 여인의 사랑보다 승하였도다.(사무엘하
1장 26절)" 하며 통곡합니다. 다윗은 왕이 된 다음에 죽임을 당할
까 두려워 숨어있던 다리를 저는 장애인인 요나단의 아들 므비보

셋을 찾아 궁중으로 데리고 옵니다. 그리고는 왕자와 똑같은 생활을 하게하고, 끝까지 지켜줍니다. 그 두 사람의 우정은 하나님의 사랑을 닮은 것이었기에 우리 모두의 가슴에 지금까지 진한 감동으로 남아있습니다.

나에게도 이런 사랑을 나눌 수 있는 친구가 있습니다. 생각만 해도 즐거워지고, 뭐든지 해주고 싶은 친구가 있습니다. 멀리 있어 자주 볼 수 없지만 존재하고 있다는 사실 하나만으로도 가슴 뿌듯한 행복을 느끼게 해주는 친구입니다.

캐나다에서 오랫동안 목회를 했고, 지금은 알바니아에서 선교 활동을 하고 있는 김인철 목사는 꼭 일 년에 한 번씩 찾아옵니다. 그리고는 "내 집보다 더 편안해."하면서 우리 집에서 한 달씩 머물렀다 갑니다.

"너네 집에 가도 되겠냐?" 묻는 법도 없습니다. 그냥 무조건 옵니다. 외국에 살다가 오랜만에 고국에 오면 다른 친척들 집에 갈 만도 한데 꼭 우리 집으로 옵니다. 나가서 볼 일을 보고 밤 12시가 넘어도 우리 집으로 옵니다. 냉장고에 뭐가 있고 뭐가 없는지 나보다 더 잘 압니다. 이건 이래라 저건 저래라 할 때는 마치 내가 손님이고 그 친구가 주인인 것 같은 착각이 들기도 합니다. 친구가 있으면 혼자서는 도저히 할 수 없었던 일도 할 수 있게 됩니다. 그 친구는 붕어빵은 뜨거울 때 먹어야 맛있다며 꼭 포장마차 앞에 서서 먹습니다. 지나가는 교인이라도 볼까봐 머뭇거리던 나도 체면 다 벗어던지고 즐거운 마음으로 같이 어린아이가 됩니다.

서로 쳐다보며 붕어빵 한입 베어 물 때면 그렇게 행복할 수가 없습니다. 아무 말 없이 옆에 누워만 있어도 편안하고, 눈빛만 봐도 무슨 말을 하고 싶어 하는지, 무슨 생각을 하는지 저절로 통하는 친구입니다. 함께 있는 것만으로 그저 행복한 그런 친구입니다.

철원에서 목회를 하고 있는 방현 목사는 언제나 뭔가를 주고 싶어 합니다. 부흥회를 가면 철원 쌀이 좋다며 바리바리 싸주고, 건강 조심하라고 마치 부모처럼 챙겨줍니다. 어느 날 갑자기 보고 싶어져서 전화했다가 내가 병원에 있다는 것을 알고 놀라서 한걸음에 달려왔습니다.

"내 신장 줄게. 너 아프지 마라. 내 것이 안 되면 우리 집사람 것이라도 줄게. 너 건강해야 돼."

빈말이 아니라 진심으로 내 손잡고 같이 아파하며 울어 주었습니다. 내 아픔을 자신의 아픔보다 더 아파하며 우는 친구의 그 눈물이 있어 나는 얼마나 행복했는지 모릅니다. 많은 분들이 병원을 다녀가며 좋은 말을 많이 해줬지만 사실 별로 위로가 되지 않았습니다. 그런데 친구의 눈물 한 방울이 얼마나 큰 위로가 되었는지 모릅니다. 그동안의 아픔이 다 녹아 없어지는 것 같았습니다. 그 눈물을 보면서 병원에서 한 가지 결심을 했습니다. '친구의 눈물 때문에 내가 행복했듯이 나도 아픈 교인들의 눈물을 씻어 줄 수 있는 목사가 되어야겠다. 그들과 같이 아파하며 울어주는 목사가 되어야겠다. 예수님이 그렇게 우리의 친구가 되어 주었듯이 나도 그들의 친구가 되어주어야겠다.'

아플 때 같이 울어줄 수 있는 친구가 있어 나는 행복한 목사입니다.

말하지 않아도 통하고, 멀리 있어도 바로 옆에 있는 것 같고, 함께 있으면 즐거워지는 친구가 있어 행복합니다. 나는 오늘도 그런 친구의 사랑 때문에 눈물짓는 행복한 울보입니다.

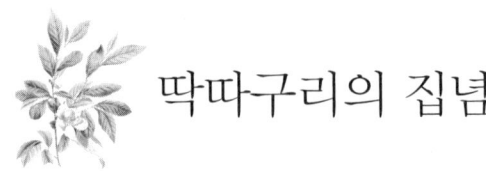

딱따구리의 집념

수련원에서의 아침은 언제나 새들의 노래 소리로 시작이 됩니다. 여기저기서 지저귀는 소리들을 듣고 있으면 마음이 저절로 즐거워집니다. 그런데 그 소리들 중에는 불협화음이 하나 있습니다.

끊임없이 둔탁하고 안타깝게 들리는 소리가 있습니다. 그건 몇 년 전부터 찾아온 딱따구리가 변압기를 쪼아대는 소리입니다. 이 미련한 딱따구리는 나무가 아닌 변압기에 집을 짓고 싶었나 봅니다.

아무리 쪼아도 끄떡도 하지 않는 변압기를 향해 지치지도 않고 쪼아 댑니다. "딱딱"

1년, 2년, 3년······.

어느새 이 딱따구리는 우리 수련원의 명물이 되어버렸습니다.

그 소리가 하루라도 들리지 않으면 '쟤가 오늘 무슨 일이 있나?' 궁금해서 찾아보게 될 정도입니다.

3년을 지치지도 않고 쪼아 대더니 이제 그 부리가 다 문드러졌는지 소리도 둔탁해졌습니다. 불쌍한 마음에 '변압기를 다른 데로 옮길까. 변압기에 스펀지를 감아줄까.' 별 생각을 다했습니다.

작년에는 한 동안 그 소리가 들리지 않기에 포기한 줄 알았습니다.

"그래, 3년이면 너도 참 끈질기게 한 거야. 이제라도 그만둬서 다행이다."

그랬는데 요즘 그 소리가 다시 들리기 시작합니다. 아버지 딱따구리가 못한 일을 아들 딱따구리가 대를 이어 하고 있는 것입니다.

딱따구리의 수명은 7년~10년 정도라는데 아마도 그 아버지 딱따구리는 변압기를 쪼느라 수명이 단축된 듯합니다.

"미련한 놈들. 대를 이어 무슨 고생이야?"

혀를 차다가 문득 깨닫는 것이 있었습니다. 집념이란 것은 자신의 꿈을 이루게도 하지만, 잘못된 집념은 자신을 파멸로 이끌기도 한다는 것을……

사울 왕도 잘못된 집념 때문에 자신을 파멸로 이끈 사람 중의 한 사람입니다.

그도 처음에는 겸손한 사람이었습니다. 그러나 그는 교만해졌습니다. 세상의 명예, 지위, 재물에 집념을 보이기 시작했습니다. 하나님보다 그런 것들이 우선시 되었습니다. 결국 사울 왕은 이방의 침략으로 인해서 비참한 죽음을 맞게 됩니다.

하나님의 기름 부음을 받은 내가 어떻게 이방인의 손에 죽느냐며 스스로 목숨을 끊고 만 것입니다.

우리는 어떤 경우라도 주님과 동행하는 삶이 되어야 합니다.

주님의 뜻이 아니라면 포기 할 줄 알아야합니다. 내 고집을 버릴 줄 알아야 합니다.

예수님은 겟세마네 동산에서 이렇게 기도하셨습니다.

"나의 원대로 마옵시고, 아버지의 원대로 하옵소서."

신앙은 순종입니다. 내 고집이 아닙니다.

자신의 만족만을 위해 일한 어리석은 귀족에 대한 이야기가 생각납니다.

부모로 부터 엄청난 유산을 물려받은 영국의 한 귀족이 있었습니다. 귀족은 그 돈을 가지고 무엇이든지 할 수가 있었습니다. 그런데 그는 그 많은 돈을 점박이 쥐를 만드는 일에 투자하였습니다. 그리고 마침내 점박이 쥐를 만들어 냈습니다. 그러나 그 일은 어느 면에서 보더라도 무익한 일이었습니다. 귀족은 수많은 돈과 시간과 노력과 재능을 점박이 쥐를 만들기 위해 바쳤지만, 점박이 쥐는 귀족이나 인류에게 아무런 유익도 가져다주지 않았습니다.

여러분은 무엇을 위해 집념을 보이고 있습니까?

혹시 이 귀족처럼 여러분도 이런 무익한 일에 집념을 보이고 있지는 않습니까?

정말 가치 있는 일, 주님이 원하시는 일에 열중하는 여러분이 되기를 간절히 바랍니다.

# 3일간의 슬픈 사랑 이야기

건강 때문에 잠시 수련원에 내려와 있는 데, 집사님 한 분이 태어난지 두 달 밖에 되지 않은 강아지 한 마리를 데리고 왔습니다.

"목사님 심심하실까 봐서요. 친구하세요."

강아지를 별로 좋아하지 않는 나였지만, 앙증맞고 조그만 녀석을 보는 순간 나도 모르게 녀석을 덥석 받아 안았습니다. 입가에는 저절로 웃음이 감돌았습니다. 그렇게 사랑스러울 수가 없었습니다.

이 녀석을 사랑하지 않는다는 건 도무지 상상할 수 없는 일인 것처럼 느껴졌습니다. 그래서 이름도 "사랑"이라고 지었습니다.

내가 가는 곳마다 뭐가 그렇게 즐거운지 아주 행복한 표정이 되어 촐랑촐랑 따라다닙니다.

사랑이는 발에 밟힐까 걱정스러울 정도로 내 곁을 붙어 다니며 한시도 떠나지 않습니다.

조그만 혀를 날름거리며 뽀뽀하는 것도 얼마나 좋아하는지 모릅니다.

이상하게도 사랑이는 오는 날부터 다른 사람이 있어도 나에게만 와서 안깁니다.

단 한순간도 혼자 있으려고 하지 않습니다.

내가 앉으면 내 무릎위로 뛰어 올라와 아양을 떨고, 내가 걸어가면 주변을 뛰어다니며 나와 보조를 맞추고, 내가 누우면 내 팔을 베고 천연덕스럽게 배를 드러내고 사람처럼 누워 잠을 잡니다.

팔이 저려도 녀석의 잠을 깨우게 될까봐 꾹 참습니다. 혹시라도 내가 뒤척이다 녀석이 육중한 내 몸 아래 짓눌릴까봐 마음대로 돌아눕지도 못합니다. 녀석이 내는 숨소리도 참 듣기 좋습니다.

그 모습을 보고 집사님들이 놀립니다.

"사랑아, 아빠가 그렇게 좋아? 목사님, 아들 하나 생기셔서 너무 좋으시겠어요."

어느새 내가 개 아빠가 되어버렸습니다. 그래도 "허허" 웃음이 터지며 싫지 않은 기분이 되는 건 내가 생각해봐도 참 모를 일입니다.

사람은 자기감정에 따라 좋아하기도 하고 싫어하기도 하지만 사랑이는 아닙니다. 자기감정은 다 버리고 오로지 나에게만 모든 초점을 맞춥니다. 있는 그 자체만으로도 사랑받는 존재가 분명 있습니다.

언제나 내 옆에 있어주는 사랑이에게서 나도 눈을 뗄 수가 없습니다. 나를 바라보는 그 눈빛은 또 얼마나 순수하고 맑은지 내 마음까지도 맑아지는 것 같습니다.

한번은 사랑이가 수련원 정자에서 놀다가 내가 오는 것을 보고 뛰어내리다 굴러 떨어졌습니다.

그 위험한 순간에도 저 자신이 아픈 것은 아랑곳 하지 않고 온 힘을 다해 내게로 달려옵니다.

그 모습을 보면 괜히 코끝이 찡해집니다.

그렇게 사랑스럽고 헌신적인 녀석이지만 언제까지나 함께 있을 수는 없었습니다.

이식환자인 나는 면역력이 약해 사람이나 동물들과의 접촉을 늘 삼가며 조심해야 하기 때문입니다.

결국 개를 사람보다 더 좋아하는 천기원 목사님이 나를 생각해 주는 척하면서 얼른 데려가 버렸습니다.

녀석을 보내고 나니까 내 가슴이 얼마나 허전하고 아픈지 모릅니다. 지금도 사랑이의 모습이 내 눈에 자꾸만 아른거립니다. 녀석의 따스함이 지금도 느껴지는 것 같습니다.

3일간의 사랑 이야기는 이렇게 슬프게 끝나고 말았지만, 그 3일 동안은 정말 내 생애 처음으로 누구에게도 간섭 받지 않고 마음껏 사랑을 나누었던 소중한 시간이었습니다.

그 누구의 눈치도 보지 않고, 있는 그대로 온 마음으로 사랑할 수 있었던 가장 아름다운 순간이었습니다.

그런 사랑을 또 할 수 있었으면 좋겠습니다.

눈물 담기

우리 교회 배 집사는 참 무덤덤한 사람입니다. 표정도 별로 없고 만나도 반갑게 인사하는 법이 없습니다. 오랜만에 만나도 "목사님, 괜찮으세요?" 말 한마디 할 줄 모릅니다. 사람들 틈에 가만 서 있거나 그저 빙긋 웃는 게 가장 큰 인사입니다. 거기다 건망증은 또 얼마나 심한지 기네스북에 오를 법한 일이 한두 가지가 아닙니다.

한 번은 회사에서 돌아온 남편이 머리가 아프다며 진통제를 찾았습니다.

배 집사는 약을 가지고 남편에게 가다가 그만 깜빡하고 그 약을 자기가 먹어버렸습니다.

기다리던 남편은 어이가 없어 그저 웃을 수밖에 없었습니다.

그런 배 집사가 교인들과 얘기를 나누다가 어린아이처럼 울어버린 사건이 벌어졌습니다.

"목사님이 보고 싶어. 목사님의 건강 때문에 너무 속상해."

그러면서 펑펑 울더라는 겁니다.

주위에 있던 사람들도 다 놀랐고, 그 이야기를 듣는 나도 가슴이 찌릿하였습니다.

'말은 안 해도 나를 그렇게 사랑하고 있었구나. 자기표현도 제대로 못하는 사람이…….'

사랑을 담은 그 눈물 때문에 병원에 누워 있어도 행복했고, 힘을 얻을 수 있었습니다.

갑자기 배 집사의 그 무뚝뚝한 얼굴이 너무 보고 싶어졌습니다.

"배 집사가 보고 싶어."

그러다가 그 눈물을 그냥 내 마음속에 담아 두기로 했습니다.

한 방울도 바닥에 떨어지지 않게 내 마음속에 그대로 간직하려고 합니다.

그가 나를, 그 눈물 때문에 행복하게 했듯이, 나도 내 마음속에 담은 눈물을 언젠가 필요한 사람에게 나누어 주고 싶습니다. 배 집사의 눈물 한 방울이 백 마디 말보다도 더 진실 되고 가슴 아리게 다가와 힘이 되어준 것처럼, 나도 내 가슴 속에 담아둔 눈물로 누군가의 슬픔을 위로해 주고 늘 함께 하고 있음을 느끼게 해주고 싶다는 생각을 합니다.

사실 너무 힘들 때는 어떤 말도 위로가 되지 않을 때가 있습니다. 그러나 누군가 나와 똑같은 아픔을 가지고, 나를 위해 눈물을 흘리고 있음을 아는 순간 얼마나 큰 위로가 되는지 모릅니다.

그런 눈물을 내 가슴속에 담아 두었다가 내 눈물이 필요한 사람에게 나누어 주고 싶습니다.

교인들의 병을 고쳐 주고, 문제를 해결해 주기보다 그들의 아픔을 같이 느끼고, 같은 마음으로 함께 울어주는 목사, 필요할 때 늘 옆에 있어 주는 그런 목사가 되어야겠다는 생각을 합니다.

# 자식 이기는 부모는 없다

어제는 조카의 결혼식이 뉴욕에서 있었습니다.

모든 형제들이 다 미국으로 떠났지만, 나는 병원에 누워 마음속으로 축하할 수밖에 없었습니다.

인생의 중요한 첫 걸음을 떼는 조카아이의 앞날을 마음껏 축복해주고 싶었는데 말입니다.

그런데 우리 형님은 자식들의 결혼 문제로 참 많이 힘들어하셨습니다.

큰 딸아이가 미국인과 교제를 하다가 결혼을 하겠다고 허락을 요청해 왔을 때도 극구 반대를 하셨습니다. 어떻게 해서든 말려보려고 딸아이를 파리로 보내 두 사람을 떼어 놓기도 하고 간절하게 설득도 해보았지만, 두 사람의 마음을 바꿀 수는 없었습니다.

결국은 참 많이 속상해 하시면서 허락하셨습니다.

이번에도 신앙 문제로 결혼을 반대하셨지만 끝내 허락하고 말

있습니다.

자식 이기는 부모는 없기 때문입니다.

하기는 형이 결혼할 때도 그랬습니다. 양가의 반대에 부딪혀 거의 절망상태까지 갔었지만 끝내 부모의 고집을 꺾고 결혼을 하였고, 지금까지 행복하게 살고 있습니다.

고민하고 속상해 하는 형에게 제가 그랬습니다.

"형, 자신을 알아야지. 자식 이기는 부모 없어. 그냥 축하해줘."

"그래. 그래야지. 큰아이도 지금 행복하게 살고 있으니 이 아이도 하나님께 맡기는 수밖에……. 그런데도 힘드네."

부모의 마음은 자식 앞에서 한없이 약해질 수밖에 없나 봅니다.

지난번 어느 드라마에서 부모가 반대하는 결혼을 고집하는 딸에게 "꼭 너 같은 딸 낳아서 똑같이 당해봐라." 하면서 펑펑 우는 어머니를 본적이 있습니다.

부모의 속상한 마음은 같은 처지가 되어 보지 않고서는 알 수 없다는 말이겠지요.

그래서 사랑은 내리 사랑이라고 합니다.

부모의 마음을 자식이 어떻게 다 알겠습니까?

그러나 "이건 아니야."라고 결론 내리는 건 단지 부모의 생각과 경험에서 나오는 편견일 수도 있습니다. 자식들은 사랑 때문에 힘든 길도 쉽게 갈 수 있는 용기가 있을지도 모르는데 말입니다.

부모가 생각하는 것보다 더 사려 깊은 어른일 수도 있는데 말입니다.

자식은 부모의 소유물이 아니라 하나님께서 내게 잠시 맡기셨을 뿐입니다.

그 아이들이 많이 고민하고 내린 결론이라면 수용할 줄 아는 것도 사랑이라는 생각이 듭니다.

자식들의 사랑을 인정해 주고, 힘들어 할 때 기댈 수 있는 언덕이 되어 주는 걸로 만족해야지요.

자식을 내 품에서 떠나보내고 믿어주는 겁니다. 모든 걸 주님께 맡기고 말입니다.

조카아이가 지금처럼 그 사랑 변치 않고 행복하게 살기를 기도하며 축복을 보냅니다.

새벽 기적 소리

내가 입원해 있는 병원에서는 기차역이 가깝습니다.

새벽에 일찍 잠이 깬 내 귀에 기차가 지나가며 울리는 기적소리가 들려왔습니다.

내게는 너무나도 익숙하고 정다운 소리입니다.

어릴 적에 기찻길 옆에서 살았던 나는 늘 그 소리를 들으며 잠에서 깨어났습니다. 새벽 기적소리가 들리면 우리 어머니는 일어나셔서 새벽기도를 나가셨습니다. 우리 어머니는 한 번도 새벽기도를 빠지신 적이 없습니다. 심지어는 병원에 입원하셨을 때도 앰뷸런스를 타고 와서 새벽기도를 하실 정도였습니다. 그런 우리 어머니는 새벽에 그냥 조용히 나가시는 법이 없습니다. 왜 내 엉덩이는 꼭 한 번씩 차고 지나가셨는지……. 이불을 뒤집어쓰고 자는 척하면 새벽 기적소리가 이불을 파고들어 가슴을 이상하게 요동치게 만들곤 했습니다.

그래서 지금도 그 시간이 되면 내 엉덩이는 맞을 준비를 합니다.

목회생활 30여 년 동안 하루도 빠지지 않고 새벽기도 하면서도 힘든 줄 몰랐던 것은 순전히 그때 어머니의 발길질이 몸에 배였기 때문일 것입니다.

살다보면 때로 돌아가고 싶은 날들의 기억이 아련하게 떠올라 가슴을 짠하게 할 때가 있습니다.

가슴 아프고 힘들었던 일들조차 지나간 날들은 언제나 따뜻하게 느껴집니다.

오랜만에 들어보는 새벽 기적소리에 나도 모르게 일어나 앉아 창문을 열었습니다.

달려가는 기차를 바라보다가 어머니를 본 것처럼 가슴이 뭉클해졌습니다.

어머니가 내 엉덩이를 찰 것만 같아 순간 내 엉덩이가 긴장합니다.

어머니의 발걸음 소리가 들리는 듯합니다.

어머니의 기도가 오늘의 나를 있게 만들었음을 모르는 사람은 없습니다.

나는 언제나 부흥회를 나가면 첫날 첫 시간에 어머니 간증부터 하니까요.

그래서 예수가족 목사님들이 나더러 어머니를 팔아 목회 성공한 사람이라고 가끔 놀리기도 하지만 말입니다.

오늘따라 어머니가 참 그립습니다.

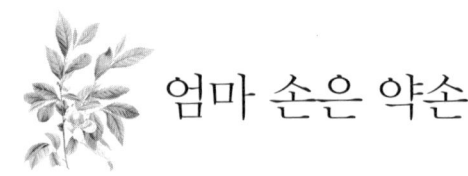

엄마 손은 약손

새벽에 배가 아파서 잠이 깼습니다.

손으로 배를 문지르다 어렸을 적에 엄마가 내 배를 쓸어 주시던 생각이 납니다.

배가 아프다고 하면 어머니는 늘 "엄마 손은 약손"하시면서 내 배를 쓸어 주시곤 하셨습니다.

그러면 세상에서 가장 따스한 어머니의 사랑을 느끼면서 온몸이 편안해지면서 나는 스르르 잠이 들었습니다.

어머니의 손은 신비한 손이었고 어머니는 내게 반 의사였습니다.

"엄마 손은 약손"

생각만 해도 얼마나 포근하고 가슴 뭉클해지는 말인지 모릅니다.

밖에서 놀다 다쳐서 들어올 때나, 머리가 아플 때나, 배가 아플 때나, 언제든지 "엄마 손은 약손"이라면서 어루만져 주실 때의 그 포근하고 편안함을 지금도 잊을 수 없습니다.

어른이 된 지금에도 가끔은 어머니의 그 따뜻한 손길이 그립습니다.

어머니의 그 사랑의 손길은 거의 만병통치약이나 다름없었습니다.

어머니의 손만 닿으면 아픈 게 싹 사라지면서 마냥 편안했었으니까요.

그런 어머니는 내게 거의 하나님과도 같은 존재였습니다.

무엇이든 어머니께 말만하면 모든 게 다 해결이 되었고, 어머니가 내 옆에 있다는 사실 하나만으로도 그렇게 든든할 수가 없었습니다.

가끔 '우리 엄마가 맞나?' 하는 생각이 들 정도로 무섭게 야단을 치기도 했지만, 거기에는 사랑이 전제되어 있었기에 그 어떤 경우에도 행복했습니다.

그런 어머니의 손길을 요즘 교인들을 통해 느끼고 있습니다.

입원과 퇴원을 되풀이 하느라 오랜만에 만난 할머니 권사님이 눈물을 글썽이셨습니다.

"목사님, 건강하셔야 돼요. 기도하고 있어요. 힘내세요."

내 손을 자꾸만 어루만지며 꼭 잡고 놓을 줄 모르시던 그 손길을 통해 코끝이 찡해 지면서 "엄마 손은 약손"하시던 그 따뜻함이 전해져 왔습니다.

어머니에게서 느꼈던 그 든든함이 다시 느껴졌습니다.

'그래, 아직 할 일이 있는데……. 이런 사랑을 받고 있는데…….'

속으로 눈물을 삼키며 다시금 힘을 얻을 수 있었습니다.

오늘 새벽에 잠이 깬 나는, 내 손으로 배를 문지르며 "엄마 손은 약손"을 속으로 중얼거려 봅니다.

어머니의 그 따뜻했던 손길이, 할머니 권사님의 눈물 젖은 손길이 사랑으로 피어납니다.

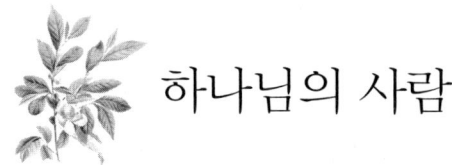

하나님의 사람

　　　　　그를 만난 건 우연이 아닌 하나님의 계시라고 믿어집니다.

　12년 전, 평촌의 어느 교회에 부흥회를 갔을 때, 그를 처음 알게 되었습니다.

　담임목사님으로부터 "좋은 사업가"라고 소개를 받는 순간, 제 첫 반응은 '제비 같군.' 하는 것이었습니다.

　그러면서 마음속으로부터 나온 것은 "하나님의 택함을 받은 사람인데……." 하는 말이었습니다.

　결국 그는 그 말에 이끌리어 사업가의 길을 접고 신학을 공부하게 되었습니다.

　그는 사업차 중국에 갔다가 목숨을 걸고 강을 건너는 탈북자들을 목격하게 됩니다.

　두만강에 떠내려 오는 시체를 보면서 그는 그것이 자신의 사명이라고 믿어지기 시작했습니다.

　탈북자들의 어려운 사정을 지켜보면서 자기의 모든 것을 던질 결심을 했습니다.

그 일로 인해 그는 중국 감옥에 갇히기도 하면서 탈북자들의 일이라면 생명까지도 바칠 각오로 일했습니다.

서로 오해가 생겨서 다시는 안 보겠다고 한동안 헤어져 있기도 했지만, 1년 후 다시 만난 그의 진실 된 모습 속에서 오해는 눈 녹 듯 사라지고 서로의 사명을 다짐했습니다.

어제는 국회 의사당에서 탈북자를 소재로 한 영화 "천국의 국경을 넘다" 시사회를 가지면서 국회의원들에게 탈북자들의 사정을 있는 그대로 담담하지만 절실하게 알리기도 했습니다.

함께 참석 했던 우리 교인들이 돌아와서 "목사님, 그 모습이 너무 자랑스럽고 보기 좋았습니다."하고 전해 줄 때, 가슴 뭉클한 기쁨을 느꼈습니다.

다시 영국 국회 개원식에 맞추어 피곤한 몸을 쉬지도 못하고 떠나는 그의 뒷모습을 보면서 안쓰럽기도 하지만, 이제는 국제인권 운동가로 자리 매김한 그가 참 자랑스러웠습니다.

목숨 걸고 데려온 사람들로부터 배신을 당해 가슴 아파하기도 하고, 어처구니없는 모함에 때로는 분노하기도 하지만, 그는 모든 것을 하나님께 맡기고 탈북자를 한 사람이라도 더 살리기 위한 자신의 사명을 묵묵히 감당하고 있습니다. 그에게는 모든 것을 하나님이 책임져 주실 거라는 자신감과 당당함이 있습니다.

그러기에 그는 분명 하나님이 택한, 하나님의 사람입니다.

그는 바로 '두리하나선교회'의 천기원 목사님입니다.

그 바쁜 일정 중에도 하루도 빠짐없이 병원에 와서 내 아픔을 자기 아픔으로 여기며 내 옆을 지켜줍니다.

"천목사, 바쁜데 미안해."

"그런 말씀 마세요. 목사님이 계셨기에 오늘의 제가 있는 건데요. 그저 감사할 뿐입니다."

겸손과 진실을 잃지 않는 그를 바라보는 내 마음속에 오늘도 감사가 넘칩니다.

하나님의 택함을 알고 그것을 따르는 사람은 이 세상에서 가장 아름다운 삶을 살게 됩니다.

자기의 사명을 아는 사람은 자신도 행복할 뿐만 아니라 남도 행복하게 해주기 때문입니다.

그를 만나게 해주신 하나님께 감사드립니다.

계슈우

우리는 하루에도 참 많은 말을 들으며 삽니다.

그 중에는 사람을 기쁘게 하는 말도 있고 사람을 슬프게 하는 말도 있습니다. 들으면 행복해지고 즐거워지는 말도 있고, 불쾌해서 다시는 듣고 싶지 않은 말도 있습니다. 그런가 하면 말하는 사람의 목소리에 따라 즐거워지기도 하고 화가 나기도 합니다.

매달 수련원 집회를 하면 나에게는 그때마다 기다려지는 목소리가 있습니다.

"계슈우~?"

수련원 집회가 있는 날이면 제일 먼저 어김없이 들려오는 우리교회 박홍수 집사님의 목소리입니다.

그 목소리에서는 집사님의 마음이 그대로 묻어납니다.

우리 집사님은 항상 웃는 얼굴입니다.

별로 우습지 않은 이야기에도 입을 손으로 가리고 "호호호" 하면서 애기처럼 웃으시는 수줍음 많은 집사님입니다. 예배시간에 아멘을 시도 때도 없이 해서 우리를 잠시 쉬어가게 하시기도 하는 보기만 해도 유쾌해지는 집사님입니다.

"계슈우~?"

들어도 들어도 또 듣고 싶은 구수하고 정겨운 목소리입니다. 언제나 그 목소리가 기다려지고 목소리가 들리는 순간 그렇게 반갑고 기쁠 수가 없습니다. 내가 수련원 집회를 기다리는 건지 집사님의 목소리를 기다리는 건지 헷갈릴 정도입니다.

집사님은 노크하는 법도 없습니다.

"계슈우~?"

목소리와 동시에 문이 열리면서 집사님의 해맑고 친근한 얼굴이 불쑥 들어옵니다.

때로는 파자마 차림으로 있다가 당황할 때도 있지만, 그 목소리를 들으면 그저 반갑고 좋기만 합니다.

그렇게 문을 열고 들어오는 그의 손에는 항상 뭔가가 들려 있습니다.

처음에는 박카스더니 그 다음에는 비타500으로 바뀌고, 요즘은 포도주스로 업그레이드되었습니다.

"이건 꼭 목사님만 드시유~~ 다른 사람 주면 안 되유~~"

한 마디하고는 신발도 벗지 않고 휭하니 나가버립니다.

바람같이 나가는 뒤 꼭지에 대고 "알았시유~~" 소리치며, 집사님의 그 마음이 너무 고마워 눈물이 납니다.

"계슈우~?"

무뚝뚝한 그 말 한마디에는 그의 사랑이 녹아있습니다.

"계슈우~?"

그 말 한 마디에는 다른 백 마디 미사여구보다 더 사람의 마음을 감동시키는 마력이 있습니다.

"계슈우~?"

그 한 마디 말은 다른 어떤 말보다 아름다운 우리 집사님과 나만의 비밀 언어입니다.

오늘도 나는 "계슈우~?" 그 말이 들리기를 기다리며 문밖의 발자국 소리에 귀를 기울입니다.

# 자식들이 알긴 뭘 알어!

교인들 중에는 사랑하는 사람을 먼저 보내고 힘들어 하는 분들이 있습니다.

그 모습을 볼 때마다 참 마음이 아픕니다.

언제나 교인들의 아픔은 내 아픔보다 더 힘들고, 더 아프게 내 가슴을 찌릅니다.

그분들을 위해 기도하다가 어릴 적 내 부모님이 생각났습니다.

내 부모님은 요즘 부부들처럼 그렇게 서로의 감정을 표현하지 않으셨습니다.

남자 같은 여자인 우리 어머니와 여자 같은 남자인 우리 아버지는 참 재미없게 산다는 생각이 들 정도로 무덤덤한 분들이었습니다.

집안의 모든 일들은 늘 어머니가 주도적으로 이끌어 가셨습니다. 내가 아버지에게 허락을 받은 일도 어머니에 의해서 번번이 무산되기도 했던 것을 보면, 아버지는 그저 집안의 평화를 위해서 모든 것을 양보하신 듯합니다.

그러다가 아버님이 먼저 하나님의 부르심을 받으셨습니다. 장례식을 치른 후 거의 석 달 동안을 어머니는 미친 듯이 새벽이고 밤이고 아버님 산소로 달려가시곤 하셨습니다.

아버지 산소 옆에는 어머니의 가묘도 만들어 놓았습니다. 그런 어머니가 어느 날 느닷없이 아버지 무덤과 어머니 가묘 사이에 나무를 심어 울타리를 만들어 놓으셨습니다.

의아해하는 자식들에게 어머니는 내뱉듯이 이렇게 말씀하시는 것이었습니다.

"네 아버지가 살아 있을 때 나에게 너무 잘못해서 죽어서는 안 만나려고 그래."

그러면서 우리들의 의중을 물어보셨습니다.

"어떠냐? 울타리를 쳐 놓은 것이 보기 싫으냐?"

"아니요. 어머님 뜻대로 하세요. 나쁘지 않네요."

우리는 그게 어머니의 마음을 조금이라도 헤아려 드리는 것이라고 생각했습니다.

그러던 어느 날 어머니가 하루 종일 보이지 않으셨습니다. 여기저기 찾아다니다가 밤늦게 아버지의 산소로 달려갔더니 어머니는 거기에 망연자실한 모습으로 앉아계셨습니다.

그런데 아버지와 어머니의 산소 사이에 심어 놓았던 나무들이 다 뽑혀서 뒹굴고 있었습니다.

어머니는 "자식들이 알긴 뭘 알어! 뭘 알어~~" 하시며 우시는 것이었습니다.

그때서야 우리는 어머니의 진심을 알게 되었습니다.

무덤덤한 사이라고, 말로 표현하지 않는다고, 사랑이 없는 것이 아니었습니다.

말로 표현하지 않은 그 사랑은 오히려 더 깊고 큰 사랑이었습니다.

어머니가 아버지를 생각하는 마음이 그렇게 깊은 것을 우리 자식들은 알지 못했습니다.

어머니의 아픔을 자식들이 알면 얼마나 알겠습니까?

어머니의 그 상실감을 어떻게 자식들이 채워드릴 수 있겠습니까?

어머니는 아버지가 돌아가신 후의 그 아픔을 자식들의 위로가 아니라 기도생활로 치유하셨습니다.

한없이 무덤덤하기만 한 남자 같은 우리 어머니도 아버지를 먼저 보내고 그렇게 힘들어 하셨는데, 김재분 권사님은 우리 모두가 부러워할 정도로 부부금슬이 좋은 분이셨습니다.

남편에게 모든 걸 의지하고 살던 분입니다.

그러다가 사랑하는 남편을 먼저 보냈으니 얼마나 힘들었을까 하는 생각을 하게 됩니다.

사실 사랑의 기억 때문에 울기도 하고, 사랑하는 이를 두고 먼저 간 남편이 원망스러워 미움과 섭섭함을 나타내기도 하시면서 너무 힘들어 하셨습니다.

그러나 그 누구도 그 슬픔을 위로할 수 없었습니다.

"자식들이 알긴 뭘 알어!" 하시던 우리 어머니처럼 "내 아픔을 어떻게 알어!" 할 것 같아 뭐라 위로할 말을 찾지 못하고 자식들도, 목사도 그저 묵묵히 지켜볼 뿐이었습니다.

기도로 그 아픔을 이겨내기를 바라면서…….

그런 김재분 권사님이 요즘 참 열심히 기도생활을 하시는 걸 보면서, 우리 어머니 생각을 했습니다.

우리 권사님도 분명 기도로 아픔을 이겨내리라 믿습니다.

우리의 위로자가 되시고 힘이 되시는 주님께서 그 마음을 치유해주실 것을 믿습니다.

주정하는 기도도 들어주신다.

어느 날 새벽, 지하 기도실에서 들리는 이 상한 소리에 깜짝 놀라 뛰어 내려갔습니다.

권사님 한 분이 엎드려 울며 기도하고 있는데, 거기에는 소주 두 병이 뒹굴고 있었습니다.

"하나님, 도대체 내 기도 왜 안 들어주십니까? 돈 달라고, 밥 달라고 내가 기도했습니까? 내 기도는 오직 하나, 우리 아들 하나님이 붙잡아 달라고 기도하지 않았습니까? 근데 왜 이런 소식만 들어야 됩니까?"

술에 취해서 정말 정신없이 기도하고 있었습니다. 제가 다가갔더니 저를 끌어안고 대성통곡을 하시는 겁니다.

"목사님, 도대체 하나님이 살아계신다고 하면서 왜 내 기도를 안 들어주시는 겁니까? 내 죄 때문에, 내 잘못 때문에 이혼을 하고, 내 아들이 이렇게 어려움을 당하고 있습니다. 하나님이 도와주셔야 하지 않습니까? 내 아들 책임지세요."

그분은 바로 천막교회 때부터 우리 교회 기도대장이었던 권정순 권사님입니다. 참 기도를 많이 하시는 분이었습니다. 무슨 사연이 있는지는 모르지만 이혼을 하고 시골에서 혼자 올라오셔서 힘들게 살아가는 분이었습니다. 그분을 버틸 수 있게 하는 것은 기도뿐이었습니다. 기도할 때 보면 참 눈물겹게 기도하십니다. 특별히 그 아들을 위해 기가 막힌 눈물의 기도를 하셨습니다.

몇 년을 그런 기도를 하셨습니다. 그러던 중에 그 전날 충격적인 소문을 듣게 된 것입니다. 그 아들은 단양에서 제일 큰 술집을 하는 깡패였는데, 패싸움을 해서 살았는지 죽었는지 모른다고 하는 소식이었습니다. 그 소식을 듣고 권사님이 소주를 두 병 들고 와서 그걸 다 비우고 술이 취한 채 그렇게 기도를 하고 있었던 겁니다.

얼마나 기가 막히셨으면 그렇게 술에 취해 기도를 하셨겠습니까?

그러나 안 들으신 것 같던 하나님을 향한 그 어머니의 기도는 결국 아들을 하나님 앞으로 나오게 하였습니다.

어느 날 술을 먹고 나오던 그 아들 장경우의 두 눈에서 자기도 모르게 눈물이 떨어지고 있었습니다. 그 눈물 속에 멀리서 희미한 십자가가 보이고, 그 십자가와 함께 누군가 자기를 부르는 손길이 있었습니다. 그 손길을 따라간 곳이 바로 단양에 있는 산성감리교회였습니다. 누구의 설교를 듣고 감동을 받았다거나, 누구의 인도를 받아서 교회를 찾아간 것이 아니라, 그 어머니의 기가 막힌 기도가 성령의 손길로 나타났습니다.

성령은 깡패요, 술집주인이었던 장경우의 마음을 움직여서 혼자 교회에 들어가 울다가 은혜를 받고 오늘의 목사님이 되게 하셨습니다.

안 들어주는 것 같은 그 기도, 하나님이 들으셨습니다.

어머니의 기도는 땅에 떨어져 본 적이 없습니다.

어머니의 기도는 하늘로 올라가게 되어 있습니다.

지금은 얼마나 신실한 모습으로 살아가는지 모릅니다. 부흥회도 다니시고 우리 수련원 집회도 하시는데 교인들이 얼마나 은혜를 받는지 모릅니다.

얼마 전에는 경인중앙교회 입당예배를 드렸는데 우리 교인들이 더 좋아합니다.

"목사님, 장목사님을 보면 꼭 목사님을 보는 것 같습니다."

그 모습이 너무 고마워서 나는 요즘 늘 기도를 합니다.

"하나님, 나보다도 더 크게 쓰임 받게 하옵소서. 나를 딛고 일어나는 지도자가 되게 하시옵소서."

우리의 기도를 언제나 즐겨 경청하시는 하나님이십니다.

우리의 기도를 간절히 기다리시는 하나님이십니다.

우리의 기도에 기꺼이 응답하시는 하나님이십니다.

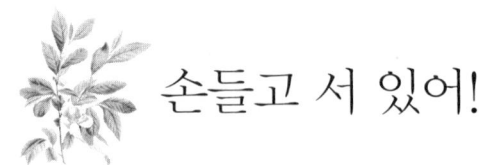

손들고 서 있어!

제주도에 처음 내려갔을 때 교인은 모두 12명이었습니다.

주일 낮에도 12명, 저녁에도 12명, 수요일에도 12명, 새벽에도 12명.

이들은 이사도 가지 않고, 죽지도 않고, 3년 내내 12명을 고수하였습니다.

그 중에 교회 다닌다고 가족 친지들에게 명석말이를 당한 분이한 분 계셨습니다. 어린아이 같이 여리고 순수한 분이 어디서 그런 용기가 났는지 친지들의 온갖 핍박에도 불구하고 전혀 굴하지않고 꿋꿋하게 교회를 다니셨습니다. 제가 부천으로 올라오자 그분은 앞뒤 가리지 않고 나를 따라 올라오셨습니다. 고맙고 반가웠지만 천막교회에서 함께 있을 수가 없었습니다.

그래서 잠깐 동안 기둥교회 고용봉 감독님 밑에서 일을 하였습니다.

어느 날 건축 문제로 껄끄럽게 하는 사람들이 시에서 나와 담임

목사님을 찾았습니다.

그들을 만나고 싶지 않았던 고 감독님께서는 나 없다 하라고 말씀하셨습니다.

문 앞을 가로막고 그 사람들에게 이분이 하신 말씀은…….

"우리 목사님이 없다고 하래요."

다 큰 어른이……. 초등학교 1학년도 그렇게 말하지 않았을 텐데…….

그렇게 순진하고 마음이 여리고 고운 분입니다.

"목사님하고 같이 있고 싶어요." 하는 말에 힘들지만 우리교회로 오시게 했습니다.

하루는 수요일 밤에 뭔가 잘못을 하여 내가 농담으로 말했습니다.

"그러려면 손들고 서 있어!"

설마 정말 손들고 있을 거라고는 상상도 못한 나는 그 일을 곧 잊어버리고 집에 들어가 잠을 잤습니다. 그런데 새벽에 기도하러 교회 나갔더니 어디서 훌쩍거리는 소리가 들렸습니다. 놀라서 살펴보니까 그때까지 그분이 어두운 본당 한 구석에 서 있는 것입니다.

"목사님은 손들고 있으라고 해놓고 들어가면 어~떡해~~"

목사 말이라고 밤새도록 팔을 들었다 내렸다 하시면서 그렇게 울며 서 있었던 겁니다.

바보같이……. 얼마나 힘들었을까……. 그분을 꼭 껴안고 함께 울었습니다.

"내가 잘못했어요. 이제 다시는 그런 말 안 할게요. 이제부터 내가 형님으로 모실 거예요."

목사 말이라면 농담도 진심으로 순종하는 그 모습이 내 가슴을 울렸습니다.

답답하고 융통성이 없어 가끔 내 속을 뒤집어 놓기도 하지만, 그때 일을 생각하면 미워할 수가 없습니다. 내가 야단을 치려고하면 어린아이처럼 삐치셔서 "목사님 그때……."하시면 나는 꼼짝 못하고 지고 맙니다. 자식이 없으신 그분을 위하여 내가 자식도 되고 동생도 되어서 그의 평생을 돌봐 드리기로 결심했습니다.

그렇게 그분은 30년을 나와 함께 하면서 교회와 한 몸이 되었습니다.

자기 몸처럼 교회를 돌보시고 일흔이 넘은 나이에도 아직도 어린아이 같은 순수함을 잃지 않는 그분은 바로 우리 교회 역사이고 산증인인 이필수 권사님입니다.

그분을 생각하면 저절로 입가에 미소가 맴돌면서 누구든지 마음이 따뜻해집니다.

먹을 것을 보면 언제나 "내가 지금까지 먹어 본 것 중에 제일 맛있어요."하시면서 얼마나 맛있게 드시는지 같이 먹는 사람들까지 덩달아 행복하게 하시는 분입니다.

그런 이필수 권사님을 우리 교인 모두가 사랑합니다.

이제 나이도 드시고 힘이 없어서 수련원에 내려가 계시지만, 우리 곁에 아름다운 사람 하나 머물러 있다는 것만으로도 얼마나 좋은지 모릅니다.

그렇게 언제나 한마음으로 함께 있는 사람이 있어 내 목회 생활이 참 든든하고 행복합니다.

길거리에 버려 놓아도

우리 교회 박경숙 권사님은 원주가 고향인데 결혼하고 역장인 남편을 따라 부천에 오던 그날부터 우리교회에 나오셨습니다. 천막교회에 교인도 없던 그 시절 얼마나 서로 의지가 되었는지 모릅니다.

권사님은 결혼한지 10년이 지났지만 아이가 없었습니다. 그의 기도 제목은 항상 아이를 하나 달라는 것이었습니다. 정말 간절히 기도했습니다.

하나님께서는 그 기도를 도저히 외면할 수 없으셨나 봅니다. 결혼 10년 만에 딸을 주셨습니다. 그것도 늦게 주신 것이 미안하셨던지 줄줄이 둘을 주셨습니다. 남들이 다 불가능하다고 말하고 있던 그때에 말입니다.

얼마나 좋았으면 두 딸의 이름을 '조아라, 조희라' 라고 짓고 세상에 둘도 없는 이쁜 아이라고 자랑합니다. 우리가 보기에는 뭐 그냥 그런데 말입니다.

권사님은 따로 피아노를 배운 적도 없지만 기도하면서 조금씩 반주를 할 수 있게 되었습니다. 받은 은혜가 너무 감사하고, 받은 은사를 쓰고 싶어서, 나와 함께 부흥회를 다니면서 반주를 해주었습니다. 권사님은 기도를 열심히 할 때는 반주를 잘하지만 그렇지 못할 때는 반주가 엉망이 됩니다.

나한테 구박도 참 많이 받았습니다.

그렇게 부흥회를 함께 다닌 세월이 20년이 훌쩍 넘었습니다.

어느새 내가 설교하다가 눈짓을 하면 뭘 반주해야 할지 말하지 않아도 알만큼의 내공이 쌓였습니다.

결혼 10년 만에 얻은 딸도 이제 대학생이 되었습니다.

그 오랜 시간을 교회 일을 하면서 나와 함께 부흥회를 다닐 수 있었던 것은 남편 조찬일 권사님의 말없는 외조와 어머니 손옥남 권사님이 가정을 잘 돌봐주신 덕분이기도 합니다.

어느 날 농담처럼 "우리가 이렇게 함께 다닌 시간이 많은데 왜 스캔들이 안 나지?"

그랬더니 권사님이 웃으면서 대뜸 받아칩니다.

"목사님은 길거리에 버려 놓아도 아무도 안 주워갈 걸요."

'아니, 자기는 메주같이 생긴 주제에…….' 속으로 괘씸했지만 틀린 말도 아니고 그만큼 흉허물 없이 말할 수 있는 세월이 쌓였다는 것이 참 편안합니다.

때로는 눈치 빠르게 행동하지 못해 "곰탱이"라고 놀려도 전혀 개의치 않습니다.

그저 빙그레 웃는 것이 '목사님, 뚝배기보다는 장맛이라는 걸 모르세요?' 하는 듯합니다.

심하게 야단을 치면 순식간에 도망갔다가 내가 화가 풀린 듯하면 아무 일도 없었던 것처럼 시침 뚝 떼고 들어와 앉아있습니다. 그런 모습을 보면 더 이상 야단칠 수도 없고 나도 그냥 웃고 맙니다.

권사님은 언제나 모든 신경이 목사를 향해 포커스가 맞추어져 있습니다.

담임목사를 얼마나 사랑하고 있는지 말하지 않아도 권사님의 표정을 보면 누구나 알 수 있습니다.

우리교회 심방전도사로 일하면서 울기도 많이 하고, 24시간 일하는 담임목사 때문에 참 많이도 힘들었을 텐데 언제나 감사하는 그 모습이 참 보기 좋습니다.

이제는 나이 50이 넘어 작년에 사무실 일을 그만 두었지만 언제라도 무슨 일이 있으면 달려옵니다.

지금은 신학교를 열심히 다니며 제대로 된 전도사가 되기를 꿈꾸고 있습니다.

함께 일하던 시간이 그리워서 다시 함께 일하고 싶다는 생각을 하다가도 너무 늦은 거 아닌가 싶기도 합니다.

그러나 오랫동안 함께 한 그 순간들은 어느 무엇으로도 바꿀 수 없는 소중한 시간이었습니다. 말하지 않아도 통하는 그런 사람이 옆에 있다는 것이 얼마나 좋은지 모릅니다.

하나님께서는 나에게 특별히 만남의 축복을 주셨습니다. 지금까지 살아오면서 인생의 고비 고비마다 참 좋은 사람들을 만나게 해주셨습니다. 그들이 있어 혼자서는 할 수 없었던 많은 일들을 할 수 있었습니다. 박경숙 권사님은 집회 때마다 그렇게 나에게 큰 힘이 되어주었습니다. 권사님의 그 마음은 앞으로도 변치 않을 것을 압니다. 좋은 동역자를 보내주신 하나님께 감사드립니다.

전도사가 되어 또 다시 함께 일하게 될 날을 꿈꿉니다.

그래도 뛰어!

천막교회 때를 생각하면 정말 힘들고 어려웠음에도 불구하고 언제나 마음 한편이 따뜻해지고 그리워집니다.

교인이 얼마 안 되어 거의 한 가족이나 다름없었지만 특히 청년들과는 친구처럼, 친형제처럼 그렇게 지냈습니다. 가난도 함께 나누고 사랑도 함께 나누었습니다. 기도를 할 줄 몰라 "예수님 그럼 안녕!"하고 끝을 맺던 청년도 있었지만, 나름대로 참 교회를 사랑하고 서로를 아껴 주었습니다. 미래가 불확실 하고 형편도 좋지 않았지만 서로가 함께 있다는 자체가 그저 좋기만 했습니다.

포도, 복숭아 서리를 해도 반드시 십의 일조를 떼어서 강단에 올려놓고 나서야 나누어먹었습니다. 그러면 죄가 덜어지기라도 하는 듯이 말입니다. 남의 집 공사장에 가서 쓰다 버린 판자를 훔쳐다가 강대상을 만들면서도 콧노래가 나오고 즐거웠습니다.

우리 집은 늘 항상 그런 청년들로 활기가 넘쳤습니다. 좁아터진 방에서 서로 부대끼며 저절로 정이 쌓여갔습니다. 반찬 위주로 밥을 먹는 이가 있어 그이가 한번 왔다 가면 우리 집 반찬 일주일 치가 거덜 나서 김치만 먹어야 하기도 했고, 어느 교인이 오징어 튀김장수를 하면 매일 오징어 튀김만 먹었고, 군고구마 장수를 하면 그걸로 끼니를 때우며 가난을 함께 이겨내었습니다.

지금도 가끔 오징어 튀김이 먹고 싶어지는 것은 그때의 그 맛을 잊을 수 없기 때문입니다. 그랬던 이들이 지금은 목사님도 되고 권사님으로 봉사하기도 하는 모습을 보면서 얼마나 마음이 뿌듯 해지는지 모릅니다.

지금은 고등학교를 다니는 두 아이의 엄마가 되어 제대로 뛰지 도 못하지만, 그때는 날렵하게 참 달리기를 잘하던 여자 청년이 있었습니다.

지방 체육대회에 나가면서 유일하게 달리기에서 일등을 할 수 있으리라 기대했습니다.

그런데 그 여자 청년이 마지막 꼴인 지점 20m를 앞두고 쓰러져 버렸습니다.

교인도 별로 없는 개척교회인지라 종목마다 같은 사람이 출전 하면서 맡아 놓고 꼴등을 하다가 유일하게 잘 할 수 있었던 종목 이었는데…… . 일등을 눈앞에 두고 쓰러지다니…… .

"조금만 더 버티지 그렇게 약해?"

아픈 사람 걱정보다는 일등을 못한다는 안타까움이 더 컸습니다.

쓰러진 그 여자 청년에게 달려가서 "그래도 뛰어!" 하고 소리 질렀습니다.

나는 일등이 먼저인데 그 여자청년은 병원에 실려 가면서도 "목사님 사랑해요." 하면서 눈물을 흘렸습니다. 지금 생각하면 아직도 그 일이 참 미안합니다.

그렇게 우리는 서로가 한 마음이었고, 우리 모두는 한 가족이었습니다.

철야시간에는 늘 함께 짝 기도를 하였고, 자기 기도는 뒤로 미룬 채 다른 사람을 위해 눈물로 기도했습니다.

교회 일이 내 일이고, 내 일이 교회 일이었습니다.

지금은 교인이 많아져서 여유도 생기고, 이런 저런 일들도 다양하게 일어나 즐겁기도 하지만 천막교회 때 같은 그런 끈끈한 정이 많이 없어진 것 같아 못내 아쉽습니다.

사람은 어려운 때일수록 더 가까워지고 더 많은 사랑을 나누게 되는 법인가 봅니다.

그들 중에는 지금은 소식도 알지 못하는 사람도 있고, 교회 행사 때나 가끔 소식을 전해오는 이도 있고, 집회 하는데 찾아와서 보고 싶었다며 눈물짓는 사람들도 있지만, 지금도 여전히 교회를 사랑하며 터줏대감처럼 지키고 있는 그때의 교인들이 정말 자랑스럽고 든든합니다.

오랜 시간 함께 하며 지금의 내가 있을 수 있게 해준 그들을 사랑합니다.

가끔 처음 마음을 잃어버리고 타성에 젖어 있는 것 같아 오래된 교인은 떠나라고 말하기도 하지만, 그래도 역시 오래된 그 마음에는 아무나 흉내 낼 수 없는 편안함과 깊은 사랑이 있습니다.

뿌리 깊은 나무가 흔들림이 없듯이 어떤 일에도 변하지 않는 믿음이 있어 고맙고 감사합니다.

새로 들어 온 교인들의 감칠 나는 맛과 오래된 이들의 깊은 맛이 어우러진 교회에서 오늘도 나는 행복한 목회를 하고 있음을 고백합니다.

스위스 제비

중국에 선교사님으로 가 계신 박종권 목사님이 잠시 귀국하셨습니다.

거리가 가까워서 그런지 다른 선교사님에 비해 자주 오시는 편이긴 하지만 오시면 그렇게 반가울 수가 없습니다. 제가 아플 때에는 걱정이 되어 도저히 그냥 있을 수가 없다며 오셔서 제 병실을 지켜 주시고 이것저것 보살펴 주십니다.

선교사님이 오시면 새벽기도부터 철야, 수련원 집회, 심방까지도 함께 하십니다. 다른 선교사님들은 귀국하면 좀 쉬면서 친지들도 만나고 몸과 마음을 충전하는 시간을 갖지만, 박선교사님은 중국에 있을 때보다 더 바쁘게 일하시느라 몸살이 날 지경입니다.

"목사님과 함께 하는 시간이 제게는 영적 충전의 시간입니다." 하시면서 개인적인 스케줄도 잡지 않으시고 저와 함께 일하시다가 가시는 그 모습이 얼마나 든든하고 내게 힘이 되어주는지 모릅니다.

중국에 선교여행을 다녀오신 우리 교인들은 다 이구동성으로 이런 말씀을 하십니다.

"목사님, 박선교사님이 어쩌면 그렇게 거기에 꼭 맞는지 모르겠습니다. 꼭 맞춤옷인 것처럼 그렇게 그곳에 잘 어울리는 분입니다. 너무 보기 좋습니다."

박종권 선교사님은 세상에서 정말 누리고 싶은 거 다 누리면서 자유롭게 사시던 분입니다.

호텔 쪽에서 잘 나가던 분이었습니다. 내가 그분을 만났을 때는 스위스 호텔에서 일하고 있었는데 만나는 여자만 일곱이었습니다. 정자 만나러 가서 영자라고 불러서 뺨 맞은 이야기는 우리 교인이면 다 아는 유명한 일화입니다. 그래서 내가 "스위스 제비"라고 별명을 붙여주기도 했습니다.

어떻게 송내동으로 이사를 오게 되었는데 우리 교회 앞을 지나가다가 자기도 모르게 그렇게 눈물이 나더랍니다. 그때부터 세상의 것은 모두 버리고 뒤늦게 신학 공부를 하기 시작했습니다.

근데 사실은 박선교사님의 오늘이 있기까지 그 뒤에는 어머니의 기도가 있었습니다. 그 어머니 권사님은 살아계셨을 때 제가 가끔 뵈면 늘 아들을 위해 눈물로 기도하셨습니다.

세상에서 잘 나가던 분이 갑자기 교회로 들어와 생활한다는 게 보통 힘든 일이 아닙니다. 몇 번씩 뛰쳐나가고 싶고 참기 힘든 시간을 견뎌야 했습니다. 그렇게 힘들게 공부를 하고 목사가 되어서 교회를 개척했습니다. 개척만 하면 다 잘 될 것 같았는데 주님의 일은 세상 일과 달랐습니다.

신천리에서 시작해서 인천, 일산까지 몇 군데를 옮기면서 했는데도 교회가 안 되는 겁니다.

그때마다 정말 가슴 저리는 기도를 하며 하나님 앞에 흘린 눈물이 얼마인지 모릅니다. 그러나 아무리 고생이 되어도 하나님께서 언젠가는 길을 열어주시리라는 믿음은 버리지 않았습니다. 아들에게 "너 신학 공부해서 목사가 되면 어떻겠느냐?" 했다가 그 아들에게서 한마디로 거절하는 말을 들어야했습니다.

"아버지, 고생은 아버지로 끝냅시다."

아버지 때문에 자식들이 참 많이 고생을 했습니다.

아버지야 사명이라 하더라도 자식들이 무슨 죄가 있겠습니까?

세 번씩이나 옮겨 다녀도 교회가 안 되는 겁니다.

목회를 그만 둬야 되는 게 아닌가 할 정도로 심각하게 고민할 때, 마침 중국에서 호텔을 하시는 권사님 한 분을 알게 되었습니다.

그분은 호텔에서 나오는 이익금으로 선교 일을 하고 싶어 하셨습니다.

"아, 그래 박목사님을 거기로 보내야 되겠다."

10년 전에 박선교사님을 거기로 보냈습니다.

근데 놀라운 일은 박선교사님의 호텔 경험이 쓰러져가던 그 호텔을 일으켜 세웠습니다.

참 하나님은 사람을 그렇게 쓰시는 분입니다. 그곳은 처음부터 박선교사님을 위한 자리였던 것처럼 그렇게 잘 어울렸습니다. 한족들을 위해 의료선교와 양로원을 운영하고, 몇 시간을 달려가 여기저기 흩어진 교회들을 돌아보면서 한족들의 존경을 한 몸에 받고 있습니다.

주님을 위해 일하는 것이 그렇게 기쁘고 좋을 수가 없다며 함박웃음을 웃는 그 모습이 너무 아름답습니다.

박선교사님을 통해서 벌써 다섯 군데에 예배당을 지었습니다. 박선교사님이 나타나면 한족들이 얼마나 좋아하는지 모릅니다. 얼마나 그 말씀에 잘 순종하고 은혜를 받는지…….

비록 중국어는 서툴지만 오로지 "뚸이? 부뚸이?" 하나로 그들의 마음에 뜨거운 사랑을 심어 놓으셨습니다. 나는 그런 박선교사님을 볼 때마다 하나님은 우리가 있어야 될 자리를 언젠가는 꼭 우리에게 찾아주신다는 확신을 갖게 되었습니다.

그러니까 내가 있어야 될 자리가 분명히 있습니다.

그 자리를 찾는 것이 바로 행복이고, 그 자리를 찾는 것이 성공입니다.

성령이 그 자리를 찾아주시는 것을 저는 믿습니다.

스위스 제비가 변하여 오늘의 존경받는 목사님이 되신 것을 기적이라 말하지만, 우리는 이것이 하나님의 은혜라는 걸 압니다.

박선교사님을 변화시키고 중국에서 자리매김하고 뿌리를 내릴 수 있게 해주신 하나님께 감사드립니다.

오늘도 "뚸이? 부뚸이?" 이 한 마디를 외치며 중국인들의 마음에 복음을 심어주기 위해 동분서주 하시는, 변화 받은 스위스 제비를 사랑합니다.

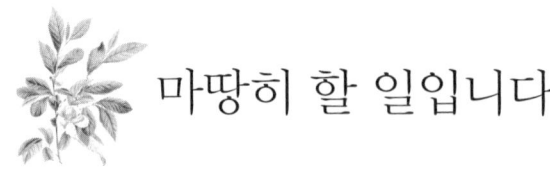

마땅히 할 일입니다

10월 셋째 주에는 중국 청도에 교회를 짓고 준공예배를 드리러 갑니다.

이동수, 정지선집사님 부부가 헌금을 하여 예배당을 지었기 때문에 교회 이름도 부부의 이름에서 한 글자씩 따서 '동지교회' 라고 하였습니다.

우리 이동수 집사님은 목사도 말리기 힘들만큼 선교의 열의가 불타는 분입니다. 그분이 처음부터 그랬던 것은 아닙니다.

20여 년 전, 처음 우리교회를 지을 때 교회 옆 빌라에 세 들어 사는 분이었습니다. 집주인이 교회 짓는 일을 반대한다고 우리에게 와서 무조건 교회 지으면 가만 안두겠다며 소리 높였습니다. 또 예배 시간마다 가요는 왜 그렇게 크게 틀어놓는지……. 그때는 나도 화를 잘 참지 못하던 시절이라 나가서 더 크게 소리 질렀습니다.

"무슨 목사가 깡패 같애?"

싸움에서 져본 적이 없다는 그 사람도 결국 한 발 물러섰습니다.

그러던 분이 20년이 지나 우리 교회 교인이 될 줄 누가 알았겠습니까? 그럴 줄 알았으면 그때 목사 위신을 지키면서 좀 살살 할 걸 그랬다 싶습니다.

이분은 사업을 하다 망해서 네 식구가 죽으려고 약을 준비했습니다. 주머니에 약을 넣고 다니는데 자꾸만 머릿속에서 내 얼굴이 왔다 갔다 하더라는 겁니다. 죽더라도 꼭 우리 교회를 한 번 와보고 죽겠다는 결심을 한 겁니다. 왜 하필이면 우리 교회였는지…….

하나님은 참 재미있으신 분이라는 생각이 듭니다.

"목사님이 나 안 받아주시면 교회와는 담쌓을 겁니다."

협박 아닌 협박에 의아해하면서도 그를 받아들였습니다.

그런데 오는 그날부터 은혜를 받기 시작하더니 주머니에서 약을 꺼내놓으며 웁니다.

"목사님 내가 죽으려고 왔는데 하나님은 이렇게 살려주시네요."

아이처럼 엉엉 우시는 그분을 보며 같이 울었습니다. 4년 동안 하나님은 엄청난 축복을 그분의 가정에 쏟아 부어주셨습니다.

그분이 바로 이동수 집사님입니다.

그때부터 집사님은 받은 은혜가 너무 커서 힘이 닿는 대로 하나님 일을 하겠다며 물불을 가리지 않습니다. 싸움도 화끈하게 하더니 역시 교회 일도 화끈하게 합니다. 무엇이든 자기가 하겠다고 나섭니다. 목사인 내가 오히려 겁이 나서 망설여질 정도입니다.

"그렇게 저질러 놓고 감당 못하면 어떡하려고……."

"목사님 그런 소리 마세요. 하나님이 하게 해주실 겁니다."

누가 목사이고 누가 집사인지 모르겠습니다.

매주 일정액을 헌금하여 '두리하나교회'를 개척하였고, 수련원 공사에도 거액을 내놓더니 그것도 부족한지 일본 선교를 위해서도 매달 헌금을 보냅니다.

돈의 액수가 문제가 아니라 그 마음이 너무 아름답습니다.

"집사님, 감사합니다. 이번에도 큰 일 하셨습니다."

"아닙니다. 마땅히 제가 할 일을 했을 뿐인데요."

나는 집사님이 너무 넘치게 하는 것 같아 말리느라 정신이 없을 정도입니다. 지금까지 한 것도 넘치는데 창립 30주년 기념으로 내 차를 사주겠다며 또 매주 헌금을 하고 있습니다.

매주 일정액을 헌금한다는 게 말처럼 그렇게 쉬운 일이 아닙니다. 그러나 집사님은 지금 2년째 그 일을 하고 있습니다. 앞으로 얼마나 계속할지 모르지만 집사님은 그저 그렇게 할 수 있게 해주시는 하나님이 감사하다며 마냥 기뻐하십니다.

그런 우리 이동수 집사님은 아직 조그만 연립에 삽니다.

"집사님, 아파트부터 사셔야죠."

"목사님, 그런 말씀 마십시오. 하나님이 주신 것 하나님을 위해 써야지요. 자식들 대학까지 공부 다 시켰고, 먹고 살 걱정 없고, 지금까지 건강하게 지켜주신 것만으로도 너무 감사합니다. 그런데 뭘 걱정하겠습니까. 저 자신을 위해 쌓아 놓을 필요를 못 느낍니다. 그리고 하나님께서 나에게 다시 한 번만 기회를 주신다면 주님 일하면서 살겠다고 약속했습니다. 하나님 일을 할 수 있다는 것이 감사할 뿐입니다. 저는 지금 너무 행복합니다."

하나님이 주신 것 하나님을 위해 쓰겠다며 힘닿는 데까지 선교에 힘쓰는 그분을 하나님께서 어찌 축복하지 않으시겠습니까?

오늘도 교회에 필요한 것이 무엇인지 살피는 그분의 마음 씀씀이가 너무 감사하고 아름답습니다. 하나님께서 집사님의 그 마음을 받으시고 축복해 주시기를 목사는 간절히 기도합니다.

곰팡이 사랑

우리 교회는 남자들이 저를 더 사랑하는
것 같습니다.

"목사님, 남자끼리도 사랑하나 봐요. 우리 남편이 나보다도 목
사님을 더 사랑해요."

장현민 집사의 아내 김유혜 집사의 말입니다.

다 큰 어른이, 그것도 덩치가 산만한 사람이 자기 아내에게 마
치 어린아이처럼 "목사님이 보고 싶어."라고 했다는 이야기를 듣
고 처음에는 웃었습니다.

"난 목사님 얼굴을 봐야 일이 풀려."

그 말에는 그저 웃을 수만은 없었습니다. 내가 외국 집회를 나
간다든지 병원에 입원할 때는 사업이 잘 안 되는데, 신기하게도
나를 보고나면 일이 그렇게 잘 풀릴 수가 없다는 겁니다. 그런 말
을 듣고 목사가 그를 위해 기도하지 않을 수가 없습니다. 참 교인
들이 목사의 기도를 받는 방법도 가지가지라는 생각을 하면서도
그런 교인이 있다는 게 얼마나 감사한지 모릅니다.

장현민 집사는 친구들과 함께 사업을 하고 있습니다.

처음 여기 연립에 세 들어 왔을 때, 십 원 한 푼 없었습니다. 그런데 어느 토요일 오후에 개업 예배를 봐달라고 요청을 해왔습니다. 그래도 뭔가 사무실은 제대로 꾸며 놓고 일을 시작하나보다 했는데 그게 아니었습니다. 친구 회사에 책상 하나 놓고 그 회사 사람들이 다 퇴근하고 없는 시간에 예배를 보기위해 목사를 그때 오라고 한 겁니다.

"친구 회사 사무실 한 귀퉁이에 책상 하나 갖다 놓고 시작하지만 하나님, 믿음으로 시작합니다. 하나님, 잘되게 하시옵소서."

간절히 기도하고 그 아내 김유혜 집사가 정성껏 준비한 빵을 먹으려는 순간 갑자기 목이 멨습니다. 근처 슈퍼에서 사온 그 빵에는 시퍼런 곰팡이가 슬어 있었습니다. 사실 내가 생긴 건 좀 그렇지만 먹는 건 까다로운 편입니다. 근데 김유혜 집사 모르게 오래되어서 시퍼렇게 곰팡이가 슨 그 빵을 먹었습니다.

'얼마나 힘들었으면⋯⋯.'

눈물을 참으며 맛있게 먹었습니다. 사랑의 맛으로 먹었습니다. 친구 회사에 책상 하나 갖다 놓고, 곰팡이 슨 빵 대접하며 예배 볼 때에 목사의 눈에 보이지 않는 눈물이 흘렀습니다.

"하나님, 지금은 비록 이렇게 보잘 것 없이 시작하지만, 하나님, 잘 되게 하셔야 되지 않습니까."

정말 간절하게 기도했습니다. 장집사님은 새벽기도도 빠지지 않고 교회 봉사도 열심히 했습니다.

"목사님, 잘 될 것을 믿습니다."

그런 집사님의 믿음에 하나님도 감동하셨나봅니다.

1년이 지난 뒤 장현민 집사는 그 친구 회사의 주인이 되었습니다. 친구 다섯 명과 공동 운영을 하게 된 것입니다. 사업이라는 게 잘나가기도 하고, 밑으로 내려가기도 하지만, 돈 하나도 없이 시작한 사업인데 하나님이 저를 잘 되게 하셨습니다. 교회 나가지 않던 부모님도 요즘은 얼마나 열심히 나오시는지 모릅니다. 장현민 집사가 교회 다닌다고 핀잔하면서 "교회 다니는 건 말리지 않겠지만 미치지는 마라." 하시던 부모님이 이제는 새벽기도도 더 열심히 나오십니다.

지난번 수련원 공사를 할 때는 오셔서 눈물을 글썽이셨습니다.

"목사님, 제가 이렇게 축복을 받았는데 목사님이 말씀하시기 전에는 몰랐습니다. 진작 제가 했어야 되는데요." 하시면서 공사의 일부를 맡아서 하시기도 하셨습니다.

"믿음의 무지개를 보는 사람은 하는 일마다 잘 될 것이다."

하나님 축복의 약속입니다.

이 말씀이 자꾸 우리를 감격하게 하고, 우리를 흥분하게 하고, 우리를 자신 있게 합니다.

장현민 집사의 환한 얼굴에서는, 오늘도 어떤 상황에도 굴하지 않는 믿음의 빛이 발산되는 듯합니다.

작은 바자회

　어제는 예수 가족 목사님들이 모여서 작은 바자회를 열었습니다. 옷 한 벌의 값은 모두 천 원으로 매겼습니다. 고신복 목사님이 가장 많은 옷을 고르고는 입이 귀에 걸렸습니다.

　"목사님, 값을 계산하기도 힘든데 그냥 점심을 사겠습니다."

　그래서 결국 바자회는 돈 한 푼 남기지 못하고 점심 한 끼로 끝나고 말았습니다.

　이 작은 바자회에 출품된 옷들은 전부 내가 입던 옷들입니다.

　병원을 드나들며 내 몸무게가 23kg이나 빠진 탓에 내겐 너무 큰 옷들이 되어버렸기 때문입니다. 의사선생님이 "이젠 몸무게가 더 늘지 않을 겁니다."하는 말을 듣고 옷장 문을 열었습니다. 이제는 입을 수 없는 옷들을 한동안 바라봅니다. 낯익은 옷들도 있지만 처음 보는 듯한 옷도 있습니다. 나는 내 옷이 그렇게 많은 줄 몰랐습니다.

　"이런 옷도 있었어?"

낯선 옷들을 보며 참 미안한 생각이 듭니다. 그 옷을 살 때는 뭔가 이유가 있었을 텐데 그동안 나에게 외면당했던 것 같아서 말입니다.

교인들이, 자식들이 사랑을 담아 선물한 옷들도 많은데…….

나는 집회를 인도하면서 땀을 무척 많이 흘리기 때문에 거의 삭아서 마치 그물이 된 것처럼 하늘거리는 양복도 있습니다. 도저히 안 되겠다며 새 양복을 사놓고도 또 그 삭은 옷을 입고 나가고는 했습니다. 이상하게 입던 옷이 사람을 참 편안하게 해줍니다. 나는 계절이 시작할 때 한 번 입으면 계절이 끝날 때까지 주로 그 옷을 입습니다. 옷을 바꾸어 입을 줄 모릅니다. 그래서 한 계절에 두 벌 옷이면 족합니다. 새 옷은 언제나 어딘지 어색하고 불편한 느낌이 드는 것이 편안하지가 않습니다.

사람과의 관계도 그렇습니다.

오래되어 익숙해진 사람들과 함께 있으면 그렇게 편안할 수가 없습니다. 아마도 내가 집회를 하며 수많은 새로운 사람들을 만나면서 늘 긴장하고 힘들었던 마음이 그런 식으로 표현된 것이 아닌가 하는 생각도 듭니다.

그래서 사놓고 거의 입지 않은 새 옷들이 많습니다.

입지도 않는 옷들을 관리하느라 우리 집사람은 또 얼마나 힘들었을까 하는 생각도 듭니다.

그 옷들을 목사님들에게 다 나누어 주고 나니까 마음이 얼마나 가벼운지 모릅니다. 텅 빈 옷장이 참으로 시원해 보여서 좋습니다. 그러고 보면 그 동안 참 많은 것을 가지고 누리며 살았습니다. 꼭 필요한 것이 아니었는데도 말입니다.

우리 인간은 이렇게 필요한 것보다 필요 없는 것을 더 많이 가지고 살지 않나 하는 생각을 해 봅니다.

이제 날씬해진 몸으로 가볍게 시작할 수 있다는 기대감이 생겨서 감사합니다. 입을 수 없는 옷들에 대한 서운함보다는 내게 있는 것으로 나누는 기쁨이 더 컸던 하루였습니다. 내일은 신발 바자회도 열어볼까 하는 생각도 듭니다.

이렇게 또 한 번 예전 것을 훌훌 털어버리고 새롭게 시작할 수 있게 해주신 주님께 감사드립니다.

한 그릇 국이 주는 따스함

새벽기도를 끝내고 예수가족 목사님들과 해장국을 먹었습니다.

새벽에 먹는 한 그릇 국에서 느껴지는 그 따스함이 참 좋습니다. 오늘 아침에는 비가 와서 그런지, 좋은 사람들과 함께 해서 그런지, 그 따스함이 두 배로 와 닿습니다.

해장국은 고기뼈와 내장을 푹 곤 국물에 배추우거지를 넣어 끓인 국입니다. 시원한 국물과 함께 배불리 먹어도 속이 편하고 영양가도 높아서 누구에게나 인기 만점입니다. 아침에 먹는 이 한 그릇 국이 사람의 속을 얼마나 편안하고 든든하게 해주는지 모릅니다. 흔히 술 마신 다음날은 쓰린 속을 푸는 음식으로 알고 있지만 꼭 그렇지만은 않습니다.

맛있게 해장국을 먹은 날은 꼭 몸무게가 500g이 늘어납니다. 요즘 병원에 다니면서 매일 몸무게를 체크하기 때문에 금세 알 수 있습니다. 육체노동을 하는 사람에게는 더없이 좋은 음식임에 틀림없는 것 같습니다.

20년이 넘게 집회를 다니며 처음에는 아침을 먹지 않았는데 언젠가부터 해장국을 먹기 시작했습니다. 새벽집회를 마치고 먹는 한 그릇 국 맛이 얼마나 좋은지 모릅니다. 전국 방방곡곡 집회를 다니다보니 맛있다고 소문난 해장국 집은 거의 다 가 본 것 같습니다. 가끔 전에 먹던 그 맛이 그리워지면 오늘처럼 일부러 가서 먹기도 합니다.

아침을 일찍 여는 사람들의 무표정한 얼굴을 보는 것도 해장국 집을 드나드는 재미 중의 하나입니다.

오늘도 한 쪽에서는 늙수그레한 한 무리의 아저씨들이 국을 후루룩 들이키며 "어~ 시원하다."를 연발합니다.

한 그릇 국으로 푸는 그 속은 무엇으로 뒤엉켜 있을지 짐작이 갑니다. 등 돌리고 먹는 두 어깨가 참 무거워 보이니 말입니다. 살아오면서 너무 힘들어 그 짐 내려놓고 싶은 생각이 들지는 않았는지 모르겠습니다. 그 짐에 짓눌린 인생이 아니라, 그 짐을 질 수 있음을 감사하는 인생이었으면 좋겠다는 생각을 합니다.

주님 앞에 그 짐을 잠시 내려놓고 힘을 얻어도 좋을 텐데 말입니다.

또 한쪽에서는 조금 더 젊어 보이는 사람들이 묵묵히 뜨거운 해장국을 후후 불며 먹고 있습니다. 머릿속에 오늘 해야 할일을 그리고 있는 듯합니다. 그런 사람들에게 이 해장국 한 그릇은 하루를 버티게 해주는 큰 힘이 되겠지요. 인생을 받아들이고 최선을 다하려는듯한 그 모습이 아름다워 보입니다. 오늘 하루 아무리 힘든 일을 만나더라도 이겨낼 수 있는 용기가 생기기를 가만히 빌어줍니다. 밤새 고기뼈를 고아서 국을 끓인 주인도 그런 사람들이 있어 보람을 느낄 것 같습니다.

혼자서 먹고 있는 사람도 눈에 띕니다. 외로운 가슴을 다 채울 수는 없겠지만 이 국 한 그릇이 조그만 위안이 되면 좋겠습니다.

밥 한 끼 먹으면서 참 별 생각을 다 합니다.

저렴한 가격으로 여러 사람이 배불리 먹을 수 있는 이런 음식이 있다는 게 나를 행복하게 합니다.

예수가족 목사님들은 뭐가 그렇게 즐거운지 연신 웃음을 터뜨리며 수다를 떱니다. 이럴 땐 강단에서의 그 모습은 온데간데없고 꼭 어린아이 같습니다.

마음이 맞는 사람들과 조그만 기쁨도 크게 느끼며 하루를 열 수 있다는 것 또한 너무 감사합니다.

새벽에 해장국을 먹을 수 있을 만큼 건강을 회복시켜주신 하나님께 더욱 감사합니다.

국 한 그릇이 이렇게 많은 사람들을 훈훈하게 감싸 안아줍니다.

밤새 술을 마신 사람들과 아침 일찍 일 나가는 사람이 한데 어우러진 해장국 집의 풍경이 정답게 느껴지는 행복한 아침입니다.

사랑의 산나물

20년을 넘게 집회를 다니다 보니 수많은 사람들을 만납니다.

새로운 사람들과 만나고 헤어지기를 반복하면서 많은 사람들이 내 머릿속에서 잊혀져갔지만 정말 잊을 수 없는 분들도 많이 있습니다.

부흥회 때 은혜 받고 눈물 흘리면서 "목사님, 큰 은혜 받았습니다. 평생 잊지 않을 겁니다." 고백하던 사람들도 시간이 흐르면 소식조차 알 수 없게 되기 마련입니다.

은혜 받은 많은 사람들이 지금은 무엇을 하고 있는지, 아직 그 뜨거움을 간직하고 있는지, 혹시 다시 신앙생활이 흐트러지지는 않았는지 궁금하지만 하나님의 사랑을 잊지 않고 살고 있기를 그저 바랄 뿐입니다.

그러다 가끔 소식 전해오는 이가 있으면 반갑고, 그때 일을 이야기하며 함께 그리워하기도 합니다.

꾸준히 연락을 해오는 분들도 있지만 늘 함께 시간을 보내는 우리 교인들을 더 사랑하게 되고, 더 걱정하는 게 담임목사의 마음입니다. 그러나 마치 우리 교인처럼 사랑이 가는 분들도 있습니다.

그 중에 한 분이 원주에 계시는 정하룡 장로님이십니다.

그분은 내 가슴속에 오랫동안 사랑의 이름으로 남아 있는 분입니다.

전직 교장선생님으로 많은 사람들 앞에서 호령도 했을 터임에도 불구하고 내 앞에서는 마냥 어린아이 같습니다.

그분의 눈을 보면 세상 것을 다 잊게 만드는 순수함이 깃들여있습니다. 교장선생님으로 계실 때도 동네할아버지 같은 그 인자함으로 아이들에게 친구처럼 다가가셨습니다. 한 단체의 리더로 오래 계신 분이면서도 언제나 겸손하신 그 모습이 얼마나 좋은지 모릅니다. 내가 아플 때는 시를 써서 나를 울리기도 하시고, 강원도 산속을 다니시며 산나물을 뜯어 말려서 보내오시기도 하십니다.

"목사님, 내가 직접 뜯은 거예요. 드시고 건강하셔야 돼요."

그 말에서는 정말 진심어린 사랑이 묻어나옵니다.

목사에게 주기 위해 산을 헤매고 다니는 그 모습을 상상해보다 콧등이 시큰 해집니다. 밥상에 나물만 올라오면 그 장로님 생각이 나는 것은 그 사랑을 잊을 수 없기 때문입니다. 그분이 가끔 보내주시던 원주의 특산물 감자떡은 추석 때 우리 교인들이 제일 먼저 찾는 음식이 되었을 정도입니다.

철마다 잊지 않고 안부 전화를 주시고 마치 친형님처럼 저를 걱정해주십니다.

그때마다 내가 먼저 전화 드리지 못한 미안함과 고마움에 눈시
울이 뜨거워집니다.

중국에 집회를 함께 갔을 때, 제가 혹시라도 힘들까봐 이것저것
신경 써주시던 그 모습을 잊을 수 없습니다.

사람이 살아가면서 언제나 한결같은 마음을 가진 사람을 만난
다는 것이 얼마나 큰 축복인지 모릅니다. 그 사람을 생각하면 언
제나 따뜻해지고, 그 사람을 생각하면 감동이 되는 그런 사람이
제 옆에 있다는 것이 너무 감사합니다.

나도 누군가에게 그런 사람이 되고 싶다는 생각을 합니다.

일상의 변화가 주는 기쁨

나는 요즘 일주일에 세 번, 혈액 투석을 받기 위하여 병원에 갑니다.

처음 투석을 해야 된다는 말을 들었을 때는 엄청난 당혹감으로 참 힘들었습니다.

"하나님, 나는 집회도 나가야 하고 할 일이 너무 많은데요. 이렇게 시간에 묶여서 꼼짝 못하게 하시면 어떡합니까?"

따져도 보았지만 그러나 이젠 그 일이 전혀 아무렇지도 않게 내 생활의 일부로 스며들었습니다. 병과 싸우지 말고 친구처럼 지내라던 의사선생님의 말이 아니더라도 그저 내 일상에 조그만 일 하나가 더 추가 되었을 뿐이라는 생각을 합니다.

여행을 마음대로 할 수 없어서 외국 집회를 나가기가 어렵게 되긴 했지만 그것도 그리 나쁘지만은 않습니다. 그동안 정신없이 집회를 했으니까 이젠 교회 있으면서 다른 일을 좀 하라는 주님의 뜻인 줄 알고 편안하게 받아들입니다. 단지 하루를 다른 사람과는 조금 다른 방식으로 시작한다는 것 외에는 아무런 문제가 없습니다.

처음 신장과 췌장 이식 수술을 받고 병원을 다닐 때는 매일 보는 사람들의 안부가 아직도 살아있느냐는 것이었습니다.

지난달에 보이던 사람이 보이지 않으면 '아~ 죽었구나.' 서로 짐작하며 착잡해졌습니다.

그러나 지금 만나는 사람들은 희망을 이야기합니다.

어떻게 하면 조금 더 건강하게, 자신 있게 살 수 있을까에 대해 말합니다.

투석을 시작하자마자 코를 골며 자는 세상 편한 사람도 있습니다. 이분은 무슨 일이든 어렵게 생각하는 법이 없습니다. 늘 웃는 모습인 걸 보면 쉽게 생각하고 쉽게 해결하는 그 단순함이 그를 편안하게 하는 것 같습니다.

죽고 싶었다는 여자 분도 이제는 담담하게 받아들이며 삶에 애착을 가지는 모습을 봅니다.

병원에 와서도 이 일 저 일 걱정하며 전화하는 사람도 있습니다.

'이왕 왔으면 좀 편안하게 쉬었다 가지.' 하는 생각을 하다가도 삶의 끈을 꽉 쥐고 있는 그 모습이 아름답게 느껴집니다.

자주 만나다 보니 이젠 모두들 친구가 되었습니다. 만나면 서로 같은 아픔을 가지고 있다는 공감대가 형성되어 그렇게 반가울 수가 없습니다.

그러나 어떤 사람들이 모인 곳이든 사람이 모이면 조그만 경쟁은 늘 있게 마련인가 봅니다.

조금이라도 투석을 먼저 받으려고 새벽부터 줄을 서기도 하고 창가의 편안한 자리를 욕심내기도 합니다.

젊은 여자 하나는 어머니를 모시고 오는데 4시 30분부터 와서 기다립니다. 투석은 거의 8시가 되어야 시작하는데 말입니다. 간호사가 나타나면 제일 먼저 자기 어머니를 순서에 올려놓고 자기가 알고 있는 부탁받은 이름들을 다 올립니다. 나는 언제나 그 다음입니다. 나도 기다리는 것은 싫어서 새벽에 일찍 가는데 이 여자를 도저히 따라갈 수가 없습니다. 나는 늘 여덟 번째 아니면 아홉 번째입니다. 처음에는 화가 나서 야단을 좀 칠까 생각도 했지만 이제는 그것도 익숙해졌습니다. 그래봤자 10~20분 차이인데 정말 사람이 살다 보니 사소한 일에 목숨 걸게 되는구나 싶어서 그 여자를 한 번 째려보는 걸로 마음을 거두었습니다. 어쩌면 이런 것들 또한 우리를 살게 하는 원동력 중의 하나가 아닌가 생각합니다.

하루는 간호사가 묻습니다.

"목사님은 무슨 일을 그렇게 많이 하셔서 이렇게 되셨어요?"

그 말을 듣고 잠시 생각에 잠깁니다. 건강만큼은 자신하며 하루 3~4시간 자며 뛰어다니던 때가 있었습니다. 선배목사님들이 늘 단거리 선수처럼 있는 힘을 다해 그렇게 뛰지 말고 마라톤을 하듯이 속도 조절을 잘하라던 그 말씀을 요즘 절실히 깨닫습니다. 그래도 아직 일할 힘이 남아 있음을 감사합니다. 주님은 또 다른 방법으로 건강했으면 알지 못했을 여러 가지 일들을 깨닫게 하시고 할 수 있게 하셨습니다.

투석을 받는 4시간 동안 참 많은 기도를 합니다. 이 시간은 어쩔 수 없이 견뎌야 하는 힘든 시간이 아니라 주님과 나만의 온전한 시간입니다. 늘 바쁘게 뛰어다니느라 기도하지 못한 나에게 허락하신 소중한 시간입니다.

옆에서 함께 투석을 받던 여자 분이 내가 목사라는 걸 알고 정색을 하고 묻습니다.

"목사님, 저는 죽고 싶었던 적이 많았습니다. 목사님도 그런 적 있습니까?"

"아니요. 나는 할 일이 아직 많이 남았습니다. 아직 죽을 수 없습니다."

"목사님, 그래도 힘들지 않나요?"

"물론 힘들 때도 있습니다. 그러나 이것 또한 감사합니다."

주님께서 허락하신 모든 날들이 어떤 형태이든 소중하지 않은 날은 없습니다. 주님이 내 안에 계시는데 내가 어떤 모습이든 무슨 상관이겠습니까? 건강해서 내 마음대로 할 수 있는 것도 감사하지만, 조금 불편해서 다른 사람들의 아픔을 내 아픔처럼 느낄 수 있고, 그들을 위해 기도할 수 있는 것도 소중하고 감사합니다.

벽돌공이 온전한 벽돌을 사용하든, 그걸 깨어서 반쪽짜리를 사용하든, 그건 벽돌공의 마음이겠지요. 벽돌이 왜 나를 온전한 채로 사용하지 않고 깨뜨렸냐고 따진들 무슨 소용이 있겠습니까? 건강한 몸도 하나님 것이고 조금 불편한 몸도 하나님 것인데 말입니다.

금요일 오후가 되면 '아~ 이젠 이틀 동안은 병원 안 와도 되는구나.' 하는 생각에 갑자기 편안해지고 행복해집니다. 이런 기분은 일상의 조그만 변화로 인해 새롭게 느끼는 나만의 감미로운 감정입니다.

요즘 병원을 다니고 하루 종일 교회에 머무르면서 그 동안 열심히 뛰기만 하느라 미처 알아보지 못했던 소중한 것들을 새삼 발견합니다.

길을 걷다가 풀숲에 피어있는 작은 꽃 한 송이를 발견한 듯한 그런 기쁨입니다.

일상의 이런 소중하고 작은 변화들을 새롭게 발견하며 매일 매일 기쁨을 느낄 수 있게 하심을 감사합니다.

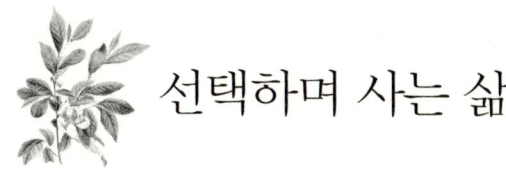

선택하며 사는 삶

아침에 눈을 뜨는 그 순간부터 사람은 언제나 선택을 하며 살아갑니다.

일어날까 더 잘까, 밥을 먼저 먹을까 세수를 먼저 할까하는 사소한 것에서부터 오늘은 누구를 만날 것인지 무슨 일부터 할 것인지……. 부딪혀오는 모든 것들이 선택이 아닌 것이 없습니다. 그 중에 대부분은 습관에 의해 자연스럽게 받아들여지기 때문에 내가 선택했다는 사실조차 의식하지 못하고 지나가기도 하지만, 때로는 뭔가를 선택하기 위해서 몇 날 며칠을 밤을 새며 고민하기도 합니다.

매우 게으른 청년 하나가 있었습니다. 늘 빈둥거리며 노니까 그 어머니가 오렌지를 선별하는 공장에 취직을 시켰습니다. 어머니는 쉬운 일이니까 잘 할 수 있을 거라고 생각했습니다. 그가 맡은 일이라곤 주스 공장으로 갈 오렌지와 박스에 넣어 판매할 오렌지를 선별하여 담는 일이 고작이었으니까요. 그런데 그는 며칠 못 가서 그 일을 그만두고 말았습니다. 선택하는 일이 너무 힘들다는 게 그 이유였습니다. 우스운 이야기지만 뭔가를 선택한다는 게 그만큼 어려운 일입니다.

살아오면서 내가 가장 잘한 선택이 무엇일까를 생각해보았습니다.

제가 제주도에서 3년을 보내고 있을 즈음에 서울에 있는 교회에서 오라는 연락이 왔습니다.

30년 전에 강남이 한창 도시개발 될 때인데 그 강남에 있는 교회였습니다. 150명이 모이는 교회인데 그때 150명이면 큰 교회입니다. 강남에 위치해 있으니까 발전 가능성도 많은 교회였습니다. 거기 담임목사님이 은퇴하시면서 후임자를 물색하다가 저를 불렀습니다. 제주도에 있는데 와서 설교를 좀 하라는 겁니다. 나는 내 설교가 좋아서 초청하는 줄 알고 제주도에서 두 번이나 올라와서 설교를 했습니다. 그런데 그게 나를 테스트한 거였습니다.

테스트에 합격을 해서 그 교회 가기로 다 결정했는데, 우리 어머니가 안 된다는 겁니다.

"김목사, 거기 가지마. 거기 가지마. 밑바닥부터 시작해."

내가 나고, 자라고, 술 먹고 돌아다니던 부천에서 일어서지 않으면 목회를 할 수 없다는 게 우리 어머니의 지론이셨습니다.

그때 어머니 말씀을 안 들을 수도 있었습니다.

내 생각에는 제주도에서 그 좋은 교회로 점프하는 건데 그 교회로 가는 것이 마땅합니다.

근데 우리 어머니가 막으시는 겁니다.

내가 은혜 받고 달라진 게 있다면 어머니 말씀에 순종 하는 것이었습니다. 내가 복 받은 비결 가운데 하나라고 지금도 생각합니다.

내 생각에는 가야 되지만 기도하는 어머니 말씀이니까 순종했습니다.

그리고는 천막 교회, 교인도 하나 없는 송내중앙교회로 왔습니다.

그렇게 와서 내가 3년 동안을 힘들어 했습니다.

"에이~ 거기 갈 걸. 에이~ 갈 걸. 에이~ 갈 걸."

하루에도 몇 번씩, 3년 동안을 후회도 하고 어머니 원망도 많이 했습니다.

근데 지금 그 교회는 흔적도 없이 사라지고 말았습니다. 우리 감리교회 중에 서울에서 제일 분쟁이 많은 교회가 그 교회였습니다. 내가 그때 그 교회로 갔다고 하면 어떻게 되었을지 뻔합니다. 내 성격이 다듬어지지도 않았던 때인데……. 아마 젊은 혈기에 참지 못하고 목회를 그만 두게 되었을지도 모를 일입니다.

그때는 잘못 선택한 것 같아 후회도 했지만, 지금 돌아보면 너무 잘 한 선택이었습니다. 내 선택 가운데 가장 잘한 선택 중의 하나라는 생각조차 듭니다. 좋은 조건을 가진 그 교회에 가지 아니하고 교인 없는 천막 교회에 온 것이 나에게는 참 잘한 일이 되었습니다.

내 인생에 가장 성공의 선택이 되었습니다.

아무리 좋은 조건이라도 내일이 없다고 하면, 그건 좋은 조건이 아닙니다.

지금 내 생각과 다르다 하더라도 하나님의 뜻이 무엇인지 아는 게 중요합니다.

오늘만 보지 않고 내일을 볼 줄 아는 것, 이게 믿음의 사람들입니다.

날마다 하는 선택이 하나님 보시기에 잘 된 선택이 되기를 오늘도 기도합니다.

사랑에는 무게가 없습니다

　　　　박종권 선교사님에게는 노아라는 다섯
살 된 손자가 있습니다.

　노아는 할아버지 할머니에게는 보기만 해도 그저 사랑스럽고
뭘 해도 예쁜 아이입니다.

　무엇이든지 해주고 싶고 있는 그 자체만으로도 기쁨을 주는 그
런 아이입니다.

　그 사모님은 얼마 전에 허리 수술을 하시고 아직 제대로 회복
되지 않은 상태임에도 불구하고 틈만 나면 노아를 업고 다닙니
다. 딸이 말리고 남편이 말려도 소용이 없습니다. 아이가 원하면
언제든지 업을 준비가 되어 있습니다.

　한 번은 선교사님이 저녁마다 앓는 소리를 하는 사모님이 안타
까워 화를 냈답니다.

　"여보, 허리도 안 좋으면서 왜 애는 업고 그래?"

　그랬더니 사모님이 그러더랍니다.

　"근데 참 이상하지? 애를 업고 있을 때는 하나도 안 아파."

그렇습니다. 사랑에는 무게가 없습니다.

아무리 힘들어도 사랑이 있으면 힘든 줄을 모르는 게 사람의 마음입니다.

나도 얼마 전에 손자를 얻었습니다. 아직 만나보지도 못 했지만 말만 들어도 가슴이 따뜻해지고 입가에 미소가 저절로 피어오릅니다.

감기가 심하게 들어 며칠 동안 먹지도 못하고 힘이 없어 누워있는데, 딸아이가 메일로 사진을 보내왔습니다. 그 사진을 보려고 며칠 굶었다는 생각도 잊고 벌떡 일어나 앉았습니다. 어디서 그런 힘이 나는지 참 알다가도 모를 일입니다.

옆에 있던 권사님들이 놀립니다.

"목사님, 계속 아프다고 인상 쓰고 계시더니 얼굴이 활짝 피셨네요."

이렇게 사랑 앞에서는 내 아픔도 잊게 되나 봅니다.

고신복 목사님이 그 사진으로 컴퓨터 화면을 도배를 해놓으며 장난스럽게 말합니다.

"웃는 모습이 목사님을 꼭 닮았어요."

이제 금방 태어난 아이가 뭘 날 닮았겠습니까만 그 말이 너무 듣기 좋습니다.

손자를 업고 다니려면 나도 오늘부터 운동을 해야 하지 않을까 하는 생각을 하며 혼자 웃습니다.

저 아이를 위해서라면 무엇이든 할 수 있을 것 같다는 생각을 합니다.

　내가 저 조그만 아이의 울타리가 되어 주어야겠구나 하는 생각
도 합니다.

　저 아이를 위해 내가 할 수 있는 일이 있을 거라는 생각만으로
도 힘이 납니다.

　사랑의 무게는 나를 지치게 하는 것이 아니라 오히려 더 힘이
나게 합니다.

　수학공식으로는 도저히 설명이 안 되는 그 부피만큼 오히려 무게
는 더 가벼워지고, 감당할 힘은 더 생기게 되는 것이 사랑입니다.

　사랑에는 그래서 무게가 없습니다.

　그런 사랑이 있어 이 험한 세상의 짐도 거뜬히 짊어지고 가볍고
힘차게 살아나갈 수 있나 봅니다.

얼룩얼룩 아롱진 것

(창세기 30장 37절~43절)

　한 해를 시작하시는 여러분에게 하나님께서 큰 복을 내리시기를 바랍니다.

　제가 이 교회 30년 있는 동안 지난 주일처럼 행복해본 적이 없습니다. 30년 동안 설교를 해도 무덤덤하고 설교에 은혜를 받는지 마는지 뭐 그랬는데, 지난 주일에는 설교 은혜를 받았다고 하는 전화와 문자가 한 4~50통 왔어요. 얼마나 좋은지 몰라요. 이들은 아멘도 안하고……. 사람이 가는 게 있으면 오는 게 있어야 서로가 정이 가고 그러는 거지……. 내가 오늘 강단에서 보니까 여러분이 그렇게 천사 같고…….(아멘) 이 장면에서 아멘 하는 사람은 진짜 주제파악을 못하는 사람이에요. 그래도 감사해요.

　지난번에 우리가 20일 작정기도 하는 동안 생각지도 못한 사람들이 응답을 받는 거예요. 이번에 청년들이 응답을 그렇게 받더라구요. 우리 청년회장하던 봉기 청년은 평생에 처음으로 새벽에 나왔어요. 평생 새벽기도 안하는데 나온 거예요. 요즘 직장 들어가기가 얼마나 힘들어요? 대학 나와도 직장 들어가기가 얼마나 힘든지 몰라요. 사람이 급해지니까……. 그죠? 우리가 편안할 때는 하나님이 안보여도 힘들 때는 하나님이 크게 보이거든요. 그래서 여러분, 어려움이 믿음의 사람에게는 축복의 기회예요. 하나님이 크게 보이니까……. "하나님 당신밖에 없어요. 당신이 해결하는 분입니다." 기도하는 거예요. 우리 봉기, 드디어 딱 들어갔잖아요. 되게 웃겨요. 우리 김재분 권사님 아들은 지난번에 SK에 들어갔어요. 회사에서 우리 직장에 들어 온 걸 축하한다고 케이크를 가져 왔는데 그걸 먹지도 않는 거예요. 너무 좋아서……. 그걸 냉장고에 넣어놓고 쳐다보고 또 쳐다보고……. 아마 이제 그거 사무실에 가져다 줄 텐데 사무실 식구들 절대로 먹지 마세요. 그거 썩었어요. 얼마나 좋으면……. 얼마나 좋으면……. 어제도 그런 얘기했지만 우리 이경원 권사님 아들은 어려서부터 맨날 축구밖에 모르잖아요? 예수님보다도 축구공이 더 크게 보여요. 포항 제철에서 스카우트하기로 했는데 갑자기 지난번에 부상을 당해 가지고 스카우트 취소했어요. 그러니까 그 어머니 김권사가 아프기 시작한 거예요. 그냥 죽어가는 거예요. 아파서 교회도 못 와요. 왜? 마음이 아프면 몸도 아프잖아요? 자식 안 되면 부모가 아파요. 근데 참 감사한건……. 그 김권사 참 말 많잖아요? 쓸데없는 말 참 많이 해요. 근데 쓸데없는 말 많이 하면서도 쓸데 있는 말도 잘해요. 아들에게 그 말한 거 나 참 존경해요. 역시 우리 교회 권사님이에요. 아들이 축구선수로 이제 프로팀에 가야 되는데 못 갔어요. 축구선수는 프로팀에 못가면 생명 끝나는 거 아니에요? 아들이 요즘 교회도 못나오고 실망스러워 했어요. 좌절에 빠져있는데 아들에게 해준 이야기가 있어요. "야, 실망하지마라. 좌절하지마라. 하나님은 어떤 방법으로든지 널 인도하실 거야. 하나님의 방법은 우리가 상상할 수 없어. 그분이 하시는 일을 우리가 기대해보자." 포항제철이 스카우트를 취소했는데 수원삼성에서 오라는 거예요. 수원삼성이면 최고의 팀 아니에요? 올해의 최고예요. 거기는 더군다나 감독이 누구예요? 승리하기만 하면 00700……. 차범근 감독이잖아요? 거기서 어제 늦게 스카우트 연락이 온 거예요. 그러니까 아프던 김권사가 벌떡…….(아멘) 저거 봐요. 성가대도 하고……. 오늘은 화장발도 잘 받았어. 아이고, 파마까지 했네. 아프긴 뭐가 아파요? 다 말짱하잖아요? 그러니까 여러분 실망했을 때 "너는 실력이 없어. 너 포기해." 그렇게 얘기하기 쉽지만 믿음의 사람은 그게 아니란 말이에요.

올해의 마지막 주일에 제가 설교한 것처럼 요셉의 두 아들 이름처럼 살아야 돼요. 요셉이 온갖 어려움과 시련을 당하고 옥살이, 종살이 하면서도 하나님이 주신 꿈을 잊어버리지 않고 살다가 그가 나중에 국무총리가 되어서 아들을 낳았을 때, 첫 번째 낳은 아들을 므낫세라 그랬죠? 므낫세가 뭐예요? 과거로부터의 단절이에요. 과거를 청산하는 겁니다. 슬픔과 한, 형제들에 대한 미움, 내 주위의 모든 사람들에 대한 한스러운 것들로부터의 단절이에요. 잠을 자도 그 한 때문에 잠을 제대로 못자고, 미움 때문에 참 불행하게 살아가던 요셉입니다. "내 힘으로는 이 어려움, 이 한스러운 마음을 어떻게 할 수 없는데 하나님, 이걸 다 단절시켜 주옵소서." 하는 의미예요. 두 번째 아들을 낳고 뭐라 그랬어요? 에브라임이라고 이름을 지었죠. 에브라임은 뭡니까? 미래를 향한 희망을 가지고 산다는 거죠.

사람이 과거만 단절하고 이제는 습관을 끊어버리는 것으로 끝나는 게 아니에요. 여러분, 맨 날 담배 잘라 놓고 "목사님, 올해는 담배 딱 끊겠습니다." 3일도 못가요. 그래도 우리교회는 능력 있는 교회이기 때문에 다른 사람은 3일 못가도 우리교회는 5일은 가요. 미래가 없다고 하면 다시 과거로 돌아가고 맙니다. 미래에 대한 자신이 없는 사람은 아무리 결심해도 과거로 돌아가요. 그런데 우리는 뭐예요? 믿음을 가지고 있잖아요? 믿음을 가진 사람은 희망을 말하잖아요. 기도할 때마다 "하나님, 당신은 나의 희망입니다. 당신은 나의 희망입니다." 여러분, 자식들을 볼 때 그렇잖아요? 자식들이 이뻐 보이잖아요. 그렇죠? 이들이……. 박홍수 권사님, 계슈~? 자식 미워요? 딸이 너무 이쁘죠? 이쁘긴 뭐가 이쁘냐? 근데 부모 눈에는 이쁜 거예요. 자식은 이쁜 거예요. 우리교회 권사님이 아이를 낳았는데 까마잡잡한 게 너무 이쁜 거예요. 그래가지고 자랑하느라고 언니한테 갔대. 언니가 너무 놀라더래요. 이뻐서 놀란 게 아니라 어쩜 이렇게 소말리아 아이 같냐는 거예요. 얼굴은 까맣지 머리털도 없지……. 너무 놀란 거예요. 처음에는 언니가 이뻐서 놀래는 줄 알았다가 나중에 눈치를 채고 그렇게 가까웠던 언니도 미워지더래요. 그래도 우리 권사님은 너무 이뻐서 미치는 거예요. 제가 그저께 그 권사님 딸이 근무하는 은행에 갈 일이 있어서 갔어요. 갔더니 내가 봐도 너무 이뻐요. 그 은행에 있는 직원들 가운데 최고로 이뻐요. 내가 또 더 자랑스러운 건 외국손님이 왔는데 은행원들이 외국인을 상대를 못하는 거예요. 언어가 짧아서……. 그런데 우리 교회 윤정이는……. 아, 이왕 이름나왔으니까 뭐……. 윤정이가 딱 나서더니……. 얼마나 자랑스러웠는지 몰라요. 우리 윤정이 얼마나 이뻐요? 참 이쁘잖아요. 그죠? 애기 때는 소말리아였는데 지금은 그렇게 이뻐요. 하는 짓은 더 이뻐요. 아들 있으면 그거 며느리 삼고 싶어요. 은행에 갔다 왔더니 은행원들이 누구시냐고 궁금해 하더래. 그래서 우리 목사님이라고 그랬더니 은행원들이 하는 소리가……. 그게 진짜 그랬는지 나를 기쁘게 하느라 그랬는지 모르지만 "야, 너네 목사님 인격이 얼굴에서 줄줄 흐른다." 여러분, 이럴 때 고개를 끄덕여야지 왜 비웃어? 그래. 나는 인격이 줄줄 흐르지 않고 콧물이 흐른다. 우리 최현욱 권사님을 보면 윤정이가 희망이에요. 여러분, 다 자녀들에게 희망을 갖지 않아요? 자녀들에게 희망 갖지 않는 사람이 어디 있어요? 다 자녀들이 희망이잖아요. 그렇게 희망을 가지면서도 표현을 잘 못해요. 여러분, 우리 믿음의 사람은 세상 사람과 다르게 표현을 잘해야 돼요. 그래서 하나님이 뭐라 그러셨어요? 네 입술의 열매를 주겠다고 그랬어요. 우리는 입술의 열매가 가장 중요한 거예요. 그러니까 우리는 자꾸만 된다고 얘기를 해야 돼요. 얼마나 감사해요? "된다." "고맙다." 우리가 올해에는 그저 희망을 말해야 돼요. 왜? 하나님이 나의 희망이니까……. 제가 이번 마지막 주일에 설교하다가 초대교회처럼 옆에 사람하고 인사하면서 "내 죄를 용서해 주시겠습니까?" 이러면 이렇게 세 번 끄덕이면 용서를 받는다고 하는 예식을 했는데, 우리 교회는 다들 부부사이가 참 좋은 줄 알았더니 아주 이혼 직전까지 갔던 부부가 있었어요. 아주 평생 웬수니까 뭐……. 남자가 또 잘못하기도 했어요. 집사가 바람을 그렇게 펴? 그러니까 평생 웬수예요. 이혼하고 싶은 거예요. 그 남편, 진짜 웬수 같은 놈이 그러더래. "내 죄를 용서해 주시겠습니까?" 그 순간에 가슴 깊은 곳에서 눈물이 치솟더래. 예배 끝나고 집에 가서 그 밤을 그대로 눈물로 보냈대. 자기남편의 손을 잡고 그렇게 울었대. "여보, 당신이 나보고 용서해달라고 그러는데 사실 용서받을 사람은 나야. 당신 미워한 거 잘못 했어. 나 때문이야. 당신이 바깥으로 도는 거 다 내 탓이야. 이제까지 당신이 나를 불행하게 한 줄 알았더니, 지금 생각해 보니까 나 때문에 당신이 불행했구나. 여보, 미안해. 나 용서해 줄 수 있지?" 그거 참 이상해요. 나도 남자지만 남자는 여자 우는데 약하잖아요? 여자는 흑흑~ 그러니까 그 남자는 흐윽~흐윽~ 아니 내가 울면 지들도 좀 슬픈 얼굴을 해야지. 이이들은……. 참 설교자로서의 행복은 그럴 때 와지는 거예요. 한 귀로 듣고 한 귀로 흘려버리는 것이 아니라 자기 생활 속에서 그 말씀을 적용하는 거예요. 믿음의 사람들에게 듣는 축복을 하나님께서 주셨으면 그들은 축복을 그대로 쓰는 거예요. 올해는 우리가 누구를 만나든지 희망을 말해요. 좀 서로 자랑하고, 자식들에게도 "너는 내 희망이다." 속 썩이는 남편에게도 "당신은 내 희망이에요." 장집사, 남편이 웬수 같지? (아니에요.) 뭘 아니야. 눈 땡그랗게 뜬 거 보니까 웬수 같은데……. 남편 손잡고 그래. "당신은 내 희망이야."

우리 희망을 말합시다. 저는 52주 설교를 희망에 대한 설교를 준비하고 있습니다. 올해는 다른 설교 없어요. 그저 당신은 내 희망입니다. 하나님, 당신이 내 희망입니다.

자식들을 향해서 너희들은 내 희망이야. 나는 여러분을 향해서도 여러분이 내 희망입니다. 이 민족의 희망은 기도하는 여러분입니다. 우리가 그렇게 사는 거예요. 우리 옆에 분에게 같이 고백하십시다.

"당신은 나의 희망이야."

야곱이라고 하는 인물은 여러분이 잘 아는 대로 인격을 따지고 보면 참 나쁜 사람입니다. 부모를 속이고 형을 속이고……. 그러니까 자기를 위해서는 누구라도 희생해도 된다고 그렇게 생각하던 사람이죠. 그런 약점이 있음에도 불구하고 하나님이 왜 야곱이를 사랑하실까? 여러분, 성경에는 완전한 사람을 하나님이 사랑하셨다고 표현하지 않습니다. 부족한 점이 있음에도 불구하고 우리를 사랑하셨습니다. 왜냐 하면 부족함이 있음에도 그를 선택하고 선택을 받은 다음에 그를 통해서 하나님이 영광을 받으시기 때문입니다. 여러분, 선택을 받았다는 것은 하나님의 뜻인데 하나님이 여러분을 선택하셨다고 하는 것은 축복입니다. 선택은 축복이거든요? 여러분, 이미 선택을 하나님이 하셨다고 하면 여러분은 축복의 사람이에요. 축복을 이미 약속 받았단 말이에요. 우리가 그걸 이루는 과정을 가지고 살아가는데 그 과정이 믿음이라고 하는 것이에요. 야곱이 아버지를 속이고 형을 속이고 외삼촌 라반의 집으로 도망갔어요. 양을 기르는데 그 외삼촌이 그를 그렇게 믿었어요. "네가 나를 위해 이렇게 희생하는데 내가 어떻게 보상해주랴!" 저는 올해 첫 시간 여러분이 야곱과 같은 지혜를 갖기를 소망합니다. 이번집회에 첫 번째 하나님이 여러분에게 주시는 말씀이 뭔가 하면 "내가 어떻게 복을 주랴! 어떻게 너에게 복을 주랴!" 그러니까 야곱이 뭐라 그러는가 하면 "장인어른, 우리는 재산이 양밖에 없으니까 양을 주시는데, 하얗고 토실토실하게 태어난 정상적인 양은 장인어른 것으로 하고, 백분의 일, 천분의 일 정도의 수준으로 나오는, 그렇게 조금밖에 안 나오는 얼룩 진 양은 내 것으로 하십시다." 얼마나 그 장인의 마음에 들게 말해요? 그렇잖아요? 이게 확률이 높은 걸 달라하면 미운 놈이지만 확률이 전혀 없는 알록달록한 놈을 달라는 거예요. "그래. 약속하마." 야곱이 보세요. "장인어른의 약속 가지고는 안 됩니다. 제가 적은 확률을 택할 때에는 분명한 약속이 필요한데 하나님 앞에서 서원해 주십시오." 그러니까 그거 뭐 서원 못 하겠어요? 백 마리 나오면 알록달록 한 것은 한두 마리 나오는데……. 여러분, 양을 어떻게 생각하세요? 양은 다 하얀 걸로 생각하지 않나요? 양을 못 봤지? 저이들은 염소고기만 먹어가지고 몰라요. 그래서 약속을 받았어요. 하나님 앞에 서원하는 약속이에요. 하나님 앞에 서원하면 그건 꼭 줘야 하거든요. 근데 야곱이가요 얼마나 머리가 좋은 사람인지 버드나무, 살구나무, 신풍나무……. 신풍나무라 하는 것은 우리나라 플라타너스 같이 그림자를 주는 나무예요. 그 세 나무는 껍질을 벗기면 나무가 속이 허예요. 그래서 껍질을 한 번 벗기고 조금 내려와서 또 한 번 벗기고, 또 내려와서……. 아멘 할 때까지 벗길 거예요. 그러니까 하얗고, 퍼렇고, 하얗고, 퍼렇고……. 참 오늘 이렇게 아멘이 신통치 않아요? 장정희 집사님, 반장이 잘못이에요. 일어나요. 나랑 둘이 해요. 퍼렇고, 허옇고……. 흔들면서 해. 퍼렇고 허옇고……. 아이고, 신난다. 퍼렇고 허옇고 퍼렇고 허연 나무를 만들어 놓으니까 양들은 보는 대로 몸이 돼요. 그건 몰랐지? 양이 물먹으면서 보니까 퍼렇고 허옇고 퍼렇고 허옇고……. 임신한 양이 맨 날 물 먹는데다가 나무를 그렇게 해놓는 거예요. 물을 먹으려면 그 나무를 처다봐야 돼요. 물먹다가 처다보면 퍼렇고 허옇고……. 속에 있는 애새끼가 퍼렇고 허옇고 그러니까 이게 '세상을 나가려면 퍼렇고 허옇고 해야 되는구나.' 그래가지고 양이 알록달록……. 참 신기하게도 하얀색이 99%고 알록달록은 1%도 안 나오던 게 바뀌어서 알록달록이 99%고 흰 양이 1%야. 외삼촌 라반이 보니까 이건 말도 안 돼. 이건 일어날 리가 없어. 그러나 하나님께 서원했으니 어떻게 해요? 그냥 줬단 말이에요. 여러분, 여기서 뭘 배워야 하냐면 우리가 무엇을 보느냐가 중요하다는 거예요. 축복의 사람은 축복을 볼 줄 알아야 돼요. 부부가 오래 살다보면 닮는다고 하잖아요. 부부가 오래 살다 보면 닮아요. 좋은 남편하고 살면 좋은 부인 되는 거예요. 근데 도둑놈의 부인은 도둑년이 돼요. 그죠? 그렇게 되어있어. 여러분, 우리가 하나님과 동행한다고 하나님 앞에 가까이 올 때 뭘 봐요? 하나님을 보죠. 하나님을 보니까 우리는 축복을 보는 거예요. 좋은 믿음 가진 사람은요 다 잘되게 되어 있어요. 성경이 우리에게 증명하는 것이 무엇인가 하면 "하나님의 선택받은 사람에게는 내가 복을 주리라." 그러니까 아무리 세상이 어렵더라도 세상보지 말라는 거예요. 환경 보면 안 돼요. 40주야를 비가 왔을 때, 다 망했어도 노아는 뭘 기다렸어요? 하나님의 약속인 무지개를 기다렸어요. 40일 동안 비가 왔을 때 그 비를 쳐다보면 이건 망한 거예요. 죽은 거예요.

그러나 노아는 하나님의 약속의 무지개를 바라 봤어요. 무엇을 보느냐? 올해 우리가 무엇을 보느냐? 환경을 보지 말라는 거예요. 아브라함이 조상들, 이웃들, 자기친척들을 봤을 때에는 망할 것만 봤다는 거예요. 그러니까 안 돼요. 하나님이 "네 고향 본토 친척을 떠나라." 이게 뭐예요? 하나님만 보고 살라는 거예요. 아주 대책이 없는 거 같아도 하나님을 보는 사람은 하는 일마다 잘되리라. 하는 일마다 잘 되리라. 여러분이 올해에는 확률게임에서 이기세요. 다 안 된다고 세상 사람들이 얘기를 합니다. 99%가 다 안 된대. 다 힘들대. 그래도 여러분은 1%를 택하란 말이에요.

1%를……. 된다고 말하세요. 된다고 말해요. 되기 위해서는 우리가 하나님을 보는 거예요.

제 딸아이가 살고 있는 미국에 가면 아주 유명한 곳을 구경시켜 줍니다. 제가 중학교 때 배웠던 "큰 바위 얼굴"이라는 미국에선 아주 대표적인 관광지죠. 그 큰 바위가 멀리서 보면 참 멋있는 사람의 형상을 하고 있는데, 어린 아이 하나가 맨 날 큰 바위 얼굴을 바라보면서 내 평생에 저 큰 바위 얼굴과 같은 위인을 만날 수 있을까하고 매일 가서 기다렸어요. 나이가 들어서 이젠 장년이 되고 노인이 되었는데 아직도 그 어렸을 때의 꿈, 바위와 닮은 사람을 만났으면 하는 꿈을 가지고 있어요. 한번은 그 바위에 가서 "바위야 너와 닮은 사람을 내가 죽기 전에 만날 수 있겠느냐?" 그러고 있는데 어떤 사람이 와서 보더니 사람들을 다 불러 모으는 거예요. "여러분, 보세요. 이분이 저 큰 바위 얼굴과 너무 닮았네요." 사람들이 다 쳐다보더니 바로 저 얼굴이라는 거예요. 저도 이렇게 다시 교회로 돌아와서 제가 제일 부러운 것이 고용봉 목사님이에요. 여러분도 잘 아시는 것처럼 제 믿음의 아버지 고용봉 목사님을 따라다니면서 참 별일 다 겪었죠. 인천까지 따라갔는데 세상에~ 밥도 안주시고 집회 끝나고 나는 차비가 없어서 목사님 차타고 와야 되는데, 내가 기도하는 동안 목사님은 가버렸어요. 그래서 내가 그때부터 기도를 짧게 해요. 그때의 한이 있어가지고……. 목사님은 기도 마치시고 그냥 가고 인천에서 걸어오면서 속으로 얼마나 욕을 했는지 몰라요. 그러면서도 내 평생 고용봉 목사님 같은 은혜로운 목사가 되어야 되겠다고 생각했어요. 어느 날 보니까 내가 말 더듬는 게 고용봉 목사님과 똑같대. 내 설교스타일도 고용봉 목사님과 똑같대. 고용복 목사님의 영적흐름과 내 흐름이 똑같대. 고용봉 목사님 은퇴하시기 전에 저를 불러다가 기도해주시면서 그러더라구요. "교회는 내 아들에게 넘기지만 영적인 것은 너에게 주고 간다." 내가 사모하고 그분을 닮아가기로 애쓰니까 그대로 되는 거예요. 사실 85세에 설교하시는 분들 별로 없습니다. 우리 교회도 이제 그만 오실 때가 됐는데…….
저한테 "나 몸도 그러니까 안 오면 어떠니?" 그렇게 말씀 하시면 "예, 85세 되셨으니까 힘드시죠. 안 오셔도 됩니다." 내가 그렇게 말할 걸 잘 아시기 때문에 절대로 그런 말 안하세요. 조카 되는 고신복 목사님께는 맨 날 "나 안 가도 되겠지?" 그러고 우리 사무실 식구들에게는 "나 나이가 많아서 괜히 목사님에게 누가되니까 안 가도 되겠지?" 떠 보세요. "안 오셔도 돼요." 그랬다가는 그건 그날로 죽는 거예요. 난 또 하나님 앞에 그렇게 기도했잖아요. 고용봉 목사님 돌아가실 때까지 한 달에 한 번 셋째 주일에는 강단에 서시게 하겠다고……. 그날 셋째 주일날 돌아가시면 여기 와서 꼬르륵……. 내가 사모하니까 그분과 닮아져요. 나는 장경우 목사님하고 전혀 설교스타일이 틀려요. 장경우 목사님은 따발총이고 나는 슬슬 하잖아요. 근데 사람들이 얘기하기를 장경우 목사님이 어쩌면 그렇게 김종순 목사님하고 닮았는지 모른대요. 영적으로 닮았기 때문이에요. 얼마나 감사한지……. 천목사님 속 넓은 것도 나를 닮았나봐. 나는 그 참 이제까지 들은 말 중에 제일 말 같지 않은 말이 그거예요. 내가 화를 내니까 천목사님이 그러더래. "속 넓은 내가 참아야지." 아니 지가 무슨 속이 넓어요? 오뉴월에 밴댕이 소갈딱지 같으면서도 꼭 속 넓은 자기가 참는대. 참 감사해요. 오늘 박목사님 중국에서 오셨어요. 집회에 참석하려고 오셨어요. 우리 박목사님 얼마나 감사해요? 중국에서 성령 운동하고 얼마나 감사해요? 다 우리가 영적으로 통하기 때문에……. 다른 목사님들이 그래요. "목사님네 예수가족 목사님들은요 깡패조직 같아요." 모이라 그러면 다른 일 하다가도 모여요. 난 참 눈물 나게 감사한건 우리 목사님들 아무리 바빠도 "우리 무슨 일이 있으니까 모이자." 그러면 하던 일 다 제쳐놓고 와요. 얼마나 감사해요? 여러분, 뭐예요? 귀하게 여기고 사랑하면 다른 것보다 우선순위 일번으로 두는 거예요. 올해는 희망을 말하는 사람들에게 하나님이 첫 번째가 되기를 바랍니다. 하나님이 첫 번째인 사람, 이게 복 받는 사람이에요. 내가 우리교회에서 제일 미워하는 사람이 문권사예요. 참 싫어요.

기도하다가도 코골고, 입신하다가도 코골고…….

예배마치고 나가면서 교인들이랑 인사할 때 얼마나 귀한 시간이에요? 우리 문권사님은 나를 끌어안고 그 풍만한 젖가슴으로……. 나 진짜 유혹을 느껴요. 난 아주 문권사님 때문에 여러 가지로 힘들어요. 근데 권사님을 내가 눈물 나도록 감사하게 생각하는 것은 이 세상에서 자기를 가장 사랑하는 사람은 목사님이래. 그건 변치 않아요. 문권사님, 나 외에 다른 남자 사랑해요? 아니죠? 저 파마한 거 봐요. 내가 좋아하는 스타일로 파마한 거예요. 뭐든지 나예요. 저 루즈도 내가 좋아하는 색깔이잖아요. 그죠? 그러니까 문권사님을 내가 사랑하지 않을 수가 없어요. 그렇다고 저 80이 다 된 할머니하고 재혼할 그런 생각은 전혀 없어요. 나는 그래서 우리 집사람에 대해서 기도하기를 하나님 우리 집사람이 죽으면 나 문권사하고 살아야 하는데 그럴 바에는 우리 집사람 죽지 않게 해달라고 기도해요. 사랑하면 첫 번째예요. 귀하게 여기면 첫 번째예요. 모든 생각, 모든 보는 것, 뭐든지……. 그죠. 정익재 집사님? 박미희 집사가 뭐가 이쁘냐? 내가 보기에는 5층에서 떨어진 메주 같은데……. 저 정집사는 박미희 집사를 얻기 위해서 모든 걸 다 포기한 사람이에요. 오직 박미희. 박미희. 박미희를 위해 희생하는 거야. 나는 저런 남자 처음 봐요. 어떨 땐 좀 멍청한 거 같애요. 교회 와서도 박미희 집사만 봐요. 근데 박미희 집사 눈이 무섭더라구요. 한번 이렇게 보는데 딱 째리니까 저게 뭐 그냥……. 왜 그러고 사냐? 근데 사실 그게 보기가 좋아요. 왜? 사랑하기 때문에……. 내가 5층에서 떨어진 메주라 그랬더니 오해하지 마세요. 5층에서 떨어진 게 아니라 이삿집 센터에서 와가지고 5층에서 이렇게 사다리차로 모시고 내려온 사람이에요. 얼마나 감사해요? 사랑하면 다른 생각 안 해요. 우선순위 일번이에요. 뭘 봐도 그분이야. 우리는 그분이에요. 여러분, 생각해보세요. 오늘 새벽 3시까지 기도하고 지금 피곤하잖아요. 근데 기도 끝나고 또 초상당해가지고 안동까지 갔다 오고 얼마나 힘들어요? 그래서 내가 그러잖아요. 죽을 때 제발 12월 31일에는 죽지 말라고……. 앞으로 12월 31일에 돌아가시는 분들에게는 3천 만 원을 받겠습니다. 오미례 권사님, 일어나세요. 12월 31일에 돌아가시려면 3천 만 원 내고 돌아가세요.(아멘) 돈도 없는데 고개나 끄덕여야지……. 오늘 TV프로도 좋잖아요? 별게 다 있잖아요. 3시까지 기도하고 졸려죽겠는데 아이고 부흥회한다고 또 오고……. 오늘 다른 데는 다 찼는데 성가대만 안 찼어요. 그래도 이뻐요. 황명옥 집사도 이뻐요. 어떻게 그렇게 내가 좋아하는 파마들을 했는지……. 그래 그지? 내가 좋아하는 파마는 박인녀 집사처럼 삐죽 내려온 것 보다는 내려오다가 싹 웨이브를 준 거를 좋아해요. 우리가 하나님이 나를 사랑하신다고 하는 확신만 있으면 되는 거예요. 문권사님은 내가 무슨 소리를 해도 삐지지를 않아요. 목사가 나를 사랑한다고 하는 것이 믿어져요. 그러니까 무슨 소리를 해도 안 삐쳐요. 저분은 누가 뭐 한마디만 해도 삐칠 분인데 목사가 얘기하면 삐치지를 않아요. 왜? 우리 목사님은 나를 가장 사랑하시기 때문에…….

난 고용봉 목사님 집회 따라다니다가 그분과 닮았어요. 제가 그런 말씀을 드립니다만 제가 술 먹고 길거리에 쓰러져 있을 때, 그 추운 겨울에 얼어가는 아들의 두 발을 가슴에 대고 통곡하며 기도하시다가 우리 어머니 내 귀에 들려주신 말씀을 잊을 수가 없어요. 그 극한 상황 속에서도 "종순아, 너 나이 40되면 큰일 할 사람이다." 술 먹고 쓰러져 있는 자식에게 무슨 희망이 있어요? 그러나 믿음을 가진 사람은 희망을 말하는 거예요. 그런데 신기하게도 술 먹고 다니다가도 그 생각만 나면 술맛이 딱 떨어져요. 나 술 먹다가 통성기도 한 게 그 음성 때문이에요. "종순아, 너 나이 40되면 큰일 할 사람이다." 그다음에 그 40이 기다려지는 거예요. 난 나이가 빨리 많아지기를 바랐어요. 사람들이 나를 무시하고 뭐라고 했을 때에도 내가 항상 내 맘속에 희망을 말하기 때문에 실망스럽지가 않았어요. "지금 너희들이 나를 무시하지만, 난 나이 40되면 큰일 할 사람이다." 그래서 이렇게 된 거예요. 왜 앞에서 아멘도 안 해? 집사님 부부가 왜 아멘도 안하면서 앞자리에 앉아 있는 거예요? 우리교회 오신지 얼마 안 된 분들이 왜 앞자리에 앉으셔가지고 뒤에 있는 분들이 아멘하고 싶어도 반장들이 아멘을 안 하면 못하잖아요. 일어나요. 뒤로 돌아 서세요. 반장들이 훈련을 해야지. 하나님이 우리를 축복해 주십니다. (아멘) 치마가 엇박자로 하면 어떡해? 남편하고 잘 맞춰야지. 그러니까 남편 속을 참 많이 썩히게 생겼어. 다시 합니다. 하나님이 우리 모두에게 축복해주시기를 축원합니다. (아멘)

교회마다 흐르는 말씀이 있어요. 하나님이 교회 교회마다 주시는 특별한 은사들이 있어요. 사람마다 은사들이 다르듯이 교회에 하나님이 주시는 은사가 다른데 우리 교회에는 감사와 축복 아니에요? 우리 부천에 난 인물가운데 가장 대표적인 인물이 아마 신영증권의 원회장을 들 수가 있을 겁니다.

원회장 어머니가 일찍 돌아가셨어요. 어린 나이인 초등학교 때 돌아가셨어요. 그 누나 되는 원장로님이 어린 동생이 불쌍해서 업고 길렀어요. 원장로님이 어느 날 책을 읽다가……. 그 당시에 우리나라에는 증권이라고 하는 것이 잘 보편화 되지 않았어요. 그런데 그때 일본의 증권 성공신화를 기록한 책을 봤어요. 그걸 보면서 무슨 마음이 들었냐 하면 하나님, 나는 여자라 성공할 수는 없지만 어머니를 잃고 불쌍하게 자라는 내 동생만큼은 이런 성공의 주인공이 되게 해달라고 기도했어요. 그리고는 자기가 보면서 감동을 받은 그 부분을 찢어서 책상에다 붙여 놨어요. 어린 동생은 그게 무슨 의미인지 몰라요. 근데 항상 그 어린동생에게 밥을 줄 때도, 그 어린동생과 같이 놀면서도 그걸 꼭 읽어줬다는 거예요. "이 사람은 이렇게 이렇게 해서 증권업계에 성공을 했다. 내가 너를 위해 기도하는데 하나님이 너를 도와서 이런 훌륭한 사람이 되길 바란다." 어린동생이 자라면서 그것밖에 들은 게 없어요. 맨 날 증권 얘기만 들었거든요. 신영증권이라는 것이 그렇게 해서 탄생하게 되었어요. 원회장이 증권회사를 만들고 성공할 수 있었던 것은 바로 그 누나 때문이었어요. 여러분, 우리가 기도하면 그걸로 그냥 끝나는 게 아니에요. 기도하면 action, 행동이 따라야 해요. 내가 영어를 썼다고 뭐……. 내가 영어를 쓸 때에는 아멘도 "에이~ 멘~" 다시 합시다. action, 행동이 따라야 해요. (아멘) 그래요. 자기 동생을 위해 기도하면서 하나님 앞에 그렇게 기도를 했어요. 서원기도 했어요. "하나님, 엄마 없이 불쌍하게 자란 내 동생, 나는 이 동생이 성공의 주인공이 되길 원하는데 하나님, 하나님이 내 동생을 성공시켜주신다고 하면 나는 내 일생을 내 동생을 위해 희생하겠습니다." 맨 날 그분은 그 기도를 했어요. 동생을 위해서 결혼을 포기하고 어떻게 해서든지 동생을 공부시키고 그 동생을 그렇게 믿음으로 길렀어요. 그래서 우리나라 최고의 증권업계의 대부인 신영증권의 원회장이라는 사람이 부천의 인물가운데 가장 성공한 인물로 기록이 되어있어요. 그 누나 원장로님이 늘 하시는 말씀이 있어요. 글씨를 잘 읽지 못하는 동생에게 성공적인 이야기를 붙여놓고 꿈을 심어주면서 "너는 그렇게 할 수 없어도 하나님은 너를 그렇게 만들어 주신다." 그랬더니 그런 인물이 되었다는 거예요.

여러분, 뭘 봅니까? 뭘 봐요? 성공하는 사람은 성공의 조건을 봐요. 성공하는 사람은 감사의 조건을 봐요. 성공하는 사람은 믿음의 조건을 봐요. 환경을 보고 사람을 볼 때 실망할 수밖에 없지만, 하나님을 보는 사람은 실망하지 않습니다. 하나님 한 번도 나를 실망시킨 적이 없으십니다. 저는 작년에 그 큰 어려움 겪으면서……. 작년에 제가 얼마나 어려웠습니까? 죽음의 고비까지 내려가서 나는 정말 죽을 줄 알았어요. 여러분하고 끝인 줄 알았어요. 그런데 이렇게 하나님 회복시켜 주시고 얼마나 감사해요? 내가 저기 강단에 서면 어떤 병신은 "기대서 하시죠. 목사님은 30분 지나면 못 하신다면서요?" 그래서 내가 지금 이를 악물고 이렇게 서서 왔다 갔다 하면서 하는 거예요.

오늘은 첫 시간인데 "희망을 보자."라는 말씀을 드렸고, 내일은 "희망을 말하자." 그다음 마지막 날에는 "희망을 행동으로 표현하자." 아멘? 되는 거예요. 나보고 의사들도 "힘듭니다. 힘들어요." 그랬어요. 근데 하나님은 날 이렇게 회복 시켜 주셨잖아요. 지금도 병원만 가면 의사들 하는 소리가 "목사님, 설교 하세요?" 아이고, 새벽에도 하는데……. 나는 사실 여러분이 잘 아는 것처럼 이 강대상 고용봉 감독님 외에는 잘 안 내 드려요. 근데 우리 40년 친구 김인철 목사님이 와가지고 내가 인사상 그랬어요. "야, 한 번 설교할래?" 그랬더니 한대요. 설교 한 번 하더니 뭐래는가 하면 "야, 너네 교인들은 내 설교에 너무 도취한다." 그게 뭐예요? 자기가 계속 하겠다는 거예요. "캐나다에서는 새벽설교가 없으니까 제일 힘든 새벽설교를 너 해봐라." 그랬더니 잠도 안자고 설교준비하고요. 여러분, 우리 김인철 목사님은 장로교회 총회장까지 지낸 아주 장로교회 전통적 설교 아니에요? 우리하고 스타일이 안 맞아요. 그렇잖아요. 여러분은 졸잖아요. 그런데 목사님이 뭐라는가 하면 자기 설교에 감동 받아가지고 끄덕끄덕 한대요. 목사님 안 가시려고 그래요. 목사님 40일 있었잖아요. 그래서 내가 요즘 가기를 기도합니다. 너무 행복해 하세요. 왜? 우리 목사님은 벌써 내 나이에 은퇴하셨잖아요. 와서 보니까 너무 좋다는 거예요. 또 문권사님이 나만 좋아하는 줄 알았는데 편지 했다며? 참 여자를 믿을 수가 없어요. 편지 받아보고 김목사님이 설레어 가지고……. 아직 문권사를 못 봤거든요? "야, 종순아, 문권사가 어떻게 생겼냐?" 그래서 내가 속였어요. 우리 문권사는 나이가 41세인데 남편이 돌아가셔서 혼자 산다고 그랬더니 세상에, 목사도 나쁘데요. 한 번 좀 보여 달래요. 문권사님, 일어나세요. 소원인데……. 일어나세요. 돌아서세요. 김인철 목사님, 일어나세요. 이분입니다.

지금 김목사님 손을 흔들지만 너무 실망해 가지고……. 이게 천국이에요. 남자 여자가 이렇게 했다고 해서 무슨 다른 의미가 있는 게 아니잖아요. 교인들이 서로 사랑하고 얼마나 좋아요? 저 나이에 연애편지는……. 그래도 사람이 일편단심 민들레여야지.

주님을 바라보는 사람은 꼭 말할 때도 희망을 말해요. 사람들은 안 된다고 말하지만 우리는 된다고 말한다고 했잖아요. 된다고 말해요. 된다고……. 옆에 사람에게 고백하십시다.

"무엇이든지 잘되리라."

옆에 사람 축복할 때요 말만하면요, 되다가 안 돼요. 옆에 사람에게 무엇이든지 잘되리라 말을 하면서 등을 세 번 두드리세요. 항상 교회는요 삼 세 번, 성부, 성자, 성령이에요. 보장을 받아야 해요. "모든 일이 잘되리라." 거기다가 이마까지 비비면요 이건 아주 금상첨화야. 세 번 두들기고 이마를 비비는 거예요.

"무엇이든 잘 되리라."

우리 기쁘잖아요. 새해를 기쁨으로 시작해요. 여러분, 내가 여러분 앞에 이사야 선지자처럼 "망할 것이다." 예레미야처럼 눈물 흘리며 "이 민족은 소망이 없다." 그러면 여러분 어떻겠습니까?

그러나 감사하게도 하나님은 우리에게 희망을 말하게 했어요. 이 어려울 때 우리에게 희망을 말하게 하셨단 말이에요. 여러분, 이 거 축복 아닙니까? 하나님은 우리에게 어려움을 말씀하시는 게 아니에요. 세상 사람은 우리에게 어렵다, 어렵다, 99% 어렵다고 말하지만 우리는 되는 거예요. 우리 재정부에서 참 고심들을 많이 했어요. 안 된다 그러니까 재정부가 고심 많이 했어요. 그저께 12월 통계가지고 재정부장이 나한테 와서 한 얘기가 있어요. "목사님, 작년보다 우리 교회는 더 올라갔습니다." 얼마나 감사해요? 그래서 이제 다음 주일부터는 찬송도 맨 날 올라가, 올라가, 올라가, 올라가~ 나는 이렇게 흔드는데 올라가, 올라가……. 이거 손이 많이 올라가야 여러분 올라가는 거예요. 일어나서 아멘 하면 더 올라가. 아멘? 환경보지 말아요. 우리는 희망이 있습니다. 우리의 희망이신 주님을 바라봅시다. 주님만 믿읍시다. 주님과 동행하십시다. 그래서 이 한 해 동안 다른 사람들이 생각하지 못한 기적을 체험합시다. 기적은 뭡니까? 다른 사람들이 안 된다 했을 때 되는 게 기적이에요. 여러분, 이것을 체험하는 한 해가 됩시다. 된다고 말합시다. 옆 사람에게 된다고 말합시다. 등도 세 번 두들겨 줍시다. 또 이마도 한번……. 올해가 소띠라고 하죠? 소띠의 해라 그러는데 MBC를 오늘 보면서 기분 나쁜 게 소띠를 상징하는데 왜 소 싸움하는 거를 보여줘요? 왜 MBC가 그 짓하는지 몰라요. 소는 얼마나 순하고, 소는 얼마나 일을 많이 하고, 소는 그 몸 전체를 희생하잖아요. 근데 왜 하필이면 그 싸움하는 걸……. 그런 MBC를 보기 때문에 국회가 그렇게 싸움을 하는 거예요. 잘못 봐서 그래요. 좋은 걸 봐야 해요. 믿음의 사람은 좋은 걸 봐야 해요. 좋은 거 봅시다. 희망을 말합시다. "하나님! 당신은 나의 희망입니다." 하나님을 바라보는 사람은 실망하지 않습니다.

지난 한 해 동안 저 때문에 많이 걱정하시고 기도했지만 올해는 내가 여러분을 위해 기도하고 여러분을 더 사랑 할 것입니다. 그래도 "목사님은 병원에만 다녀오면 설교가요……." 내가 스스로 잘한다고 말할 수 없잖아요. "목사님, 어떻게 병원에만 다녀오면 설교가 그렇게 좋아요?" 병원에 자주 가야할까 봐요. 감사해요. 건강 할 때에는 건강이 축복인지 모르고 살았어요. 근데 건강을 잃고 나니까 하나님 주신 것, 내가 이 귀한 것을 모르고 살았구나 하는 것을 깨달아요. 조그마한 건강에도 감사하세요. 제가 그랬죠? 위가 아프면 " I love 위." 췌장이 아프면 "I love 췌장." 머리통이 아프면 "I love 머리통." 그러면 하나님이 다 책임져 주시더라고……. 주님을 바라봅시다. 주님을 바라보고 "주님은 나의 희망입니다." 여러분의 자녀를 보고 "너희들은 내 희망이다." 희망을 말합시다. 희망을 본 사람, 희망의 꿈을 가진 사람, 희망을 말하게 됩니다. 우리 같이 기도하시겠습니다.

"고맙고 감사하신 하나님, 새해를 시작합니다. 환경보기 전에, 사람 만나기 전에, 먼저 하나님을 만납니다. 하나님만 바라봅니다. 이 첫날 우리 고백을 들으시옵소서. 하나님, 당신은 나의 희망입니다. 하나님 당신은 나의 희망입니다. 주님을 바라보며 고백합니다. 성령이여, 우리를 도와주옵소서. 성령이여, 우리를 축복하여 주옵소서. 성령이여, 하는 일마다 잘되게 도와주시옵소서. 예수님의 이름으로 감사하며 기도하옵나이다.”

(2009. 1. 1. 신년축복성회 첫째 날 저녁)

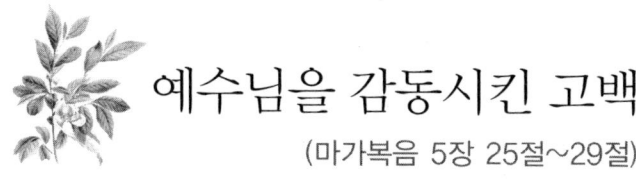

예수님을 감동시킨 고백

(마가복음 5장 25절~29절)

"고마우신 하나님, 당신은 나의 희망입니다. 하나님, 당신을 사랑합니다. 새벽 이 시간도 우리의 고백을 들으시고 저들을 붙잡아주시고 인도해주시고 하나님의 귀한 뜻을 이루게 도와주옵소서. 예수님의 이름으로 간절히 기도하옵나이다. 아멘."

우리가 작년까지 므낫세와 같은 그런 생활을 했다고 하면, 잊고 싶고 또 내 뇌리 속에서 사라지게 하고 싶었던 잘못되고 부족했던 모든 과거를 다 청산하고, 이제 1월 1일 새로운 날을 시작하면서 마치 에브라임처럼 미래를 향한 희망을 가져야 합니다. 이젠 과거를 생각하지 말고, 과거의 미운 사람도 이젠 미운 사람이 아니에요. 내가 힘들게 생각했던 어려움도 지금 생각해보면 그것도 은혜로구나 하는 것을 깨닫게 됩니다. 믿음의 사람은 시련을 은혜로 아는 사람들이죠. 그래서 과거를 청산한 사람들은 미래에 대한 희망을 말하게 됩니다. 근데 희망은 그냥 말하게 되는 게 아니라, 뭔가 봐야 희망을 말하는데 믿음을 갖지 않은 사람은 말할 수 없다는 거예요.

성경은 특별한 사람들의 이야기가 아니라 나보다도 못한 사람들의 이야기예요. 예수님을 만난 사람들을 다 보면 손가락질 받던 삭개오와 같은 사람, 병들어서 죽어가는 사람, 문둥병자들처럼 가정에서도 내쫓겼던 사람들입니다. 정말 우리보다도 못한 사람들이에요. 어쩌면 저렇게 불행하게 인생을 살아가는 사람들이 있을까 그렇게 생각하기 쉬운 사람들이 예수님을 만난 다음에는 그들의 운명을 바꿨잖아요. 그러니까 운명이라고 하는 건 사실 무시할 수 없어요. 여러분이 왜 이렇게 태어났습니까? 내가 왜 김씨가 되었습니까? 어떻게 보면 운명이라고 하는 그런 굴레에서 우리가 벗어나기가 힘듭니다.

굉장히 어려움을 당하는 우리 집사님 한 분이 제가 심방을 갔더니 그래요.

"목사님, 나는 이게 팔자예요. 지지리 못 사는 게 내 팔자입니다." "왜 팔자라고 생각하십니까?"

이 집사님이 하도 안 되니까 인천의 유명한 점쟁이를 찾아갔대요. 그랬더니 점쟁이가 그러더래. 당신은 죽을 때까지 그렇게 고생하면서 살 팔자라고……. 근데 그게 딱 맞더래요. 자기는 그게 팔자라는 거예요. 그래서 제가 그런 이야기를 했어요.

"팔자가 아니라 팔자라고 하는 걸 믿는 당신의 그 믿음이 잘못된 겁니다."

근데 고개도 안 끄덕이고 이이들은 운명론자인가……. 그렇죠?

"당신이 지금 이 어려움을 극복할 수 있는 방법은 믿음을 바꾸는 거야. 믿음을……. 왜 안 된다고 생각해? 왜 안 된다고 말해? 된다고 말하고 된다고 생각하고 그렇게 살아야지."

"목사님 말씀은 맞는데요, 그게 안 돼요."

그래서 내가 그랬어요.

"걱정하지 마. 요즘은 사람의 얼굴도 바꾸는 세상이야. 수술기능이 얼마나 좋아졌는지 이 얼굴도 다른 얼굴로 바꾼대."

나도 아마 그 수술하고 여러분 앞에 나타나면 '저이가 누군가.' 그럴 거예요.

"요즘은 수술방법이 좋아서 얼굴도 바꾸는 세상인데 내가 수술을 잘하는 분을 소개를 해줄 테니까 당신 머릿속을 바꿔."

그랬더니 알기는 되게 잘 알아요.

"그 의사가 목사님이죠?"

알면 고칠 수 있죠.

우리 김인철 목사님이 오셔가지고 같이 얘기하고 설교 시간에 말씀을 들으면서 감동을 받았어요. 선교사들이 알바니아에 가서 힘들다고 투정할 때에 김목사님이 하신 고백이 있잖아요? "알바니아 정부에서 당신 오라고 그랬어? 지가 좋아서 왔으면 행복하고 감사하게 생각해야지." 우리 사무실 식구들도 내가 제일 보기 싫어하는 게 투덜대는 거예요. 내 앞에서는 감히 투덜대지 못해요. 내 앞에서 투덜댔다가는 머리로 받아버리기 때문에 절대로 투덜대지 못해요. 근데 우리 사무실에도 돌아서면 투덜대는 거 있어요. 내가 뒤에다 대고 우리 김인철 목사님 하고 똑같은 소리 해요. 누가 지들 교회일 하라고 불렀나? 지들이 좋아서 하면 감사하고 기뻐서 해야지.

나는 한 달 동안 김인철 목사님 강대상에 서라고 그래놓고 뒤에 앉아서 얼마나 속에서 불이 오르는지 몰라요. 우리 교회 참 주책인 분들이 있어요. 내가 듣는데서 그러면 안 돼요. 우리 김인철 목사님하고 같이 예배 끝나고 이렇게 서 있으면 김인철 목사님 손잡고 뭐라는고 하면 세상에 이런 설교는 처음 들었다는 거예요. 김인철 목사님은 또 친구라도요 그게 좋아가지고 나를 쳐다보면서 너는 얼마나 설교를 못했으면 이런 소리를 하냐고……. 제발 그러지 말아요. 사람이 고백이라고 하는 것이 참 중요해요.

제가 한 번 그런 이야기를 한 적이 있는데 제 고등학교 친구가 참 좋아하는 여자가 있었어요.

"야, 종순아, 나는 그 여자 너무 좋아하는데 좋아한다고 말하려고 가기만하면 가슴이 뛰어서 고백을 못하겠어. 어떡하면 좋으냐?"

"야, 그래도 말해야지."

제가요, 저는 그렇게 못살아도 남 훈수는 잘 두거든요.

"야, 한 번 가서 말해. 대시하는 거야. 사랑은 대시야. 걱정하지 말고 이야기해."

근데 이 친구가 결국은 고백을 못했어요. 지금 제 나이가 몇 살이요? 그 친구 지금까지 결혼 못했어요. 그 여자만 사모하고 그러다가 고백하지 못하고 지금까지 혼자 살아요. 근데 그 여자 분은 결혼해가지고 권사가 되었는데, 제가 부흥회 갔더니 저를 찾아왔어요. 한참을 이야기하다가 제가 웃으면서 그랬어요. 그 친구가 권사님을 얼마나 사랑했는지 그거 아시냐고 그랬더니 세상에~ 그 여자도 그렇지 나이가 60이 넘은 게……. 남편도 있고 자식도 있는 게 한다는 소리가 "아이고, 그때 한마디만 해주지." 그때 자기도 그 남자를 너무 좋아했는데 말을 못했대. 병~신, 병신들……. 그러니까 혼자 사는 거예요. 어떻게 그렇게……. 신앙에는 고백이 꼭 필요하거든요. 여러분, 사랑을 받는 사람은 사랑의 고백을 해야 돼요. 새벽이지만 옆에 분이 예수님처럼 생각이 되고 그러니까 우리 같이 고백을 하십시다.

"나는 당신을 사랑합니다."

예수님을 만난 사람들은 그냥 보고 헤어진 게 아니라 예수님을 만나 큰 이적의 역사를 체험한 사람들은 어떤 사람들이에요? 고백을 한 사람이에요. 고백을 한 사람들…….

오늘 마가복음 5장에 있는 말씀은 여러분이 잘 아는 말씀이죠. 열두 해를 혈루병에 걸린 불쌍한 여인의 이야기입니다. 하혈을 하는 병인데 이 병은 그냥 하혈을 하다가 죽을 정도 되면 하혈이 끝나요. 그러다가 이제 살만하게 회복이 되면 또 하혈이 시작 돼요. 평생 그래요. 고칠 수 없는 고질병이에요. 그러니 여기 성경에 마가복음 5장에 있는 말씀을 통해서보면 이 여자는 숱한 의원을 찾아가고 약을 찾아다녔다고 그랬어요. 돈이 많은 부자임에 틀림없어요. 자기부인이 병들어서 12년 동안 병수발을 하는 남편의 입장에서는 어떻게 생각했겠습니까? 자기부인 병 고치러 다니다 보니까 집안에 있는 거 다 허비했어요. 없어져버렸어요. 남편의 입장에서는 이렇게 생각해볼 수도 있습니다.

나는 참 성경을 보면요, 성경의 내용만이 아니라 성경 그 뒤에 숨어있는 behind story, 숨겨진 이야기에 대해서 목사는 참 관심이 많아요. 그 남편에 대한 이야기는 성경의 본문에는 나오지 않았지만 저 나름대로 추측을 해봅니다. 저도 이제 오랫동안 병을 앓다보니까 병원에 다니면서 돈도 많이 쓰고 그러다보면 제일 눈치 보이는 게 저희 집사람이에요. 병원에 가서 돈 낼 때는 나는 주눅이 들어요. 저게 속으로 어떻게 생각할까, '저렇게 식구들 고생시킬 바에는 빨리 죽기라도 하지.' 하는 그 생각을 할까봐 눈치를 슬슬 봐요.

열두 해 동안을 혈루병에 걸렸으니까 그 많은 돈을 다 낭비했어요. 그러고 그 혈루병이란 게 냄새가 얼마나 지독한지 몰라요. 그렇게 냄새나는 사람과 같이 살아야 돼요. 또 거기다 그 당시에는 혈루병에 걸린 사람은 마치 문둥병자와 같이 부정한 사람이라고 생각이 되어서 길거리에 다닐 때도 정상적으로 다닐 수가 없어요. 불과 3m 안에 사람이 들어오면 '나는 부정한 여자입니다.' 라고 이야기를 해야 돼요. 이게 율법이에요. 얼마나 비극적으로 살아가는 사람인지 몰라요. 근데 이 여자가 어느 날 예수님의 소문을 듣습니다. 여러분, 좋은 소문은 좋은 믿음을 가져와요. 좋은 믿음은 좋은 축복의 결과를 가져옵니다. 그러니까 여러분 참 듣기를 잘해야 돼요. 그래서 우리가 예배시간에 참석하는 거예요. 예배시간에 부정적인 설교가 없잖아요? 다 긍정적인 말씀이에요. 다 축복의 말씀이에요. 우리가 세상에서 듣는 건 다 부정적인 이야기지만 성경은 긍정적인 이야기예요. 듣기도 잘하고 그 다음에 고백을 잘해야 돼요. 여러분, 성경에 보세요. 평범한 사람들이 다 예수님을 만나 고백합니다. "나는 이런 이런 일이 있지만 당신을 믿고, 당신 앞에 부탁하니 당신은 나를 고쳐주실 수 있고, 당신은 나를 잘 되게 하실 수도 있습니다." 이런 고백을 통해서 자기운명을 바꾸는 겁니다. 그러니까 믿음은 마음으로 믿어지면 입으로 시인하라고 하는 것은 고백을 강조하는 겁니다.

여러분, 제 간증 잘 아시죠? 제가 사업에 망해가지고 어려움을 당할 때에 친구들에게 손 벌리고 살은 적이 있습니다. 그러다가 이렇게 교회 들어와서 개척교회를 하고 교인이 몇 명 생겼어요. 우리 박경숙 전도사도 생기고 그랬는데 제일 병원 간호사로 나가는 처녀아이가 있었어요. 그 아이가 제일 수입이 좋았어요. 걔가 내 설교만 들으면 은혜를 받아요. 교인 몇 명 안 되는데 박경숙이는 눈을 땡그랗게 뜨고 쳐다보고 이 처녀아이는 그렇게 울면서 설교를 들어요. 참 은혜를 많이 받아요. 근데 어느 날 그래요.

"목사님!"

"왜?"

"나 아무래도 이 교회 떠나야 할 것 같아요."

"왜?"

"목사님 보면 은혜가 안 돼요."

별~ 아니 맨 날 설교시간에 눈물 흘리고, 질질 짜고 은혜 받아 놓고……. 그렇잖아요. 설교시간에 우는 사람 쳐놓고 악한 사람 없어요. 설교시간에 우는 사람 쳐놓고 안 될 사람이 없어요. 이이들이 울지를 못했으니 그걸 아나……. 설교시간에 우는 사람, 기도할 때 우는 사람이 은혜 받는 거예요. 성경의 법칙이 뭐예요? 울어야 산다. 기도해야 산다는 거예요.

"왜 그러니? 너 그렇게 내 설교에 은혜를 받고 울면서 왜 그러니?"

"목사님, 목사님 어머니가 저를 부르더니 목사가 돈 꿔달라고 그러면 꿔주지 말래요."

여러분, 생각해보세요. 내가 사회생활 청산하고 목사가 되고 천막교회에서 이제 시작하는데……. 아니, 우리교회에서 제일 괜찮은 처녀아이를 불러다가 우리 어머니가 목사가 돈 꿔달라면 꿔주지 말라니……. 이건 있을 수 없는 이야기예요. 오늘 여러분은 그냥 듣지만 나는 내 평생에 그렇게 열 올라본 게 처음이에요. 무식한 우리 어머니, 할 소리가 있고 안 할 소리가 있지 어떻게 그런 소리를 해? 교인한테 그런 소리를 해? 내가 목사인데도 두 주먹을 불끈 쥐고 어머니에게 따지러 간다고 가는 거예요. 가다보니까 한쪽에는 구두 신고 한쪽에는 슬리퍼를 신었더라구요. 다시 돌아와서 신발을 바꿔 신는 그 순간이 내 평생 가장 축복을 받는 순간이 되었어요. 그렇게 흥분되었던 마음이 가라앉으면서 그런 생각이 들어요. '그래, 그래. 우리 어머니 마음속에 얼마나 아들을 사랑하는지……. 내 약점인 줄 알기 때문에…….'

그날 가서 어머니 앞에 무릎 꿇고 내가 그랬습니다.

"어머니, 나 평생 누구에게 손 벌리고 돈 꾸지 않겠습니다."

여러분, 30년 동안 이 교회 있으면서 나 돈 꿔준 사람 있어요? 아무도 없어요. 없어……. 그 고백을 했더니 우리 어머니가 내 손 잡고 우시면서 그럽디다.

"김목사, 내가 교훈을 주려고 그래. 사람에게 돈 꾸는 건 얼마나 치사하니? 네 평생에 돈 꾸는 일 없어야 돼. 오직 사람들에게 목사가 꿀 수 있는 건 기도밖에 없어."

나는 그 말씀을 평생을 잊지 못해요. 내 목회생활에 있어서 그것이 내가 오늘 이런 목사가 될 수 있었던 축복의 기회라고 생각을 해요. 우리어머니도 내가 그 고백을 하는 순간 내 눈물의 고백을 들으시면서 나중에 그런 고백을 합디다.

"네 눈물을 보니 이제는 내가 안심해. 이젠 너를 믿을 수 있어. 네 과거를 다 잊어버릴 수가 있어."

여러분, 이게 참 중요해요. 기도라고 하는 게 뭐예요? 고백이에요. "하나님을 사랑합니다. 하나님, 당신은 내 희망입니다." 내가 말하지 않아도 내 사정과 형편을 아시는 하나님이지만 그러나 하나님이 가장 기뻐하시는 게 뭐예요? 하나님은 우리의 고백을 기뻐하신단 말이에요. 고백을 기뻐하세요.

이 여인이 예수님의 옷자락을 잡은 다음에 그가 한 고백이 있어요.

"내가 할 수 있는 최선을 다해서 당신의 옷자락을 잡았더니 내 몸의 병이 나았습니다."

여러분, 이 한 해 동안 이런 고백이 여러분의 고백이 되기를 바랍니다.

"주여, 내가 할 수 있는 믿음의 최고의 생활을 통해 내가 당신 앞에 이런 은혜를 받았습니다." 고백하게 하시고, "이런 기적의 역사를 체험했습니다. 하나님, 당신은 내 희망입니다." 고백할 수 있는 여러분 되기를 바랍니다.

(2009. 1. 2. 신년축복성회 둘째 날 새벽)

그들은 우리 밥이라(1)

(민수기 14장 9절)

이 밤에도 성령이 여러분과 함께하시는 좋은 밤이 되기를 바랍니다. 지난 주일부터 계속 말씀을 드리지만 초보적인 신앙은 므낫세에 머무는 신앙이죠. 므낫세에 머문다고 하는 것은 과거에 머무는 사람입니다. 죄책감을 가지고 후회하고 거기서 머물면 아무것도 이룰 수가 없습니다. 초보적인 신앙을 므낫세 신앙이라고 하면 거기서 한걸음 더 나가게 되면 에브라임 신앙이죠. 여러분은 에브라임 신앙이란 말이에요. 미래를 향해서 나가는 거예요. 과거는 다 청산했으니까……. 우리나라도 마찬가지예요. 자꾸만 과거에 매달리면 아무것도 못해요. 정치하는 사람들도 마찬가지예요. 사회적인 모든 것이 과거에 얽매이면 안 된단 말이에요. 과거를 청산하고 이제는 새로운 미래에 대한 꿈을 가지고 살아가는 거예요. 제가 일 년 동안 신학교에서 성령론에 대해서 강의를 했어요. 이 성령론은 강의할 만한 분이 없다고 저보고 하라는데 굉장히 어려워요. 그래서 다들 안 하는데 미련한 제가 뽑혀서 하는 거예요. '도대체 이 성령론을 어떻게 하면 쉽게 학생들에게 가르칠 수 있을까.' 학교 가면서도 고민을 했는데 딱 학생들 앞에 서니까 감동이 와져요. '참 하나님이 나를 똑똑하게 하시는구나.' 그죠? 우리는 그런 인물이 못되지만 성령이 우리와 함께 하시면 이 세상에서 가장 지혜로운 사람이 됩니다. 우리는 세상 사람과 비교할 때 지식은 없어도 하나님이 주시는 지혜를 가지고 살게 되면 세상 사람들이 우리를 부러워하잖아요?

학생들에게 그런 이야기를 했습니다. "성령을 간단하게 소개하면 성령은 우리에게 꿈을 주시는 영이다." 성령을 꿈을 주세요. 그러니까 성령을 받은 사람들, 예수를 만난 사람들, 성령을 체험한 사람들이 어떤 변화가 와졌는가 하면 평범하게 살아오던 우리보다도 더 못살던 사람들이 꿈을 갖기 시작해요. 예수를 만난 사람들은 다 꿈을 가지고 사는 거예요. 꿈을 가신 사람들이 그 꿈을 성취하는 과정이 성서의 이야기란 말이에요. 이거는 세상 사람들이 갖지 못하는 축복이에요. 여러분은 하나님이 주신 그 꿈을, 믿음을 가지고 성취하며 살아가는 거예요. 그러면 성령의 반대가 뭐예요? 아이고, 우리 교회는요 먹는 데는 일등이지만 성경 물어보면 몰라요. 성령의 반대는 뭐예요? 권집사님, 저하고 눈이 마주치니까 제발 하지 말라고 눈을 껌벅껌벅……. 성령의 반대는 악령이죠. 악령이 뭐예요? 우리의 꿈을 산산조각 내는 거예요. 악령이 우리 속에 들어오게 되면 꿈을 잃어버리게 되는 거예요. 악령이 다른 게 아니에요. 여러분, 뭐 악령은 시커멓고, 악령은 뻘겋고, 그런 게 아니라 악령이 우리 속에 들어오게 되면 우리가 가지고 있어야 될 꿈을 다 산산 조각내버려요. 그러나 성령은 갖지 못하던 꿈을 우리에게 주시는 거예요. 성령을 체험하게 되면 꿈속에 살아가는 거예요. 그래서 성령을 깊이 체험하게 되면 꼭 꿈꾸는 자 같애. 꿈꾸는 자……. 보세요. 야곱이 표현하기를 꿈꾸는 것 같다고 그랬잖아요. 여러분, 올해도 성령이 여러분과 함께하심으로 꿈을 꾸시는 여러분이 되시기 바랍니다. 그래서 이렇게 성령이 함께하는 사람을 가리켜서 꿈꾸는 자라고 해요.

쉽게 해석하면 성령은 우리에게 플러스 영을 줘요. 성령을 받으면 모든 게 생겨요. 예수가 생기고, 지혜가 생기고, 물질이 생기고……. 성령 받으면 사람도 생겨요. 성령은 자꾸만 더하게 하잖아요? 여러분, 이 십자가가 뭐예요? 더하기 아니에요? 더하기 하는 거예요. 오늘 이 집회에 참석하신 분들은 다 플러스 영이예요. 그러니까 성령을 받으면 다 더하게 하시고, 또 더하게 하시고, 또 더하기 하시고 그래요. 지혜도 더하게 하시고, 사람도 더하게 하시고, 물질도 더하게 하시고…….(아멘) 내가 그럴 줄 알았어. 더하게 하세요. 그러나 악령은 우리의 꿈을 산산조각 내게 한단 말이에요. 악령이 역사하게 되면 우리 인생이 마이너스 영이 되는 거예요. 다 뺏겨버려요. 다 뺏겨버려. 하나님이 주신 거 다 뺏겨버려요. 그러니까 여러분, 성령으로 살아가는 사람은 어쩔 수 없어요. 잘 될 수밖에 없어요. 그건 플러스 영이기 때문에……. 옆에 사람 얼굴 쳐다보고 고백합시다.

"당신은 아무리 생각해 봐도 마이너스 영이야."

멍청하게 그대로 따라 하기는……. 여러분은 "플러스 영이야." 그래야죠.

어제 제가 그런 말씀 드렸죠? 꿈을 가진 사람은 보는 걸 통해서 꿈을 갖게 된다고……. 꿈을 가진 사람은 희망이 있는 사람이에요. 그런 사람은 희망을 말하잖아요? 하나님이 이 세상을 창조할 때 말씀으로 창조하셨어요. 성경에 보면 예수님께서 병자를 고치실 때도 말씀으로 고치셨어요. 예수님이 눈빛으로 병자를 고치셨다는 것은 별로 못 봤어요. 근데 예수님이 말씀하시니까 문둥병자도 낫고, 소경도 보고, 앉은뱅이도 걷고……. 말씀이라고 하는 것이 참 중요하거든요? 성령의 이끌림을 받은 사람, 성령의 속한 사람은 하나님이 주신 축복 가운데서도 말의 축복을 주신단 말이에요. 제가 지난번에 그런 설교를 드렸는데 사람의 언어는 어디서부터 시작돼요? 우는 데서부터 시작되잖아요. 그죠? "엄마, 젖 주세요. 나에게 젖을 주실 수 있습니까?" 어떻게 애새끼가 그래요? 안 그러잖아요. 애새끼들은 울기만 하면 돼요. 그래서 여러분, 사실은 평신도 때가 제일 은혜 받고, 제일 응답을 빨리 받아요. 왠고하면 우는 신앙이기 때문에 그래요. 울기만 하면 돼요. 애새끼들은 울기만 하면 엄마가 다 알아서 해줘요.

두 번째로 웃는 단계라 그랬죠. 그다음에는 뭐 애새끼하고 눈 맞추고 그냥 까꿍 하고……. 지금도 마찬가지지만 저기 유아실에는요, 설교도 안 들어요. 애새끼들하고 노느라고 정신없어요. 예배 마치고 난 다음에 아주 기쁜 얼굴로 나와요. 그래서 "무슨 은혜 받으셨어요?" 그러면 몰라요. 그저 애새끼하고 노는 재미예요. 지금 설교도 안 들어요. 내가 지금 이런 설교를 하는데도 저것들은 애새끼들하고 놀고 있어요.

그 다음에 언어의 단계로 들어서요. 집사, 권사가 되면 언어의 단계예요. 말을 이쁘게 해야 복을 받아요. 그죠? 애새끼들은 그냥 울기만 하면 됐고, 또 웃는 단계에서는 부모가 시키는 대로 웃기만하면 되는데 그다음에 여러분이 집사가 되고 권사가 되면 말을 잘 해야 돼요. 말을 잘 해야 돼. 제가 가끔 그런 얘기 하지만 설교 끝나고 "목사님 말씀이 은혜스러웠어요." 그러면 얼마나 좋아요? 어떤 병신 같은 것들은 "목사님, 오늘 죽 쒔죠? 죽 쒔죠?" 참 별사람들 다 있어요. 이왕이면 좋은 말을 해야 될 거 아니에요? 그러니까 믿음의 사람들에게는 말의 축복을 주시기 때문에 여러분 참 말조심해야 돼요. 말의 축복이라는 게 그냥 우리가 말한 대로 이루어지기 때문에 좋은 말을 많이 해야 돼요.

집사님 한 분은 남편이 개업을 거의 열 번을 했을 거예요. 근데 개업예배 때마다 예배 마친 다음에 뭐라 그러는가 하면 "목사님, 안 될 것 같죠?" 아니, 안 될 것 같으면서 왜 예배를 봐요? 안 되는 걸 되게끔 하는 게 우리 신앙 아닙니까? 믿음 아닙니까? 그런데 그분은 맨 날 예배만 끝나면 "목사님, 안 될 것 같죠?" 그러면 내가 속으로 "믿음대로 될지어다." 진짜 믿음대로 돼요. 말이라고 하는 것이 참 중요해요. 성경에 보면 예수님을 만난 사람들이 언어가 달라지기 시작했거든요. 할 수 없다고 하던 사람들이 예수를 만난 다음에 "할 수 있습니다."로 바뀌어져요.

민수기에 있는 말씀은 여러분이 잘 아는 말씀이죠. 모세가 각 지파에서 하나씩 뽑아가지고 열두 명의 정탐꾼에게 가나안을 정탐하게 보냈습니다. 열두 명이 가서 똑같은 상황을 봤어요. 와서 보고를 하는데 열 명은 뭐라고 하는가 하면 "그 땅은 너무 기름지고, 그 땅에 사는 거인은 너무 힘이 좋기 때문에 우리는 그 땅을 점령할 수가 없습니다. 포기하십시다." 그랬어요. 근데 두 명, 여호수아와 갈렙은 뭐라 그랬는가하면 "그 땅은 너무 기름지고 사람들이 너무 강대해서 우리가 점령할 수가 없습니다." 그런데 그 다음 말이 멋있어요. 믿음의 사람들이 플러스라는 게 뭔가 하면 안 될 것 같지만 하나님이 도와주시면 된다는 거예요.

"우리가 _그_들을 이길 수 없지만, 하나님이 도와주시면 그들은 우리의 밥이다."

여러분, 올 한 해에 여러분이 그런 고백을 할 수 있게 되기를 바랍니다.

"그들은 우리의 밥이다."

내꺼라는 거예요. 내꺼. 하나님이 이미 허락하신 것이기 때문에 내꺼라는 거예요.

우리교회가 아마 한 만 명은 모일 수 있는 교회인데 내가 기도를 잘못했어요. 천막교회에서 기도할 때 맨 날 무슨 기도를 했냐 하면 "하나님, 삼백 명만 주세요. 삼백 명만 주세요." 그때는 삼백 명이 엄청나게 크게 생각되었거든요. 교인이 하나도 없을 때니까…….

"삼백 명만 주세요."

슬슬 모이기 시작하더니 삼백 명이 모이네? 그다음에는 "주여, 더 주시옵소서."를 못해요. 내가 한 기도가 있어서……. 그래서 인제 그 다음 기도가 뭔가 하면 "하나님, 뜻대로 하옵소서." 그러니까 지금 주님 뜻대로 이렇게 모이는 거예요. 아, 좀 꿈을 크게 가질 걸……. 우리 교회 교인들을 보면 다 그런 꿈을 가지고 있는 교인들인데 목사가 신통치 않아서 그런 기도를 했어요. 꿈을 크게 갖는 여러분이 되길 간절히 축원합니다. 간절히 축원합니다.

전라도 장성에 한 어린아이가 있었습니다. 집안이 너무 가난한데 교회를 어떻게 들어왔어요. 농촌교회니까 어른들하고 아이들하고 같이 예배를 드리는데 목사님이 "하나님은 여러분의 기도를 들어주시는데, 세 번까지 기도하면 안 들어주시는 것이 없다."는 설교를 하세요. 어린아이의 마음속에 그 말씀이 아주 마음속에 들어오더래. 그래서 기도를 했대요. "하나님, 난 집안이 너무 가난해서 공부도 못합니다. 근데 하나님, 하나님이 살아 계시다고 하면 나를 훌륭한 사람으로 만들어 주십시오." 훌륭한 사람? 하나님도 고민이 되신 거예요. 이 조그만 애새끼를 어떻게 훌륭한 사람으로 만들어? 목사님 말씀이 세 번 기도하면 이루어진다니까 이 아이가 세 번 기도 했는데 안 이루어져요. 그래서 어린아이가 화가 나가지고 편지를 썼어요. "하나님, 세 번 기도하면 꼭 이루어 주신다고 그랬는데, 하나님, 왜 나를 훌륭한 사람으로 만들지 않습니까? 어떻게 된 겁니까? 몇 번 더 기도해야 합니까?" 편지를 썼어요. 그러고 편지 겉봉투에다가 "하나님 앞" 우체부가 편지를 분류하다 보니까 이거 웃기는 편지 아니에요? 거기다 그 내용이 아주 우스우니까 그분이 담임목사님께 이 편지를 보냈어요. "이 아이가 이렇게 편지를 써서 우체통에 넣었습니다. 이거 잘 읽어 보십시오." 목사님이 읽어 보니까 그 어린아이의 마음이 와 닿더래. 그래서 그 아이를 목사님이 공부를 시키기 시작해 가지고 얘가 한국신학대학을 나오고 미국의 프린스턴대학을 나오고……. 오메~ 신학박사 3개를 땄어. 지금 신학대학 교수로 있는 오교수가 바로 그분이에요. 그분은 되게 웃겨요. 그분은 대단한 신학자인데 늘 하시는 이야기가 뭔가 하면 "세 번 기도 하면 안 이루어지는 게 없다." 이거예요. 자기를 보라는 거예요. 자기를…….

제 동기 중에 손목사라고 있어요. 우리 교회 그때 한창 백 명 넘어서려고 할 때인데 그 손목사님이 우리 교회 와서 부흥회 하면서 백 명 넘기기 운동을 해가지고 수건도 돌리고 떡도 돌리고……. 그 집회 때 백 명이 넘어섰어요. 근데 그 손목사님이 학교 다닐 때 나는 '저런 사람이 어떻게 신학교를 왔지?' 그랬어요. 말도 더듬고 성격도 굉장히 내성적이에요. 머리는 똑똑한데 발표할 때 보면 떠느라고 말을 못해요. 어떻게 저런 사람이 목회자가 되려고 왔나 그렇게 생각 했어요. 근데 채플에서 기도할 때 보면 그렇게 소극적이고 내성적인 사람이 채플이 떠나갈 정도로 기도해요. 기도하는데 그것도 말 같지 않은 기도예요. "전국을 누비는 부흥강사가 되게 하소서. 세계를 누비는 부흥강사가 되게 하소서." 그래서 내가 속으로 그랬어요. '참 하나님 답답하시겠습니다.' 기도도 어느 정도 이루어 질 수 있는 기도를 해야지 워낙 말 같지 않은 기도를 하니까…… . 뭐 별로 똑똑하지도 않은 거 같고…… . 근데 신학교를 졸업하고 내가 세상에서 노는 동안에 하나님이 바쁘셨는지 말도 안 되는 그 기도를 들어주셨어요. 그 손 목사가요 우리 감리교회에 최고의 부흥강사가 되었어요. 장로교, 감리교, 성결교를 통틀어서 부흥사 협의회 회장까지 하구요, 나는 부흥사 협의회 비서도 못해봤는데…… . 우리 교회 와서 부흥회를 인도할 때 나는 그분의 과거를 알기 때문에 참 많이 울었어요. "하나님, 저 찌질이, 멍청이 같은 것도 저렇게 크게 쓰시는데 똑똑한 나는 이게 뭡니까?" 근데 내가 생각해보니까 그 고백, 창피한 것도 부끄러움을 무릅쓰고 하던 그 고백, 그런 기도를 했단 말이에요.

여러분, 고백이라고 하는 것이 참 중요하잖아요? 이왕이면 여러분, 큰 꿈을 가지고 기도하세요. 죄송한 이야기지만 나는 우리 교인들을 그렇게 크게 기르지 못했어요. 우리 김성철 권사님 여기와 계시지만 김성철 권사님 직장예배를 드리러 갔는데 벌써 오래전 이야기 입니다. 그때는 성경을 준비하지 않고 가서 그냥 "주여~" 그러고 성경을 펴가지고 읽을 때인데 김성철 권사님네 회사에 가서 "주여~" 그리고 성경을 폈더니 뭐가 나왔는가 하면 "부하게도 마옵시고 가난하게도 마옵소서." 아, 성경을 읽으면서도 좀 미안하더라구요. 그런데 그해 12월 31일에 김성철 권사님이 저한테 와가지고 "목사님 말씀대로 되었습니다. 수입 마이너스 지출하니까 땡땡입니다. 제발 다음에 오실 때 그 성경 보시지 마시고 넘치도록……."

우리가 송구영신 예배 때 축복 기도 받으면서 성경을 이렇게 뽑았는데 여러분 모습이 다 틀려요. 성경을 뽑아놓고 다들 참 좋아해요. 어떤 이들은 "창고가 터질 것이다." 너무 좋아해요. 근데 기도하라는 그 이야기는 별로 좋아하지 않아요. 우리는 그냥 눈에 보이는 것만 좋아해요. 꿈을 가질 때에는 좀 꿈을 크게 갖는 거예요. 나는 그래서 그저 '우리 교인들 부하게도 마옵시고 가난하게도 마옵시고…….' 그게 아주 맘에 들었었는데 요즘은 바뀌었어요. "하나님, 우리교회에서 재벌도 나오게 하시고, 우리교회에서 대통령도 나오게 하시고, 우리교회에서……." 내 머리에서 나오는 거는 한계가 있어. 여러분이 입으로 이야기를 해야 여러분 자녀들이 그렇게 되잖아요. 꿈을 크게 가지란 말이에요. 예수님을 만난 이후에 달라진 게 뭔가 하면 꿈을 이야기하기 시작해요. 꿈을 이야기해요. 꿈은 가슴속에 가지고 있는 게 아니라 꿈은 고백할 때에 이루어지는 거예요.

내가 고용봉 감독님을 따라다니면서 "고용봉 감독님 반만 따라가게 해주시옵소서." 내가 왜 그 기도를 했는지 몰라. 내가 좀 더 크게 기도했으면 좋았을 걸. 근데 우리 장경우 목사님 어머니 권정순 권사님, 우리 교회에서 참 기도 많이 하셨잖아요. 그런데 난 권정순 권사님을 미워했어요. 미워한 게 뭔가 하면 "하나님, 우리 아들, 우리 목사님보다도 갑절의 능력을 주옵소서." 근데 그 기도가 이루어지잖아요. 장경우 목사님이 그래요. "목사님, 나 무시하지 말아요. 목사님보다 더 능력이 나타나요."(아멘) 누가 아멘 해? 누가? 누가했어요? 감사하죠. 저보다 나아야죠.

천기원 목사님도 이제 세계적인 목사님 아니에요? 우리교회가 참 좋은 인물들을 배출했어요. 장경우 목사님 나보다 갑절의 역사가……(아멘) 아휴 힘들어 죽갔네. 박종권 목사님, 여러분 중국에 가서 보시지만 얼마나 대단해요? 박종권 목사님이 어제 오셨는데 우리 교인들에게 불평하는 게 뭔가 하면 다른 교회에서는 엄청나게 높이 평가하는데 송내중앙교회에만 오면 맨 날 영자 정자 밖에 안 찾는대. 그게 뭔 줄 알아? 박영자 권사, 마산에서 왔으니까 친절하게 말해줄게. 그전에 박종권 목사님이 제비시절 때에 여자가 일곱이 있었는데, 정자 만나러 갔다가 "영자씨!" 그래서 뺨 맞은 사람이야. 세상에서 놀던 사람이 예수를 영접한 다음에 우리 박종권 선교사님, 중국을 내 가슴에 안게 해달라고 참 얼마나…….

성가대 오늘 찬양하는 거예요? 성가대, 오늘 찬양 있어요? 뭘 해? 그냥 들어가. 들어가. 자리가 저렇게 비었는데 하기는 뭘 해. 제일 맘에 안 들어. 여러분, 저는 생명을 다 해 지금 집회를 인도

하는 거예요. 오늘 병원에 갔더니 의사선생님이 그래요. 제발 설교 좀 짧게 하라고……. 에휴~ 난 시키고 싶지 않지만 그래도……. 감사합니다.

성령은 우리를 꿈꾸게 하고 그 꿈을 이루게 하는데, 그 이루는 과정에서 가장 중요한 게 뭐냐면 고백이라는 거예요. 자꾸만 고백하는 거예요. 여러분, 아이들도요 사랑을 받은 아이들이 사랑을 할 줄 알아요. 그러니까 애들은 자꾸만 사랑한다고 말을 해야 돼요. 사랑한다고……. 하나님의 꿈을 가진 사람은 자꾸 고백하면 그 고백대로 이루어지는 거예요. 난 참 하나님 앞에 감사하는 거는요 하나님이 우리 교회에 주시는 말씀은 다 축복의 말씀이에요. 여러분, 선지자들이 다 다르게 은사를 가지고 말씀을 전했잖아요? 호세아는 사랑의 이야기를 하고, 이사야는 공의의 하나님을 이야기를 하고……. 아마 여러분 누군 줄 다 추측해서 알겠지만 우리 교회에서 개척한 목사님 중 한분은 설교가 참 기가 막힌 설교를 하는데 그분의 설교를 들으면 가슴이 아프다고 그래요. 맨 날 아픈 설교를 해요. 맨 날 책망의 설교를 해요. 교회가 늘 그래서 어려움을 당해요. 여러분, 하나님이 우리교회에 축복의 말씀을 주심을 감사하십시다. 그리고 그 감사를 우리가 고백하십시다.

우리 교회에 선생님들이 몇 분 있죠. 그 가운데에 정혜숙 권사님, 이경수 권사님, 고연아 집사님. 어쩌면 그렇게 하나같이 바늘로 찔러도 피한방울 안 나올 것 같은 사람들인지……. 하여간 기도도 안하고 교회 오면 얼굴이 항상 굳어 있고 따지기나 하고……. 아, 그런데 어느 날 하나하나 넘어지기 시작하는데 아이고 어쩌면 좋아요? 세상에~ 바늘로 피한방울 안 나올 것 같더니 쳐다만 봐도 피가 나와. 얼마나 감사해요. 아마 요즘 세 분이 우리 교회 최고의 봉사자들이에요. 고연아 집사 저거……. 밖에서 보니까 남편한테 큰소리 펑펑하고 눈을 휘번뜩하는데……. 박집사, 저런 여자하고 사느라 얼마나 고생했어요? 하여간 지독한 여자예요. 근데요 은혜를 받더니요, 무슨 자신감이 생겼는지 기도하기만 하면 이뤄진대요. 고개를 들어요. 그리고 날 봐요. 그지? 요즘 좋은 일이 있지? (아멘) 혼자 잘 먹어? 안 되는 걸 되게끔 만들더라고……. 내가 참 남의 가정생활이니까 여러분에게 털어놓고 말하지 못하지만 이뤄지는 거예요. 기도하는대로 이뤄지는 거예요. 그걸 재미 보니까 요즘 정신없어요. 정신없어. 뭐 얼마나 감사한지……. 지난번에는 갈비를 사줘서 잘 먹었어. 예수가족 목사님들이 잘 먹었어요. 저 여자가 평생 처음이에요.

제가 왜 이런 말씀을 드리는가 하면 여러분, 사실 예수 믿는 게 얼마나 힘들어요? 근데 은혜 받으면 그게 아니란 말이에요. 오늘 시무예배 때도 김인철 목사님이 그런 말씀하셨는데……. 김인철 목사님이 요즘 너무 신나 해요. 그냥 은퇴하시고요 목회 안 하시고 선교사 일만 하시다가 우리 교회 와가지고 제가 이젠 담임자로 심기잖아요. 요즘 제가 부목사예요. 오늘도 내가 "시무예배에 설교 좀 하시죠." 그건 친구로서 그냥 내가 인사상 그러는 거예요. 그죠? 근데도요 설교하란다고 또 신나서 해요. 12월은 아무튼 김목사님이 다 해요. 얼마나 귀합니까? 오늘부터 직장예배가 시작 되었는데 내가 하려고 그랬더니 자기가 담임목사라고 자기가 하는 거예요. 참 감사하죠.

오늘 선교부장인 우리 김권사님 회사에 가서 예배를 보면서 얼마나 감사한지 몰라요. 남의 과거를 들추어서 죄송하지만 우리 김민기 권사님 주일날 잘 안 나오셨어요. 왜 안 나왔는가 하면 주일날 헌금 드리는 게 아까워서……. 아, 그러던 분이 은혜를 체험하고, 성령이 잘되게 하시는 걸 체험한 다음에……. 성령이 꿈을 주신 다음에……. 세상에~ 얼마나 감사한지……. 여러분, 성령은 되게끔 하는 영이라고 그랬잖아요. 아멘? 조찬일 권사님, 그때 기억나요? 오른쪽에 만원, 왼쪽에 천원 넣고 다니던 거? 천원은 헌금하고 만원은 다른데 가서 놀고……. 그러던 분이 지금은 교회 밖에는 몰라요. 얼마나 감사해요.

난 우리 교회 권사님들, 집사님들 자랑하고 싶은 거는 참 신앙이 이쁘게들 자라는 거예요. 내가 하나님이라도 복주고 싶어요. 아이고 이뻐라. 최연실이~ 아이고, 이뻐라. 김영숙이~ 아이고 이뻐라. 이쁘게 웃어야지. 저 병신은……. 다시. 김영숙이 아이고 이뻐라. 양현숙이 아이고~(^_^) 복이 웃는데 들어간다고 그러잖아요. 다 영접하는 거예요. 우리 양현숙 권사, 아이고 이뻐라. 계수~ 아이고 이뻐라. 장정희 집사님 아이고 이뻐라.(*^_^*) 여러분, 신앙 생활을 이쁘게 하고, 귀엽게 하고, 사랑 받게 하고, 복 받게 해야죠. 올해에는 남들은 힘들다고 그러는데 우리는 좀 이럴 때 하나님이 살아계신다는 걸 보여줘야 하지 않아요? 옆에 사람에게 고백하십시다.

"당신은 올해가 평생에 가장 큰 축복의 해가 될 것입니다."

우리가 보는 것을 잘해야 되고, 고백하는 걸 잘해야 됩니다. 내일은 action, 행동에 대한 설교를 할 텐데 서권사님, 지금 졸아요? 서권사님 천막교회 때는 우리 같이 이웃에서 살았는데 나한테 목사란 소리도 안 했어요. 유진이 아빠라고 그랬어요. 서권사님이 우리 교회 와가지고 참 열심히 하시더니 우리 어머니 장례식 때 내가 아주 곤욕을 치렀어요. 우리 어머니 장례식에 와가지고 그 교인들 많은데 거기서 통곡을 하고 우는 거예요. 다른 사람들이 "저 여자 누구냐? 저 김종순 목사 혹시 데려온 누나 아니냐?" 아니, 동생이지. 내가 나중에 물어봤어요. "권사님, 왜 우셨어요?" 그랬더니 장로님 축복 받은 게 부러워서 자기도 그런 축복 받고 싶어서 그랬다는 거예요. 그건 괜찮은데 어느 날 심방을 갔는데 서권사님 안방에서 "심방 왔나이다." 기도하고 눈을 떴더니, 우리 어머니가 이러고 내려다보고 있어요. 나는 우리 어머니가 무서운 걸 그때 처음 봤어요. 아니, 우리 어머니가 왜 서권사님네서 쳐다봐? 우리 어머니 사진을 벽에다 붙여 놨어요. "권사님, 저게 뭐예요? 우리 어머니 사진을 벽에 왜 붙였어요?" 그랬더니 장로님 받은 축복을 내가 받고 싶어서 그랬다는 거예요. 거기까지는 참 잘하셨어요. 근데 서권사님은 그 부러운 꿈은 가지고 있었지만 그렇게 행동하지 못했어요. 우리 어머니처럼 새벽기도 못했어요. 우리 어머니처럼 십일조생활 못했어요. 우리 어머니처럼 봉사생활 못했어요. 우리 어머니를 따라갈 수 없었던 건 바로 그거예요. 복 있는 사람은 복 있는 사람 그대로 살아야 돼요. 복을 받게 우리가 행동을 해야 된단 말이에요.

제 동기 가운데 부천 사람인데 그 어머니가 너무 가난해가지고 파지를 줍고 병을 주워가지고 아들을 공부시킨 분이 있어요. 그 아들이 똑똑하지가 못해. 그리고 좀 특이해. 김인철 목사님은 기억나실 거예요. 어딘가 좀 이상하고 또 신발은 꼭 하얀 신발을 신고 다녀요. 근데 기도할 때 보면 꼭 미친놈처럼 기도해요. 몸을 비틀면서 기도해요. 그러면서 "하나님, 내 어머니……." 우리는 하나님 아버지라 그러는데 "하나님, 내 어머니. 하나님, 내 어머니." 저게 무슨 기도인가 관심을 가졌어요. 기도하면서 뭐래는가 하면 "내 어머니는 나를 낳기만 했지 나를 길러주질 못합니다. 나를 공부시킬 여건이 안 됩니다. 그러니 하나님이 내 어머니 되어주셔서 나를 훌륭하게 만들어 주세요." 그런 기도를 했어요. 근데 그 고백처럼 내가 보기에는 공부도 별로 못하고 그랬는데 그이가 신학박사가 되었어요. 아이고, 한 번 내가 미국에 갔다가 만났는데 날 보더니 눈 아래로 날 보더라고.

제가요, 목회생활을 하면서 수많은 사람을 만나지만 사람의 상상을 초월한 일들이 너무 많이 일어나요. 하나님의 사람들에게 이런 상상을 초월한 일이……. 여러분, 믿음이라고 하는 것이 그냥 우리가 되는대로 살아가는 게 아니에요. 믿음은 특별한 거예요. 여러분, 특별한 은혜 속에 살아갑시다. 특별한 축복 속에 살아갑시다. 그래서 기도할 때도 "하나님, 나는 잘될 수밖에 없습니다. 하나님 사랑 받는 나는 잘될 수밖에 없습니다." 여러분, 그런 기도하면서 하나님 앞에 더 가까이 나가는 여러분 되시기를 바랍니다.

내일은 내가 희망을 갖는 사람들이 어떻게 살아야 할 것인가 하는 말씀을 준비하고 있습니다. 내일 마지막 시간인데 여러분 희망을 마음속에 가지고 기도하십시오. 내일은 헌금을 드릴 때 그냥 드리지 마시고 여러분의 희망을 한 가지씩 쓰세요. 고백이라는 것이 중요하니까……. 그 고백처럼 이루어지는 축복의 시간을 체험할 수 있는 여러분이 되기를 간절히 바랍니다.

(2009. 1. 2. 신년축복성회 둘째 날 저녁)

여호와께서 복을 주시므로

(창세기 26장 12절~15절)

"하나님, 당신은 나의 희망입니다. 하나님, 당신은 우리 가정의 희망입니다. 하나님, 당신은 이 교회의 희망입니다. 하나님 당신은 이 민족의 희망입니다. 주님만 바라봅니다. 주님의 사랑만을 말합니다. 주님과 함께 살기를 원합니다. 주여, 이 한 해를 축복하여주옵소서. 예수님의 이름으로 기도하옵나이다. 아멘."

희망을 가진 사람은 모습이 다릅니다. 우리 교회 새로 오신 분들이 한결같이 하는 이야기가 우리 교인들이 참 편안하다는 겁니다. 사람이 무슨 일을 하든지 편안함이 있는 사람이 성공해요. 여러분은 다 성공할 자격이 있는 분들이에요. 성경에 보면 예수님을 만나기 전의 사람들의 모습과 예수님을 만난 이후의 모습이 너무나 다릅니다. 예수님과 만나고 성령과 함께 살아가는 사람은 모습도 달라지는 것이죠. 축복의 사람 가운데 최고의 인물이라고 하면 바로 아브라함이죠. 아브라함이 하나님의 축복을 받은 그 비결 가운데는 하나님이 아브라함에게

"네 고향 본토 친척을 떠나라."하셨을 때 그대로 순종한 겁니다. 쉽게 이야기하면 네 과거의 습관과 단절시키라는 겁니다. 여러분, 우리 믿음의 사람은 그냥 어영부영 살아가는 게 아닙니다. 결단이 있어야 돼요. 그러니까 이제까지 살아오던 잘못된 과거를 단절시키지 아니하면 새로운 미래가 나타날 수가 없다는 거예요. 우리는 과거를 그대로 가지고, 그냥 눈감아버리고 새로운 미래를 살아가는 게 아니에요. 항상 하나님의 은혜를 받을 때에는 회개가 먼저 나와야 된다는 겁니다. 회개는 과거를 단절시키는 힘이 아닙니까? 회개 없이는 은혜에 깊이 들어갈 수가 없는 것이죠. 아브라함에게 "네 고향 본토 친척을 떠나라."는 이유가 바로 거기에 있습니다.

제가 어렸을 때 들은 이야기 가운데 제일 잊을 수 없는 것이 있습니다. 어떤 사람이 이제 길을 가다가 날이 저물어 어느 가난한 사람의 집에 들어가서 하루 밤을 자게 되었어요. 주인의 인상을 보니까 참 잘 될 사람인데 그렇게 가난하더라는 겁니다. 새벽이지만 우리 옆에 사람 얼굴 한 번 쳐다보세요. 새벽의 얼굴이 진짜 얼굴이에요. 우리 남자들은 새벽이나 낮이나 한결같은데 여자 분들은 새벽에 본 얼굴하고 낮에 본 얼굴이 전혀 달라요. 우리 얼굴을 보면 알잖아요? 저도 이제는 이렇게 인생을 살아오면서 수많은 사람을 만나고, 부흥회 다니다 보니까 얼굴만 봐도 "아, 저 사람 잘 될 것이다." 하는 그런 게 와요. 주인이 잘 되게 생겼는데, 참 괜찮은 사람인데, 왜 이렇게 가난하게 살까하고 가만히 보니까 얘기를 해도 다리를 까불고, 밥 먹다가도 다리를 까불고……. 왜 그런 사람 있잖아요? 우리 교회도 몇 명 있어요. 나는 처음에는 음악적인 사람인 줄 알았어요. 하도 다리를 흔들어서……. 개다리 춤이 거기서 나온 거예요. 다리를 너무 까불더래요. "아, 원인이 저기 있구나." 그래가지고 그 사람이 잘 때에 젊은 사람들 잘 모를 거예요. 깎기라는 게 있어요. 옛날에 이렇게 나무를 패는 게 있어요. 그래서 그걸 들어가지고 자면서도 다리를 까부는 그 사람의 다리를 쳐버리고 냅다 도망갔대. 그러니 그 사람에게는 날벼락 아닙니까? 아니, 지나가는 놈 잘 먹여줬는데 그놈이 자기 다리를 찍어 놓고 갔으니 얼마나 기가 막히겠습니까? 10년 후에 그 집에 다시 가니까 세상에~ 그렇게 잘 살더라는 거예요. 그래서 제가 그때 10년 전에 당신 다리를 그렇게 상처내고 간 사람이라고 그랬더니 아니 원수 같은 놈이 왜 왔냐고 그러더래요. 그래서 그 이야기를 했더니 그 사람이 웃으면서 그러더래요. 그 말이 맞다고……. 당신이 내 습관을 고쳐줘서 내가 이렇게 복을 받았다고…….

우리 교회는 한국교회에서 참 유별난 교회예요. 우리 교회는 술 먹고 담배 피는 거 절대로 이야기 안 해요. 근데 장경우 목사님 교회 갔다가는 그 사람 죽어요. 우리 형님목사님 목회하는 교회 갔다가는 바로 잘려요. 근데 우리교회는 권사님들도 약으로 잡수시고, 뽀오얀 담배연기에 과거를 기억하고, 그런 사람들 봐도 나 말 안 해요. 저도 이렇게 교회 들어와 가지고 힘들었잖아요. 저를 잘 아는 분들이 그래요. 어떻게 목사님은 그렇게 술, 담배를 딱 끊으셨느냐고. 여러분, 제가 그런 간증했잖아요. 교회로 들어왔을 때 그건 진실이에요. 눈물로 기도했어요. 말씀에 은혜도 받았어요. 근데 이 습관이 안 고쳐지더란 말이에요. 참 힘들었어요. 술, 담배 생각이 나면 저 산에 뛰어올라가서 얼마나 내 입을 짓찧었는지 모릅니다. 내가 원래 참 이쁜 인상인데 그때 소나무에 하도 짓찧어가지고 입이 이렇게 나왔어요. 여러분은 그냥 우습게 지나가지만 나는 정말 피눈물을 흘렸어요. "하나님, 생각으로는 끊고 싶은데 왜 내가 안 됩니까? 그래도 나는 참 결단력이 있는 사람인데 하나님, 왜 이런 습관 하나 못 고칩니까?" 그때에 내 결론이 무엇인고하면 이건 내 힘으로 되지 않는 거다. 술, 담배조차도 내 힘으로는 되지 않는 거다. 그때 내 기도를 바꿨어요. "내가 결심하겠습니다. 술, 담배 끊겠습니다."하는 기도를 바꿔서 어떻게 기도했는고 하면 "하나님, 나를 도와주세요. 나는 당신이 필요합니다." 내 기도의 대부분은 "하나님, 나는 당신이 필요합니다. 나를 도와주세요." 그랬더니 어느 날 슬그머니 술만 보면 어지럼증이 생기고, 담배만 보면 콜록콜록 기침이 나요. 지금 아멘 하는 사람은 과거가 있는 사람들이에요. 이제 술, 담배 끊고 저기 숭의교회 가서 집회 참석하고 밤늦게 집에 돌아오는 길이었어요. 그때 막 그냥 불이 붙어가지고 기도하고 방언하고 그러다보니까 얼굴이 시뻘게 가지고 전철 막차를 탔는데, 기동교회 장로님 한 분이 그 전철을 타고 가다가 보신 거예요. 보니까 제가 얼굴이 시뻘게 가지고 중얼중얼 거리더래. 기도의 열기가 식지 않았으니까……. 그분이 볼 때에는 내 과거를 잘 아니까 '아니, 저 목사가 술이 취해가지고 밤에 전철에서 중얼 중얼 대는구나.' 자기만 알고 있지. 기둥교회 고용봉 감독님에게 전화를 했어요. "목사님, 아무래도 안 되겠어요. 저기 송내중앙교회 김종순 목사 보니까 술에 취해가지고 전철에 탔는데 큰일 났습니다." 밤 12시에 전화가 왔어요. 고감독님이 빨리 오라는 거예요. 그래서 갔더니 세상에~ 그 밤 12시에 교회 정문에서 기다리시다가 나보고 대뜸 "너, 이리 와." 화가 나시면 그분은 쌍소리를 잘하세요. 그래서 내가 쌍소리를 배운 거 같애.

"너, 이리 와! 하~ 해봐!"

"하~"

"냄새가 안 나는데? 다시 해봐!"

"하~~"

"너 오늘 밤에 술 먹었냐?"

"아니요. 나 술 끊었는데요."

"오늘 저녁 어디 갔다 왔니?"

"교인들하고 숭의교회 집회 참석하고 왔어요."

아, 고감독님이……. 나는 그때 그 분의 참 어른다운 모습을 봤어요. '어른 정신이 이거로구나.' 했어요. 그렇게 야단치시다가 내 앞에 무릎을 꿇으세요.

"김목사, 내가 잘못했다. 내가 잘못 들었구나. 상처 받지 마라.

그래 내가 이제부터는 너를 믿어주마. 너는 잘 될 것이다. 너는 목회자로 성공할 것이다."

그러더니 밤 12시에 그 장로님에게 전화를 해가지고 그 장로님을 불러요.

"김목사, 장로님한테 하~ 해봐."

"하~"

"냄새 나냐?"

"안 나요."

"왜 기도하고 오는 목사님 보고 술 먹었다고 그래? 어쩌면 그런 오해를 할 수 있어? 장로님, 잘못했지?"

"예."

"잘못 했으니까 어떻게 해야 돼? 김목사, 어떡하지?"

"뭐 어떡하긴요. 양복 한 벌 해주면 돼요."

그래서 양복 한 벌 얻어 입었죠.

"그래, 그럼 이제 가라."

"아니요. 양복 한 벌만 해주면 어떡해요? 와이셔츠도 있어야죠."

와이셔츠 했죠. 고개를 끄덕일 때까지 얻어 입을 테니…….

"그것만하면 어떡해요? 구두도 해 줘야죠."

구두도 했죠.(아멘) 아직도 마음에 안 들어.

참 그 습관 하나 고치는데 얼마나 힘든지 몰라요. 나는 그래서 우리 교인들에게 술, 담배 여러분 힘으로 끊지 말라고 그래요. 성령이 도와주시면 어느 날……. 어느 날 돼요. 힘들게 생각하지만 이 습관을 고쳐야 여러분 희망이 이루어지는 거예요. 희망이 있는 사람은 과거를 단절시키는 그런 모습이 우리에게 있어야 됩니다.

두 번째로 오늘 말씀은 창세기 26장에 있는 말씀인데 이삭의 이야기가 나오죠. 이 이삭의 이야기를 볼 것 같으면 남이 파다가 물이 안 나오는 데만 골라서 파요. 이 말씀은 뭔고 하면 희망을 가진 사람은 도전정신이 있어야 된다는 거예요. 여러분, 올해는요 "아이구, 힘들다. 힘들다." 웅크리지 말고 도전하세요. 도전하세요. 남들은 안 되는데……. 이삭이는 파다가 안 나오는데 그걸 왜 가서 파요? 근데 이삭이한테는 어떤 믿음이 있었는고 하면 하나님이 나와 함께 하시는데 안 될 것이 없다는 거예요. 안 될 것이 없어요. 무식한 우리 어머니가 부천에서 성공한 아주 유명한 이야기가 있습니다. 새벽에 기도하시면요 하나님이 보여주신대. '어느 땅이다. 어느 건물이다.' 보여 주신대요. 그러면 우리 어머니는 공부를 못하고 무식한 분이지만 말씀은 늘 기억하고 사시는 분이니까 그 여리고성 일곱 번 돈 이야기가 너무 은혜가 되어가지고 하나님이 땅을 보여주시면 그 땅에 가서 하루에 일곱 번씩 도는 거예요. 돌면서 무슨 기도했을까? "하나님, 이 땅은 내꺼! 하나님, 이 땅은 내꺼!" 기도하다가 건물이 보여 지면 거기 가지고 일곱 번 돌다가 그 건물에다 손대고 "하나님, 이거 내꺼!" 그대로 이루어지더라구요. 이제 큰일 났어. 부천에 좋은 땅은 여러분이 다 가서……. 도전 정신이에요. 하나님이 함께 함을 믿는 사람은 절대로 실망하지 않아요. 무엇이든지 마지막 같으나 그러나 하나님의 길은 항상 열려있어요. 무궁화 비누라고 옛날에 굉장히 유명한 세탁비누가 있었는데 그 무궁화 비누회사가 망해버렸죠. 쫄딱 망했습니다. 다 정리하고 보니까 30만 원이 남았어요. 그분이 집사님이에요. 30만 원. 이제는 이것밖에 없는 거예요. 그분이 기도하다가 그랬어요. "하나님, 다른데 투자하지 않겠습니다. 하나님 앞에 투자하겠습니다. 나는 이미 망했습니다. 내 힘으로는 일어날 길도, 어떤 방법도 없습니다. 나는 다른 것으로는 어떻게 할 수 없습니다. 하나님, 30만 원, 이게 전부입니다. 하나님 앞에 투자합니다." 그날 헌금을 냈는데 바로 그 헌금이 무궁화 회사를 다시 일으키는 그런 계기가 되었습니다. 그래서 그분이 다시 재기 하지 않았습니까? 사람이 살다보면 위기는 항상 옵니다. 근데 이 위기를 불행으로 맞이하는 사람은 좌절해버립니다. 그러나 위기를 축복의 기회로 삼는 사람은 분명히 축복을 받습니다. 축복을 받아요. 안 되는 거 되게끔 하는 것이 믿음이에요. 올해는 여러분, 이런 도전의식, 믿음의 도전의식을 가지고 사세요. 안 된다고 실망하지 마세요. 남들이 안 되는 거 우리는 할 수 있습니다. 여러분, 올 한 해 동안 이삭과 같이 사세요. 그래서 생활 속에 하나님의 큰 은총이 넘치는 여러분 되기를 간절히 축원합니다. 이제는 행동할 때입니다. 주님만 바라보고, 주님 사랑을 고백하고, 거기서 머무는 게 아니라, 이제부터는 행동해야 됩니다. 이제 오늘밤에는 희망을 우리가 어떻게 구체적으로 우리 생활 속에 적응

하느냐에 대해서 생각해보려고 합니다. 아무리 하나님의 말씀이라도 그것이 내 것이 아니면 하나님의 말씀으로서의 존재가치가 없습니다. 하나님의 말씀이 내 안에 들어와 내 것이 될 때만이 하나님의 말씀인 것처럼 여러분이 희망을 말하면서 그 희망을 여러분이 구체적으로 생활 속에 어떻게 적용하며 살아가는가 하는 것이 중요합니다. 성경에는 하나님을 만나 희망을 말한 사람들이 어떻게 그 생활에 적용하고 살아가는가 하는 것을 오늘밤에 함께 생각하는 시간을 갖도록 하겠습니다. 우리 같이 기도하겠습니다.

"고마우신 아버지 하나님, 아브라함처럼 축복을 받기 위해 우리의 습관이나 과거를 단절시키게 도와주시고, 이삭과 같이 남들이 안 되는 것에도 손을 대며 하나님을 부르고 하나님을 바라볼 때에 그가 하는 일마다 샘이 터지듯이, 사람들이 다 안 된다고 말하는 이때에 사랑하는 성도들의 가정과 일터에는 이삭의 샘이 터지듯이 성도들의 샘이 터지는 축복을 올해에 받을 수 있게 도와주옵소서. 믿음으로 도전합니다. 하나님, 저들에게 용기를 주옵소서. 믿음으로 전진합니다. 저들의 앞길을 열어주옵소서. 예수님의 이름으로 감사하며 기도하옵나이다. 아멘."

(2009. 1. 3. 신년축복성회 셋째 날 새벽)

그들은 우리 밥이라(2)

(민수기 14장 9절)

이 세상에서 가장 행복할 때는 함께 있고 싶은 사람하고 같이 있을 때입니다. 사실 이해관계가 없이 믿음으로 만난 사람처럼 좋은 사람은 없습니다. 성령이 함께 하는 이 자리가 행복한 자리입니다. 또 성령께서 여러분에게 책망하시는 말씀보다도 희망을 주시고 또 우리들은 "하나님 당신은 나의 희망입니다."하는 고백을 할 수 있는 이 밤은 참 축복받은 밤입니다. 사실 제가 어제는 조금 몸에 무리가 가서 설교를 참 힘들게 했어요. 근데 참 이상하게도 "내가 참 힘들게 설교했다. 오늘 설교는 교인들이 받아들이기 조금 그랬을 것 같다." 그러는데 저분은 그렇게 안 하세요. 내가 '설교 참 좋았다.' 그럴 때에는 아무런 반응이 없다가도 '아이고, 나 참 어제 너무 힘들게 했다.' 그럴 때에 은혜 빚는 사람이 있어요. 오늘 부부가 와가지고 저한테 고백하는 이야기를 듣고 참 많이 울었습니다.

"목사님, 나는 참 똑똑한 남편 만나서 저 남편이 내 희망인줄 알고 살아왔는데 살다보니까 그렇게 똑똑한 남편이 자꾸만 짐이 되었습니다."

하는 일마다 안 되더래. 그래서 자기 남편 원망을 많이 했다는 거예요. 어쩌면 저 사람 때문에 내가 불행해 졌다고 그렇게 생각을 했는데, 어제 말씀을 통해서 은혜를 받고 나니까 그렇게 자기 남편이 귀하게 여겨지더래. 아니, 그렇게 남편이 귀하면 둘이 부둥켜안고 울든지 남편 뭘 사주던지 뭐 그러지 나한테 와서 왜 울어? 근데 둘이 와가지고 저한테 그런 고백을 할 때에 그 고백을 듣는 남편이 얼마나 행복해 하는지……. 고백이라는 게 이래서 좋은 거예요. 여러분, 이게 하나님을 기쁘시게 하는 거예요. 그 고백을 듣는 저도 기쁜데 하나님이 여러분의 고백을 들으시면서 얼마나 기뻐하시겠냐 말이에요.

우리 교회가 한참 부흥될 때가 있었어요. 요 몇 년 동안 목사가 좀 힘들어가지고 우리 교회가 정체 되어있는데 우리가 막 부흥될 때에 보면 설교 할 때마다 즉각적인 반응이 오고 행동이 따라왔거든요? 근데 지금 올해 들어서 벌써 그런 반응이 자꾸 나와요. 그런 행동이 나오더란 말이에요. 여러분, 말씀은 듣는 것에서 끝나는 것이 아니라 듣는 것이 믿어지면 입으로 시인하고 고백하고 그렇게 살아야 돼요. 숙명여대 총장이 이경숙 권사죠. 그지? 나형아, 너 숙명여대 들어갈 때 정문에 성구 봤냐? 못 봤지? 너는 지나가는 남자만 보지? 숙명여대가 기독교가 아님에도 불구하고 들어가는 정문에 성구가 세 개가 쓰여 있어요. 숙명여대 이경숙 총장이······. 우리 교회 그 총장님이 계세요. 총장님 오셨나요? 안 왔어요? 저기 고개 숙이고 있네. 이경숙 권사······. 이경숙 권사가 숙명여대 총장인데, 이 분이 총장을 네 번 연임하고 있어요. 그 학교 역사상 기록입니다. 이명박 대통령 인수위원회 위원장을 하던 바로 그 분입니다. 그 분이 총장에 처음 취임하고서 학교 정문을 세워야 될 텐데 그때는 학교의 빚이 많이 있었어요. 그래서 학교의 돈으로 할 수 없으니까 교인을 찾아가서 그런 얘기를 하면서 학교에 정문을 지어 주시면 당신의 이름을 정문에 새겨 놓겠다고 그랬어요. 그 이야기를 듣고 그 분이 정문을 지을 수 있는 돈을 내면서 하는 소리가 내 이름을 쓰지 말고 성경 말씀을 써 달라고······. 그래서 그게 그렇게 된 거예요. 그다음에 나형아, 너 그 음악 홀의 이름이 뭐니? 쟤는 몰라요. 참 이상해요. 쟤가 결혼을 늦게 하는 이유는 자꾸만 남자를 쳐다봐서 그래요. 아니 음악대학원을 다니면서 그걸 못 봤어? 뭐야? 뭐라고 쓰여 있니? 음악대학원 홀이 그래 귀걸이 홀이다. 그 홀이 임마누엘 홀이에요. 기독교 학교가 아닌데도 불구하고 임마누엘 홀이라고 이름을 지었어요. 그 이유는 뭔가 하면 기독교인이 100억을 들여 그 홀을 지어 주면서 이 홀에 기증자인 자기 이름을 쓰지 말고 임마누엘 홀로 만들어 달라고 부탁을 해서 그렇게 이름을 붙인 거예요. 이경숙 권사가 총장이 된 이래 숙명여대가 참 대단하게 학교가 발전했어요. 이경숙 권사가 한 이야기가 있어요. 자기가 이렇게 이루는 비결이 있는데 그건 오직 하나, 기도 밖에는 없다는 거예요. 근데 그 기도할 때에 자기는 세 가지를 생각한대요. 첫째는 하나님의 뜻에 맞는 기도를 하라는 거예요. 흔히 우리 기도는 "내 뜻을 이루어 주옵소서."가 주된 내용인데 그 기도의 방법이 잘못 되었다는 거예요. "주님의 뜻이 나를 통해 이루어지기를 원합니다." 이게 올바른 기도인데 우리들은 "내 뜻을 이루어 주옵소서." 이렇게 기도를 한단 말이에요. 두 번째로는 기도한 것은 절대로 의심하지 말고 믿으란 거예요. 사실 우리가 아멘 하지만 거의 95%이상이 기도하면서도 자기 스스로 믿지 못하는 거예요. 자기 스스로 믿지 못해요.

근데 그 왜 이제까지 이틀 동안은 잘했는데 의자를 갖다 놔서……. 사람이 안보면 모르는데 보면 유혹을 받아요. 우리 정익재 집사는 앞모습보다도 뒤통수가 너무 멋있어요. 감사해요. 좀 앉아도 되죠? 제가 오늘 하루 종일 먹지를 못해가지고……. 이렇게 앉으면 여러분도 편안할 거예요. 강단에 서서 보면 좀 무섭게 보이는데 이렇게 앉아서 보면 제가 얼마나 다정한지 몰라요. 그죠. 안경자 권사님? (아멘) 안경자 권사님, 오늘 앞에 앉으려고 좋은 파마하셨네. 그래 그렇게 기다랗게 내린 파마보다도 권사님은 얼굴이 길기 때문에 동그랗게 해야 돼.

세 번째는 기도한 것 받은 줄 알고 감사하란 거예요. 참 우리가 이론은 잘 알아요. 우리 교인들이 모르는 거 없어요. 성경은 다 박사야. 그런데 그걸 내 생활 속에서 적용할 줄 알아야 돼요. action, 행동이란 게 뭔가 하면 내 것이 되어야 된다는 거예요. 칼

발트라는 신학자가 무슨 이야기를 했는가 하면 "한 손에는 성경을 들고 한 손에는 신문을 가지고 있어라." 이 이야기는 뭔가 하면 말씀과 현실 속에서 그걸 잘 조화시키는 게 좋은 믿음이라고 하는 뜻이에요. 우리가 말씀을 들을 때 그 말씀이 내 것이 되어야 돼요. "당신은 나의 희망입니다." 그렇게 고백했으면 정말 그렇게 희망을 가지는 거예요. 희망을…… 이경숙 권사가 그렇게 별 볼 일 없는 사람이 숙명여대뿐만이 아니라 우리 한국 여성계의 가장 우월적인 존재로 떠오른 것은 다른 게 아니라 기도함으로 그런 걸 이루었다고 하는 거예요. 그러니까 축복받은 사람들, 꿈을 가진 사람들이 그 꿈을 이루는 과정, 꿈이 현실이 되어지는 그 과정에 사다리 같은 연결하는 부분이 기도라고 하는 거예요. 저도 30년 목회를 돌아서 보면 다른 거 없어요. 제가 공부를 많이 했습니까? 아무것도 없어요. 근데 내 재산이라는 것은 뭔가 하면 기도예요. 제 기도 보다도 사실은 어머니의 기도, 또 저희 어머니가 뿌려 놓은 기도의 힘이에요. 우리 어머니는 많은 목사님을 도와주시면서 한 가지 조건을 걸었어요. "이 돈은 다시 받으려고 주는 것이 아니라 그냥 목사님께 드립니다. 그러나 이 돈을 받으시고 꼭 우리 아들, 우리 아들을 위해 기도해 주세요."

제가 한 번 그런 말씀을 드렸지만 서울 정릉에 있는 교회에 가서 부흥회를 하는데 그 교회 옆에는 은퇴하신 여자 목사님들, 전도사님들이 살고 있는 안식관이 있어요. 그래서 오전집회를 마치고 제가 안식관에 여자 목사님들, 전도사님들을 찾아 갔어요. 제가 인사성이 밝잖아요. 그건 아멘보다도 고개를 끄덕이는 거예요. 그러니까 제가 스스로 올라가려고 그러면 여러분이 고개를 끄덕이는 거예요. 이것도 여러분의 인사성입니다. 여자 목사님들을 다 찾아다니면서 봉투 하나씩 드리고 인사를 하는데 한 여자 목사님 방에 들어가니까 책상 위에 이름을 적어 놓은 게 있어요. 들어가서 "이번에 정릉교회에 부흥회 온 김종순 목사입니다." 그렇게 인사를 했더니 깜짝 놀라요.

"이름이 뭐라고요?"

"네, 김종순 목사입니다."

"어디 사세요?"

"네, 부천에 있습니다."

"혹시 그럼 박순이 장로님을 아세요?"

"알죠. 제 어머니인걸요."

그랬더니 그분이 제 손을 잡고 울어요. 시골에서 교회를 지어놓고 빚이 많아가지고 교회가 넘어가게 되었는데, 소문을 듣고 박순이 장로님을 찾아와서 사정 이야기를 했대요. 이 빚을 갚아야 교회가 넘어가지 않는데, 나에게 그 돈을 빌려주시면 5년 안에 꼭 갚겠다고 약속을 했대요. 그때 우리 어머니가 돈을 주시면서 그러더래요. "이 돈은 갚으라고 드리는 것이 아니라 한 가지 조건이 있습니다. 목사님 평생 사시는 동안 우리 아들 술꾼이 있는데, 그 아들을 위해 기도해 주신다고 하는 약속만 하신다면 그냥 드리겠습니다." 그 약속은 하루에 한 번씩 꼭 기도 하시라고 하는 것인데, 이 기도 해주시면 이 돈을 드리겠다고 하더래요. 그래서 그 돈을 받고 와가지고 지금까지 자기는 새벽마다 한 번도 본 일이 없는 술꾼 김종순이를 위해 기도를 했는데, 아니 그 술꾼이었던 분이 이렇게 목사님이 되어서 부흥회를 왔다니 너무 감사하다는 거예요. 그러면서 책상 위에 적어놓은 이름을 보여주세요. 하나님이 내 기도를 이루어 주셨다는 그런 말씀을 하시면서 얼마나 좋아하시는지……

여러분, 기도라고 하는 것은 절대로 땅에 흩어지지 않는 거예요. 기도는 땅의 것이 아니라 하늘의 것이라고 약속하셨어요. 기도하면 하늘로 올라가게 되어있어요. 올라가지 절대로 땅에 떨어지지 않습니다. 그러니 여러분이 자식들을 위해서 무슨 여러 가지 정성을 다하지만 가장 자식들에게 성공의 투자가 뭔가 하면 기도라고 하는 거예요. 기도. 교회도 마찬가지예요. 기도하는 교회만이 성공할 수 있어요. 우리 교회도 막 떠들고 좀 이상하잖아요. 우리 교회 기도도 참 층층이 많아요. 조용조용 엄숙히 기도하는 형이 있는가 하면, 또 뭐 그냥 간단하게 1분 안에 "예수님, 안녕히 계세요." 그러는 분도 있고, 그런가 하면 낮에 보면 교회가 떠나갈듯이 하는 분이 있어요. 사무실에 앉아있으면 아주 이거 너무 시끄러워요. 가끔 사무실 식구들이 "목사님 절제하게 할까요?" 그러면 설제 하지 말라고 그래요. 왜 절제해요? 교회는 시끄러워야 돼요. 교회는 기도해야 돼요. 저게 우리 교회 생명이고 우리 교회 재산인데 마음 놓고 기도해야 돼요. 마음 놓고……. 우리 교회 낮에 와서 기도하는 사람이 우리 교인들보다도 다른 교회서 떠들다가 하도 절제하라고 하니까 거기서 기도 못하는 이들이 많이 와서 기도해요. 여러분, 기도는 어떤 형태로 하든지 간에 하나님이 들으세요. 울면서 하든지, 웃으면서 하든지, 어떤 모습으로 기도하든지 간에 하나님이 여러분의 기도를 들으세요. 제가 지난번에도 말씀드렸지만 기도하는 사람에게 가장 중요한건 이 기도를 하나님께서 경청하고 계시다고 하는 믿음이에요. 하나님은 한 번도 여러분의 기도를 외면하거나 귀를 닫으신 적이 없어요. 내 기도는 하나님이 경청하고 계시다고 하는 걸 믿어야 됩니다.

고려은단 이야기를 잘 아시겠지만 고려은단이 잘나가던 중견 회사인데 다 망하게 되었습니다. 부도가 나서 망하게 되었어요. 한창 잘나갈 때 고속도로에다가 고려 은단 간판을 30개던가요? 간판을 엄청난 돈을 들여서 했는데 회사가 망하게 되었어요. 근데 그 사장이 기도하다가 어떤 생각을 가졌는가 하면 하나님이 나를 잘되게 해주셨을 때 나는 감사하지 못했다. 이제 이렇게 망했지만 그러나 지금 망한 것이 문제가 아니라, 이제까지 나를 도와주신 하나님이 너무 감사하다. 지금은 내가 형편없이 망했지만 하나님한테 뭔가 영광을 돌리기 위해서 어떻게 하면 좋을까 생각을 하다가 그 고속도로 간판에 고려은단은 다 지워버리고 "God love you! 하나님은 당신을 사랑하십니다." 그걸 써 넣었어요. 운동권에서 시비를 많이 붙었거든요? 어떻게 고속도로에다가 그런 걸 써 붙이냐고 시비가 많았지만 그러나 그 분은 '회사는 망했지만 하나님이 지금까지 도와주신 은혜에 감사해서 뭔가 내가 해야 되지 않겠는가.' 그래서 그렇게 "하나님은 당신을 사랑하십니다."라고 간판을 써 붙였는데 신기하죠? 이이들이 "신기하죠?" 하면 아멘을 하던지 일어나서 아멘을 하던지……. 앞자리에 앉은 사람들이 잘해야지. 그전에는 아멘 하면 우리 안경자 권사님이 한국의 대표적인 주자였는데 요즘은 파마에만 신경을 써서 그런가. 아멘이 신통치가 않아. 간판을 바꾸고 한 달 만에 폴싹 망한 고려은단 회사가 살아났어요. 그 간판에 "하나님은 당신을 사랑하십니다." 그랬더니 그 고백처럼 그 왜 비타민C……. 얼마나 비타민C 열풍이 불었어요? 비타민C 열풍이 불어가지고 고려은단 그 망하던 회사가, 다 파산정리까지 했던 회사가, 비타민C 때문에 다시 일어나가지고……. 참 그게 하나님이 하시는 일이 얼마나 신기한지 몰라요. 우리가 뭘 이루려고 하는 게 아니라 그리스도인의 action, 행동은 기도하고 그분에게 맡기는 거예요. 그분이 도와주셔야 되는 거예요. 그 분이 도와주셔야 돼.

　오늘 우리 중국에 있는 박종권 선교사님이 와서 이야기하는데 난 그이야기 처음 들었어요. 교인들에게 이야기를 했다는데 난 처음 들었어요. 중국에 처음 선교사로 가서 말도 통하지 않고 너무 힘들어가지고 글쎄 바위에 올라가서 욕을 실컷 했대. 그래서 내가 물었어요. "누구 욕을 했냐?" 그랬더니 그건 묻지 말래. 뻔하지 뭐. 뻔해. 난 처음에는 영자, 정자 욕했는지 알았어요. 박영자씨? 마산에서 우리 박종권 선교사님 만나려고 과거 있는 여인이 여기까지 왔다고 내가 그냥 우스운 이야기로 했더니 어떤 병신은 "진짜예요? 목사님, 진짜예요? 그때 박종권 목사님하고 사귀던 여자가 저 여자예요?" 아니, 나 참……. 은혜 받은 말씀에 거기다 초점을 둬야지 우리 교인들 중에 어떤 분들은 엉뚱한데 초점을 두고 있어요. 욕을 실컷 했대. '나를 왜 여기다 유배시켜가지고……. 나를 여기다 보내가지고…….' 내가 보냈나? 지가 가겠다 그랬지. 근데 보세요. 아, 지금은 얼마나……. 우리 중국에 갈 때마다 나는 제일 자랑스러운 게 우리 박종권 선교사님이예요. 아주 한족들이 미쳐요. 박종권, 박종권……. 그래도 내가 담임목사고 박종권 목사님은 우리 교회에서 자랐으니까 여기 오면 나한테 그냥 이러고 다니는데 거기 가면 나보고 그래요. "목사님, 죄송해요. 여기 한족들이 나를 너무 높이 생각하니까 실망하지 않게 내 가방 좀 들고 다니세요." 지금 10년 되었으니까 좀 왔으면 좋겠는데 죽어도 거기서 죽겠다는 거예요. 한족 교회를 6개인가 7개를 짓고, 한족들에게 얼마나 존경을 받습니까? 가는 사람들마다 "야, 박종권 선교사님 참 대단한 분이다." 우리 장경우 목사님, 박종권 목사님, 천기원 목사님, 다 과거 있는 사람들 아니에요? 과거 있는 사람들이 어떻게 저렇게 하나님이 위대하게 쓰실까 보면 다 그 어머니들의 기도가 있었어요. 여러분 잘 아는 이야기죠. 장경우 목사님 어머니인 권정순 권사님, 우리 교회 있을 때 얼마나 기도 많이 하셨어요? 그렇게 기도하는데도 너무 자기 아들이 안 돌아오니까 소주 먹고 하나님 앞에 땡깡부리며 기도하던 분이예요. 그런데 하나님은 그 기도를 들으시고 우리 장경우 목사님을 이렇게 높이 들어 쓰시잖아요. 우리 권정순 권사님 기도하실 때 마다 우리 아들 앞으로 김종순 목사님보다 갑절의 능력 있는 종 되게 해 달라고 그래가지고 내가 요즘은 갑절로 적어졌어요. 그대로 이루어집니다. 그대로 이루어져요. 천기원 목사님, 세상에서 참 화려하게 놀던 사람 아니에요? 그런데 나중에 보니까 그 어머니의 기가 막힌 기도가 있었단 말이에요. 기도하는 어머니의 자식들이 잘못될 리가 없어요. 언젠가는 다 그 기도대로 이뤄져요. 자식들에게 염려하지 말라는 거예요. 염려는 쓸데없는 거 아닙니까? 지난번에 김인철 목사님이 설교 하셨지만 염려는 거의 95%가 쓸데없는 거예요. 우린 그런 염려 할 필요가 없어요. 왜? 저분이 계시잖아요. 저분에게 맡기고 기도하면 다 이루어 주실 것을 믿습니다.

저는 여러분이 잘 아시는 것처럼 투석을 하고 있습니다. 일주일에 세 번 병원에 가서 투석을 해야 하니까 참 힘들어요. 굉장히 힘들어. 그리고 처음에는 목사 신분이 되어서 투석을 한다고 하는 것이 부끄러워서 누구에게도 목사라는 이야기를 안 했어요. 그런데 어떻게 알려지게 되서 이젠 다들 환자들이 저를 목사인줄 알아요. 그 다음에 두 번째로 와지는 게 뭔가 하면 이왕 투석을 할 바에는 인정을 해버리자. 이거를 불행하다고 생각하지 말고 학교 다니듯이 다니자. 연세대학교 내가 안다녔으니까 연세대학교 일주일에 세 번 다닌다고 생각하고 다니자. 마음이 좀 편안하기 시작해요. 이상하게 여러분이 생각하는 저하고 제 스스로의 모습하고 너무 틀려요. 여러분은 제가 괄괄하고 표현 잘하고 그러는 줄 알지만 강대상에서 내려가면 나는 표현을 잘 못해요. 내성적이에요. 일주일에 세 번씩 만나는 환자들끼리 참 친합니다. 다 자기들끼리 인사를 하는데 저는 가서 하여간 다섯 달 동안을 환자들하고 인사를 못했어요. 소심해가지고 인사를 못했어요. 그런데 이제 여섯 달 지나면서 한 분 한 분 친해지기 시작해가지고 이야기를 하는데 환자들끼리 되게 재미있어요. 사람은 끼리끼리 논다고 환자들끼리 이야기를 하면 서로 통하는 게 있어요. 제가 6개월을 병원에 다니면서 얻은 결론이 뭔가 하면 무슨 일이든지 감사하자는 거예요. 그동안 몇 사람이 돌아가셨어요. 죽었는데 보면 치료의 속도가 빠른 사람, 회복을 빨리하는 사람은 어떤 사람인가 하면 그걸 인정하고 감사하는 사람이에요. 힘들어하고 그냥 어려워하는 사람들이 쉽게 죽더란 말이에요. 그 다음에 요즘은 내가 한 사람씩 한 사람씩 깊이 알기 시작하고 이야기를 하다 보니까 재미있어요. 여자 환자 가운데 머리가 다 빠지고 거기다 중풍이 들었어요. 아주 보기 흉한 여자가 있는데 내가 병원에서 가장 친한 여자가 그 여자예요. 처음에 이렇게 말이 통한 여자가 그 여자인데 자기도 과거를 이야기하더라구요. 내가 목사인줄 아니까……. 근데 병이 들어가지고 더군다나 몸을 못 움직이고 하니까 남편이 그 여자를 버렸어. 어떻게 만난 사이냐니까 6년 동안을 연애해가지고 만났대요. 야, 남자 믿을 거 못 돼요. 여러분, 남편 믿지 마세요. 나도 그 이야기를 들은 다음에 우리 집사람 쳐다보면서 안 믿어야지, 안 믿어야지, 그러는데 그래도 믿을 사람은……. 그죠? 부부밖에 없어요. 요즘 제가 몸이 좀 피곤하고 혼자 있으니까 담임목사님 도와준다고 뭐 전도사님, 권사님들이 와서 밥도 해주고 자기도 하고 그러는데 제가 아파서 낑낑대도 일어나는 여자들이 없어. 그럴 수밖에 없어요. 그것들이 사랑이 있어서 온 것들이 아니라 그냥 인사상 와서 자는 거니까……. 그래도 박종권 목사님이 제일 나아요. 박종권 목사님은 제가 좀 힘들어하면 자다가도 일어나서 와서 보고……. 오늘 새벽에 일찍 나와 가지고 차를 타야 되는데 박경숙 전도사가 4시 반에 나오기로 되어있는데 나와 보니까 차가 없어요. 안 왔어요. 근데 조금 있으니까 박종권 목사님이 그러더라고요. 목사님, 차에 타라고……. 그래서 차를 탔어요. 나는 박경숙 전도사가 좀 늦게 온 줄 알고 그냥 탔는데, 타고 보니까 김인숙 집사가 밖에서 왔다 갔다 하더라구요. 내가 또 정이 많으니까 불렀어요. "김인숙 집사, 이리와. 이리와. 이 차 타고 가." 태웠어요. 교회 다 왔어요. 운전한 사람이 분명히 박경숙 전도사 인줄 알았는데 "목사님, 새벽에 목사님을 모시고 와서 영광이에요." 이러고 뒤돌아보는데 어떻게 놀랬는지 몰라요. 박경숙이 아니라 김미숙이에요. 김인숙이 동생 김미숙이……. 나는 박경숙 전도사 차인 줄 알고 김인숙 집사를 태워줬는데……. 우리 박경숙 전도사가 따르릉 시계를 두 개씩이나 하고 잤는데 이게 안 울리더래. 뭐 안 울렸겠어? 자다가 따르릉 울리니까 눌렀겠지.

남편 되는 조찬일 권사님이 그러더래. "여보, 아마 오늘 당신 하루 종일 두 손 들고 서 있어야 될 거야." 박경숙 전도사가 나중에 새벽기도 마치고 그런 얘길 하기에 내가 웃으면서 그랬어요. "사람이 어쩌다 실수할 수도 있지." 그랬더니 세상에~ 나는 천국에 가는 얼굴이 그 얼굴 같아. 너무 좋아해. 너무 좋아해. 아, 목사님 올해 들어서 너무 부드러워졌다고……. 웃기지마. 내 마음속에 담고 있어.

우스운 이야기지만 우리가 어떤 의식을 가지고 있느냐가 중요해요. 사명의식을 가져야 돼요. 저는 몸이 아파도 나오는 거예요. 오늘도 뭐 우리 박종권 목사님이 "목사님, 식사도 못하고 했으니까 오늘 그냥 쉬시고 제가 하겠습니다." 근데 솔직한 이야기로 중국에서는 박종권 목사님이 떴지만 우리 교회에서 지금 와가지고 내 대신 설교하면 우리 교인들 반이 졸거예요. 고개 좀 끄덕여. 그래야……. 참 그 마음이 감사하고 고맙긴 하지만 그러나 이 강단, 내가 설 자리에는 내가 서 있어야 된다는 그런 마음이 있어요. 행동이라는 것이 뭐예요? 내가 설 자리에 내가 있는 거예요. 여러분, 내가 서 있지 않아야 될 자리에 서 있기 때문에 불행해 지는 것이고, 내가 서 있어야 될 자리에 내가 서 있는 게 가장 행복한 사람들의 모습이에요. 여러분, 기도해야 될 여러분이 새벽에 기도하는 거, 이게 행복한 사람들입니다. 봉사하고 충성하는 거, 여러분이 마땅히 해야 될 일이에요. 은혜 받고 하나님 축복을 받고 사는 우리들이 마땅히 해야 돼요. 또 마땅히 해야 될 일이 뭐예요? 하나님의 선택을 받은 여러분은 잘되게 되어 있잖아요. 자꾸만 고백하는 거예요. "네 고백대로, 네가 시인하는 대로, 그대로 될 것이다." 올해에는 자꾸만 그 고백을 하는 거예요. "당신은 잘 될 것입니다. 당신은 잘 될 것입니다." 우리 옆에 분에게 같이 고백하십시다.

"당신은 잘 될 것입니다."

잘 되는 사람은 이마를 부딪쳐야 잘 됩니다.

"당신은 잘 될 것입니다."

성경에 보면 예수님을 만나서 그냥 뺑긋 웃고 간 사람들이 어떤 역사를 이룬 건 없어요. 수많은 사람들이 예수님에게 접근했지만, 접근한 거 가지고 은혜 받고 어떤 역사가 일어난 게 아니라, 예수님과 접촉을 하고 예수님의 눈과 마주치고 말씀이 가슴속에 와 닿고 이런 사람들이 기적을 봤단 말이에요. 올해는 여러분, 말씀을 귀로만 듣지 말아요. 말씀이 믿어지면 그렇게 여러분이 시인하고 그렇게 고백하는 거예요. 어제도 그런 이야기 했지만 내이 교회 와서 가장 행복했던 건 지난 주일이에요. 설교 마치고 50통이 넘는 문자가 쏟아져 들어와요. 나 참 목회하면서 이렇게 행복해본 적이 없어요. 목사가 이렇게 행복하다 그러면 내일 또 문자 보내겠지. 근데 제발 문자 보낼 때 이름 좀 달아줘요. 누군 줄알아야지. 고등학교 3학년짜리가 어제는 편지를 써서 저한테 줬어요. "목사님, 소문에 의하면 우리 엄마가 목사님을 사랑한다는데, 나는 우리 엄마보다도 더 목사님을 사랑합니다." 아이고, 나

이거 큰일 났어요. 이정희 집사 딸 화진이가 편지를 쓰면서 뭐라고 썼는가 하면 "내가 살아 있는 한 목사님의 설교를 들을 수 있도록 목사님 건강해 주시고 내가 빼놓지 않고 목사님을 위해 기도할 것입니다." 아이구, 그 고등학교 3학년짜리, 그게 뭘 안다고……. 그 글을 읽으면서 울었어요. 참 저는요 마음이 약해서 그런지 그런 전화 받고, 그런 글을 보면 감동을 받고 울어요. 목사를 감동시키면 어떻게 돼? 어떻게 돼? 화진이 내가 선물을 사주려고 마음속에 다짐을 하고 있어요. 줘야 돼요. 그런 애들 줘야 돼. (아멘) 우리 교인들은 눈치가 빨라가지고 내가 "선물을 줘야돼." 그러고 눈을 이렇게 뜨고 마주치면 지가 해야 한다는 걸 알아요. 어쩌면……. 다른 교회에서는 볼 수 없는 기현상이에요. 목사를 감동시키는 교인 때문에 목사는 행복하고, 설교할 때마다, 그들과 눈이 마주칠 때마다 너무 기뻐요. 성경에 봐요. 예수님을 만나 은혜 받은 사람들의 모습이 어떻게 변했습니까? 예수님을 기쁘시게 하는 건 예수님을 감동시키는 거예요. 기도도 여러분이 그렇게 감동시키세요.

목회자들도 보면 너무 어려운 사정을 얘기 할 때 질질 짜면서 얘기하는 사람이 있고, 슬슬 목사를 띄워놓고……. "아이구, 목사님 갈수록 젊어져요. 아이구, 목사님 피부가 왜 이렇게 좋아요?" 쓱 그래놓고 "목사님, 근데 이게 부족해요." 그러면 줘야 돼. 질질 짜는 것들은 한참 생각하다 줘요. 아마 여러분 기억하실 겁니다. 전남 해남에 방목사라고 있는데 내 초등학교 동창이에요. 그거 세상에서 사업하다 어떻게 교회로 돌아와서 목사가 되어서 해남에 가서 목회를 하는데 너무 고생하니까 여러분이 헌금을 해서 차를 사준 일이 있습니다. 지금으로부터 한 4~5년 전에 차를 사줬어요. 차를 사기까지는 그렇게 편지를 많이 하더니 차 사준 다음부터는 편지를 하나도 안 하는 거예요. 그래서 내가 괘씸하다고 생각했어요. 근데 요즘 계속 우리 사무실에 전화가 와요. 내가 속으로 무슨 생각이 나는가 하면 "아, 무슨 돈이 필요해서 이렇게 전화를 하는구나." 그래서 사무실 식구들 보고 그랬어요. "방목사 전화 오면 나 없다 그래. 나 병원에 갔다고 그래." 전화를 안 받았어요. 몇 번 사무실로 전화가 왔는데 제가 하도 전화를 안 받으니까 편지를 써서 보냈어요. 그 편지 보다 울었어요. 편지에는 눈물 자국이 그대로 있어. "네가 투석한다는 이야기를 듣고 내가 너무 가슴이 아파서 내 신장을 주려고 널 찾고 있는데 연락이 안 되는구나. 내 신장을 줄 테니 나한테 연락 좀 해주라."

얼마나 내가 큰 오해를 했어요? 나는 어려워서 시골목사가 나에게 도움을 청하는 줄 알고 전화를 몇 번이나 거절을 했는데, 그 사람은 나를 위해 신장을 주겠다고……. 내가 그 편지 보고 울었어요. 얼마나 그 마음이……. 사실 나 그 신장 받지도 않아요. 그 놈은요 술을 많이 쳐 먹어서 신장이 좋지도 않아. 내가 그랬어요. "방목사, 내가 너를 위해 기도할 거고, 죽을 때까지 너의 그 사랑의 이야기, 그 사랑의 글을 내가 잊지 않을게. 잊지 않을게." 때로는 오해를 받는 거 같아도 그러나 진실은 항상 통하는 겁니다. 진실은……. 여러분, 우리가 하나님 앞에 진실한 믿음을 가지고 구할 때 하나님이 어찌 우리의 기도를 안 들어 주시겠느냐 말이에요. 여러분, 하나님을 감동시키세요. 사람도 감동을 시키고…….

오늘 우리 집사님이 와가지고 그 이야기를 하면서 "내 남편이 이제는 나의 희망인 걸 내가 믿고 내 남편을 위해 기도할 것입니다. 내 남편을 이제 다시 처음 만나 연애할 때 그 마음으로 다시 돌아가겠습니다." 그 고백을 듣고 있는 그 남편이 얼마나 행복한 모습으로 날 쳐다보는지 몰라요. 그거예요. 고백이라고 하는 것은 하는 사람도 기쁘지만 듣는 사람도 기쁨을 주는 거예요. 행복을 주는 거예요. 여러분, 자꾸만 고백하는 거예요. 애들도요 "사랑한다. 사랑한다. 사랑한다." 사랑의 얘기를 많이 듣고, 사랑을 많이 받은 애들이 커서 사랑 할 줄 아는 거예요. 사랑의 고백을 자꾸만 하세요. 하나님도 우리 사랑의 고백을 듣길 원해요. 우리가 하나님 위해 할 수 있는 일이 뭐 있습니까? 우리가 물질을 드립니까? 우리가 뭐 그 어떤 대단한 걸 드립니까? 아니잖아요. 우리의 고백을 드리는 겁니다.

"하나님, 사랑합니다. 하나님, 사랑합니다. 하나님, 당신은 나의 희망입니다."

이번에 말씀을 드렸지만 희망을 가진 사람은 뭔가를 봐야 돼요. 보는 건 뭐예요? 믿음의 눈으로만 보는 것이지 세상의 눈으로는 볼 수 없어요. 세상의 눈으로는 사람이나 환경만 보이지 믿음의 눈이 띄어져야 하나님을 보는 거예요. 하나님을 보는 사람만이 희망을 말할 수 있는 거예요. 이렇게 희망을 가지고 있는 사람 희망은 고백하는 거예요. 희망의 말을 하고 희망을 자꾸 고백하는 거예요. 성공한 사람들이 말하기를 제일 좋은 방법은 하루에 세 번씩 거울을 쳐다보고 자기를 향해서 성공의 암시를 해주라는 거예요. 그 사람들 예수를 믿지 않으니까 성공의 암시라고 그러지만 성경에는 하나님을 향하여 믿음의 고백을 하라는 거예요. 하나님이 여러분을 사랑하시고 선택하셨는데 왜 잘되게 안 해주시겠습니까? 여러분, 선택 받은 사람이 잘못되는 건 뭔가 잘못 된 거예요. 하나님 선택 받은 사람, 선택 받은 여러분은 다 잘되게 되어있어요. 이렇게 고백하는 사람은 말씀드린 것처럼 행동으로 들어가야 되는데 첫째는 과거의 잘못된 습관을 벗어던지라는 거예요. 과거의 잘못된 생각, 잘못된 습관을 다 버려야 돼요. 여러분, 과거를 단절시키지 않으면 새로운 미래가 올 수가 없어요.

요셉의 이야기를 여러분에게 설교를 많이 했잖아요? 큰아들을 므낫세라고 이름을 지으면서 내 모든 한스러움과 잘못된 과거를 하나님께서 다 청산해 주시고 두 번째 아들을 낳고 에브라임이라 이름 지으며 과거 청산한 것으로는 안 되고 하나님 이제 미래에는 소망을 가지고 살겠습니다. 우리 이명박 대통령도 꿈을 가지고 정치를 하지만 너무 과거에 연연할 필요 없어요. 과거는 다 청산해 버리고 이제 미래에 대한 소망을 가지고 이끌어 나가야 한국의 지도자로서, 하나님이 세우신 지도자로서 성공할 수 있단 말이에요. 우리도 마찬가지 입니다. 과거에 미운사람, 오늘 내가 은혜를 받고 나서 그 사람을 귀하게 여길 줄 알고 그러면 그 사람이 잘되게 되어있는 거예요. 가장 가까운 사람에게 이런 고백을 해요. 우리 옆에 분에게 고백하십시다.

"당신은 참 귀한 사람입니다."

어느 날 소경에게 기가 막힌 소식이 들려 왔죠. 예수님을 만나면 무슨 병도 낫고, 무슨 일도 해결되고……. 그런 소문 가운데 제일 자기가 관심가지고 있는 게 뭔가 하면 평생의 소원이고 평생에 듣지 못한 건데, 그 소리 한번 듣길 원했는데, 예수님을 만난 어떤 소경이 눈을 떴다고 하는 얘기를 들었어요. 사람은 자기하고 뭐 연관이 되어야 관심이 더 가는 거예요. 소경이 지나가는 사람마다 물어보니까 그게 사실이라는 거예요. 근데 자기가 그렇게 평생소원을 하고 있던 그 예수님이 지나간다고 하는 소문을 듣고 바디메오가 얼마나 소리를 크게 쳤어요? "예수여, 나를 불쌍히 여기소서. 나를 불쌍히 여기소서." 사람들이 다 "조용히 해라. 조용히 해라." 했지만 조용히 할 일이 아니잖아요? 이 문제를 꼭 해결 받아야 하잖아요? 바디메오에게는 두 가지 선택의 길이 있습니다. 예수님을 만나서 돈을 얻어가지고 한 달이고 일 년이고 아무런 걱정 없이 잘 얻어서 쓸 수도 있었지만 그러나 바디메오는 그것보다도 평생의 소원 한 가지, 예수님을 만나 자기의 눈을 뜨는 게 소원이라는 거예요.

여러분, 올해에는 여러 가지 소원하고, 여러 가지 희망하고, 여러 가지 기도의 제목이 있지만 또 그런 기도를 다 우리에게 이루어 주셨지만, 제일 중요한건 이제는 우리 평생에 이뤄야 될 한 가지의 그런 목표를 가지고, 한 가지의 희망사항을 가지고 우리가 기도해야 되겠다는 거예요. 바디메오가 예수님 앞에 간절히 구하였더니…… 그 구하였다는 것이 뭡니까? 희망사항을 얘기했다는 거예요. "눈 뜨기를 희망했더니, 예수님께서 그의 눈을 뜨게 하여 주셨더라." 그 얘기예요. 여러분, 올해에는 좀 영적으로 장님인 우리가 영적으로 눈이 띄어지는 한 해가 되시기를 바랍니다. 기대해도 응답을 받는지 못 받는지 모르던 우리들이 구체적으로 응답을 받을 수 있는 한 해가 되기를 간절히 바랍니다. 그래서 희망을 가지고 꿈을 가진 사람은 하나님을 바라보는 것이고, 하나님 앞에 고백하는 것이고, 하나님 앞에 더 가까이 나가는 거예요. 우리가 이 한 해 동안은 "더 기도하자. 더 말씀대로 살자."는 겁니다.

여러분, 교회가 이렇게 많이 있지만, 다 하나님의 교회라고 얘길 하지만, 그렇지 않습니다. 여러분, 하나님이 여러분에게 축복해 주시고, 여러분에게 말씀을 주시는 교회가 틀림없이 있단 말이에요. 그 교회를 통해 여러분이 은혜를 받고, 그 교회를 통해서 여러분이 복을 받습니다. 그러므로 우리는 교회관이 뚜렷해야 돼요. 아무데나 가서 예배 보면 된다는 그런 생각 갖지 말고, 일 년 52주, 하나님 나에게 허락하신 이 재단에서 하나님 앞에 예배를 드리겠다는 그런 생각을 가져야 돼요. 우리 교회는 누구든지 십일조 생활하는 그런 교회가 되었는데 요즘 와서 권사님들도 십일조를 안 해요. 월정헌금 하는 사람이 있어요. 올해는 월정헌금 그만둬. 아예 감사헌금으로 해. 여러분, 십일조는 정확하게 십의 일조를 드려야 돼요. 말라기서를 통해서 보면 하나님이 축복하시는 조건으로 십의 일조를 드리라고 우리에게 말씀하셨으니까 신앙을 제대로 하잔 말이에요. 우리가 자꾸 축복에 연연하고 있는데 내 생활 속에 구체적으로 이루는 것들이 필요하단 말이에요. 지금 어려우니까 헌금부터 줄이자는 그런 생각 갖지 마세요. 어려우니까 하나님 앞에 더 바치고, 더 기도하는 그런 행동이 필요해요. 하나님을 감동시키고 축복의 사람으로 되는 거예요.

올해는 더 기도 합시다. 구체적으로 하나님으로부터 응답을 받을 수 있는 축복의 한 해가 되기를 간절히 축원합니다. 그렇게 될 줄 믿습니다. 옆에 분에게 우리 같이 축복을 빌어 주겠습니다.

"희망의 하나님이 당신과 함께하십니다."

이렇게 작정 기도회, 송구영신 예배, 신년 집회하면 저도 사실 힘들고 여러분도 힘들지만 또 낮에는 직장 예배 다니느라고 부지런히 다닙니다. 담임목사도 너무 기뻐요. 다른 사업장은 다 찌그리고 앉아있는데 우리 교인들이 하는 사업장은 가기만 하면 참 목사를 기쁘게 해요. "목사님, 올해는 잘 될 것 같아요." 아이고, 얼마나 감사해요? 얼마나 기뻐요? 여러분, 올해는 그냥 입에 달고 살아. 달고 살면 여러분 항상 고백대로 돼요. 고백대로 돼. 그래서 올해에는 "믿음의 사람은 정말 다르다. 믿음의 사람은 정말 저런 축복을 주시는구나." 그런 걸 우리가 구체적으로 받는 한 해가 되시기를 간절히 축원합니다. 축원합니다.

우리 신년 집회를 마칩니다. 여러분 감사하고 또 목사가 힘들기는 하지만 여러분 앞에 섰습니다. 강단에 서서 조금 힘들었지만은 그래도 3일 동안의 집회를 오랜만에 다 한 것 같습니다. 감사하게 생각합니다. 우리 친구 김인철 목사님이 그래요. "야, 이 강단은 말뚝이 서도 은혜 받겠다."(아멘) 이 병신아~ 그럼 내가 말뚝이냐? 이이들이 아멘을 해야 될 때를……. 사실 그 말씀이 맞는 얘기예요. 여러분, 목사가 은혜스러운 게 아니라 여러분의 아멘과 여러분의 열정, 여러분의 그 믿음, 그게 바로 우리 교회 자랑입니다.

올해는 우리 교회적으로도, 저도 훌훌 털고 새 힘을 얻고 일할테니까 우리 더 열심히 일합시다. 더 열심히 기도합시다. 그리고 희망을 말합시다. 주님을 말합시다.

여러분, "하나님은 나의 희망입니다."

올해는 기도할 때마다 첫째 고백을 그렇게 하십시다.

"하나님은 나의 희망입니다."

(2009. 1. 3. 신년축복성회 셋째 날 저녁)

예루살렘을 사랑합시다

(시편 122편 1절~9절)

장경우 목사님이 저를 보고 "믿음의 아버지"라 그러는데 "믿음의 형님"이라는 표현이 맞습니다. 이렇게 좋은 날 하나님 영광 받으시고, 우리에게는 기쁨이 충만하기를 바랍니다.

제가 사실 오늘 설교를 하지 않겠다고 몇 번이나 사양을 했는데, 담임 목사님이 그저 얼굴만 보여 주고 내려가도 좋으니까 강단에 서달라고 간절하게 말씀하셔서 이렇게 섰습니다.

제가 설교를 하지 않겠다고 한 첫째 이유는 장로교 행사이기 때문에 이왕이면 노회 목사님이 설교하시는 것이 순리라고 생각했기 때문입니다. 지금 장로교 목사님들이 많이 오셨지만, 제가 존경하는 목사님들도 계시고 웬만하면 안하려고 했습니다.

두 번째로는 강단에 서면 눈물이 날 것 같아서였습니다.

이 교회 역사를 지켜봐온 저로서는 참 감회가 새롭습니다. 돼지우리에서 시작해서 여러분의 기도와 수고를 잘 알고 있기 때문입니다. 근데 이 교회는 행사 때마다 비가 와요. 그럴 수밖에 없는 것이 7월 셋째 주는 장마가 오는 시기입니다. 성서적으로 비가 온다는 것은 좋은 징조입니다. 비온 뒤에 하나님은 무지개를 약속하셨기 때문입니다. 무지개는 기독교 최고의 선물입니다. 하나님의 약속 된 축복입니다. 이렇게 비가 오는 것도 참 감사한 일이죠. 설교 시간에 제가 울면 은혜 받는데 지장이 있을 것 같아 사실 오기 전에 10분을 울다가 왔는데, 아직 눈물이 남아 있었나 봅니다. 강단에 서니까 또 눈물이 납니다. 담임 목사님의 눈물과 여러분의 사랑의 수고로 이 성전을 건축하였는데, 하나님의 축복이 함께하는 것을 보고 얼마나 감사한지 모릅니다.

세 번째로는 아직 제 건강이 좋지 않습니다.

오늘 우리 교회 다섯 번의 설교 가운데 한 번도 하지 못했습니다. 개인적으로 힘들지만 약속된 시간이라 강단에 섰습니다. 입당 예배는 보통 순서가 참 깁니다. 뭐 격려사 1,2,3……. 축사 1,2,3……. 오신 손님들 인사, 감사하신 분들 소개……. 이런 저런 순서가 길기 마련인데 여기는 와서 보니까 그런 순서들을 다 빼버렸어요. 아주 마음에 듭니다. 순서가 많으면 3분만 하려고 했는데, 순서가 없어서 조금 더 길게 해야 할 것 같습니다.

오늘 저는 "예루살렘을 사랑합시다."라는 제목으로 설교를 하려고 합니다. 성서적으로 예루살렘은 여러 가지 의미를 가지고 있습니다.

첫째, 이스라엘의 수도를 지칭합니다.

두 번째로는 하나님의 성전을 지칭합니다. 교회를 말할 때 우리는 예루살렘이라고 합니다.

세 번째로는 새 하늘, 새 땅 즉 천국을 상징합니다.

하나님의 교회를 사랑하고 천국을 사모하는 사람들이 마땅히 사랑해야 할 것이 예루살렘입니다. 그러면 하나님의 교회를 사랑한다는 것이 구체적으로 어떻게 하는 걸 말합니까?

시편을 통해 보면 하나님을 사랑하는 표현의 첫째는 찬양입니다. 찬양 속에는 우리의 감사와 기도가 있습니다. 찬양이 살아있는 교회는 생명력이 있습니다. 찬양이 살면 말씀이 살고, 말씀이 살면 복을 받습니다. 이 교회는 찬양이 살아 있어요. 담임목사님은 성가대가 별로라고 겸손하게 말씀하시지만, 성가대의 찬양을 들으며 '참 좋다.' 하는 생각을 합니다. 찬양단도 보니까 온몸으로 찬양을 해요. 우리 교회도 찬양을 참 잘하는데, 우리 교회는 정적이고 차분합니다. 한참을 있어야 감동이 오고, 한참을 있어야 눈물이 나고, 한참을 있어야 느낌이 오는데, 여기는 뒤에서 보니까 히프를 얼마나 잘 흔드는지 몰라요. 세상의 그런 춤이 아니라 온몸으로 찬양하는 게 느껴져요. 특히 두 번째 줄 가운데, 장목사님 큰딸이죠? 나도 몸을 흔들고 싶어질 정도로 온몸으로 표현을 하는데 너무 잘해요. 참 보기 좋습니다. 담임목사님의 은사가 찬양이라 그런지 표현되는 그 모습이 살아있는 교회예요.

두 번째 교회를 사랑하는 것은 기도하는 거예요. 장목사님처럼 기도 많이 하는 목사님은 본 적이 없어요. 목회자로서 목회자를 볼 때 '참 목사답다.' 하는 생각이 저절로 들 정도로 기도를 많이 하세요. 솔직히 말해서 내가 모든 면에서 장목사님을 앞서는 데……. 뭐 기분 나빠요? 그래도 할 수 없어요. 내가 다 앞서는데 요즘 장목사님이 나보다 앞서기 시작했어요.

수련원 집회를 하고 나면 우리교인들이 장목사님 은혜스럽다고 야단이에요. '그럼 난 뭐야?' 인간적으로 질투가 나요. 그것도 그 냥 인사상 은혜스럽다고 이야기하는 게 아니라 고개까지 흔들면 서 너~무 은혜스럽다는 거예요. 너무 앞서니까 미워요. 그러나 요즘 우리교회에서 잘 부르는 찬양이 있어요.

"시기하지 마세요. 그가 날 앞선다 해도

그가 앞서는 것이 나의 참 기쁨이니까……."

그걸 부를 때마다 장목사님 생각이 나요. 우리 교회보다 분명히 앞설 거예요. 그 모든 힘이 기도하기 때문이에요. 부끄러운 이야 기지만 나는 요즘 건강을 핑계로 기도 시간이 별로 없어 안타까 워요. 장목사님은 그냥 기도하는 것이 아니라 온 힘을 다하여 기 도해요. 아무도 모르게 소래산에 가서 혼자 몇 시간씩 기도하고 내려오는 그 모습을 보면서 나보다 앞서는 것이 당연하다는 생각 을 합니다.

세 번째 교회를 사랑하는 것은 여러분에게 주어진 달란트를 최 선을 다해 쓰는 거예요. 여러분에게는 하나님이 주신 달란트가 다 있는데 그것을 교회 사랑하는데 쓰세요. 사람이 다 다르듯이 주어진 달란트도 다 달라요. 별 볼 일 없는 사람 같아도 그 사람에게만 주어진 달란트가 있어요. 하나님이 나에게 주신 달란트를 하찮은 것이라고 부끄러워하지 말고, 숨기지 말고, 하나님 교회를 위해 써야 해요. 교회 짓느라 정말 수고 많이 하셨어요. 오늘 우리 교인들이 많이 온다고 하는 걸 반은 잘랐어요. 그것들이 봉사하러 오겠다는 게 아니라 여기 음식 맛이 좋다는 걸 알거든요. 그래서 오지 말라고 그랬어요. 여러분을 힘들게 할까 봐……. 여러분이 가진 달란트를 쓰는데 최선을 다하여 헌신하고 건축을 했어요. 우리도 건축하고 입당을 하면서 제일 힘든 게 뭐고 하면 입당하기 전에는 없는 생활에도 헌금들을 열심히 하는데 입당하고 나면 헌금을 안 해요. 기도도 안 해요. 사실은 입당하고 마무리를 잘해야 돼요. 헌신을 중단하면 안 됩니다. 최선을 다해 교회를 채우는 일이 여러분의 몫이에요. 찬양으로 채우고, 기도로 채우고, 주어진 달란트대로 사랑으로 채우고, 전도로 채우고, 헌신을 통해 채워야 돼요. 사랑의 표현은 전도예요. 이 교회를 가득 채우세요. 여러분의 몫을 다하시기를 바랍니다.

여기 오기 전에 우리교회 집사 하나가 나를 찾아왔어요. 우리 교회에서는 헌금도 잘 안하는 사람이에요. 그런데 지난번에 두리하나교회에 천만 원 헌금하고, 오늘 이 교회 천만 원을 헌금하겠다는 거예요. "목사님, 오늘까지 천만 원이 만들어 질 줄 알았는데 다 못 채웠습니다. 오늘 작정하고 다음 달까지는 꼭 하겠습니다." 그래서 그러지 말고 그냥 올해가 가기 전에 하라고 그랬어요. 본 교회에서는 헌금도 안 해요. 그런데 기도하면서 하나님이 그런 마음을 주시면 꼭 해야 된다는 거예요. 저는 교회 지으면서 다른 교인이 헌금하겠다고 하면 반갑지가 않아요. 왜? 우리 교인이 받을 축복을 빼앗아 가는 일이거든요. 이 교회에서 받을 축복을 우리 교회 집사가 빼앗아 가는 거예요.

여러분이 이 교회를 통해 헌신하고 최선을 다해서 교회를 건축했는데, 예루살렘을 사랑하고, 교회를 사랑하기를 바랍니다. 여러분 교회가 영적 힘이 있는 교회, 하나님이 기뻐하시는 교회, 다른 사람들이 바라보며 "그래, 저런 교회야."하는 칭찬을 받는 교회가 되시기를 바랍니다. 우리 같이 기도하시겠습니다.

"고맙고 감사하신 아버지 하나님, 성전을 건축하고 입당합니다. 마음에 감격이 있고, 눈물이 납니다. 저들의 수고와 눈물을 받으시고, 저들의 헌신에 축복하여주옵소서. 예루살렘을 사랑하는 이들에게 복을 주시겠다고 하신 하나님, 이 성전을 건축한 저들에게 큰 축복이 와지게 도와주옵소서. 예수님의 이름으로 간절히 기도하옵나이다. 아멘."

(2008. 7. 20. 경인중앙교회 입당예배)

내 손에 붙이신 것
(사무엘상 24장 10절)

지금 "목사님 사랑해요. 존경해요." 하는데 사람이 거짓말할 때하고 진실을 말할 때하고는 표정이 달라요. 여러분 보면 거짓말하는 표정이에요. 그래도 듣기 좋은 말은 역시 좋습니다.

제가 한 이틀 동안 잠을 못자서 좀 피곤해요. 건강이 많이 회복되기는 했지만 아직 조금 힘들어요. 지난 3월에 제가 죽었으면 두리하나에 재산 좀 남겨주고 갔을 텐데, 유감스럽게도 이렇게 살아서 여러분에게 남겨줄 게 없습니다. 그러면서도 감사한 것은 이렇게 여러분과 다시 만날 수 있다고 하는 것이 참 감사합니다. 이틀 동안 잠을 못잔 이유 가운데 하나가 제가 이 세상에서 가장 사랑하는 진실이 때문입니다. 집에서 부부싸움하면 우리 집사람이 그래요. 그렇게 좋으면 나가서 같이 살래요. 저는 최진실이를 너무 좋아해요. 영화 나오면 다 봤어요. 목사가 교인들이 볼까봐 숨어서 영화 봤어요. TV 드라마 나올 때면 예배시간 아니면 저는 꼭 봐요. 진실이에게 빠져 버렸어요. 너무 좋아요. 사실 그런 배우로서의 탁월한 재능도 좋지만 어려서부터 그 힘든 과정을 잘 이겨낸 게 참 좋아요. 참 힘들게 살아왔어요. 숨겨진 이야기지만 최진실씨가 한때는 우리 천목사님 일하시는데 같이 일했습니다. 그 어려운 과정을 잘 이겨내고 조성민이라고 하는 야구 선수하고 결혼했죠. 결혼할 때 나 참 많이 울었어요. '그냥 혼자 살지. 저 병신은 왜 결혼은 하고 그러나.' 그랬는데 얼마 살지 못하고 또 이혼을 하면서 불행한 모습으로 살았어요. 그러나 그 어려움을 잘 이겨냈어요. 아이들을 남편이었던 조성민씨의 성을 따지 않고 자기의 성을 따서 최씨로 만들어 놓을 만큼 강인한 여인으로서의 모습을 보여줬어요. 만인의 사랑을 받았어요. '야, 저런 어려움을 어떻게 이겨낼 수 있었을까.' 싶을 만큼 참 잘 이겨냈습니다. 저는 목사로서 최진실씨를 좋아하는 부분이 바로 그겁니다. 어떤 난관이 와도 좌절해서 주저앉지 않고 이겨냈어요. 참 의지의 사람입니다. 근데 왜 이렇게 자살을 택했을까. 참 안타까워요. 최진실씨가 교회 나온 지는 얼마 안 되지만 교인이란 말이에요. 최진실씨가 그런 자살하는 과정을 통해서 제가 하나님의 말씀을 뽑았는데 그게 바로 오늘 제가 우리 교회에서 설교한 겁니다.

다니엘서에 보면 다니엘은 참 믿음이 좋은 사람입니다. 하루에 세 번씩 유대 나라를 향해서 하나님께 기도한 사람입니다. 이 정도 되면 기도에 대해서는 다른 사람이 따라올 수 없을 만한 기도의 사람입니다. 여러 가지 여건도 좋았습니다. 국무총리까지 되어가지고 고기나 포도주를 마음껏 먹을 수 있음에도 불구하고 그걸 다 거절하고 자기 민족과 똑같이 채소만 먹었던 사람입니다. 하나님의 사람으로서 '이런 믿음을 가진 사람이 또 있을까.' 할 정도로 그런 믿음의 사람이 다니엘서에 보면 무슨 고백을 하는고 하면 "하나님, 나는 힘이 다 빠졌습니다." 어떻게 믿음의 사람의 입에서 그런 고백이 나오느냐 말이에요. 여러분, 믿지 않는 사람과 믿는 사람이 다 똑같이 세상을 살다보면 이런 고백을 할 때가 있습니다. "아, 나는 너무 힘듭니다. 이겨내기 너무 어렵습니다." 다 똑같아요. 그런데 한 가지, 믿음의 사람이 왜 축복인고하면 그것으로 끝나는 것이 아니라 우리는 인생을 반전할 수 있는 능력이 있단 말이에요. 참 신기하게도 이건 인간적으로 오는 능력이 아닙니다. 누가 가져다주는 행운이 아니라는 이야기입니다. 하나님은 하나님의 사람에게 그 어떤 어려움도 이겨내고 고난이 끝나게 만들어 놓으십니다. 다니엘 같은 그런 믿음의 사람도 최진실 씨처럼 이런 고백을 합니다. "아, 나는 힘이 다 빠졌습니다. 나는 살아갈 힘이 없습니다. 내가 그렇게 기도했는데 하나님이 나를 사랑하신다고 하면, 왜 이 민족이 70년 동안이나 이렇게 노예생활 하는 것을 끝나게 하지 않습니까." 그것도 1년, 2년, 3년, 4년, 5년, 50년? 55년? 우리는 지금 55년 됐죠? 남북이 갈라진지 55년입니다. 우리도 바로 다니엘처럼 그렇게 포기할 수밖에 없고 힘이 빠져서 "하나님, 우리가 아무리 나라와 민족을 위해 기도해도 남북 간의 관계가 해결되지 않습니다. 이제는 기도할 힘도 잃어버렸습니다." 그렇게 고백할 때에 하나님의 사람에게 오는 축복 첫 번째가 뭐고 하면 하나님이 다니엘의 입술을 만져주시고 얼굴을 만져주시고 그의 몸을 만져주신 것처럼 하나님이 터치하세요. 여러분, 하나님의 사랑이 무엇으로 오는 것을 우리가 체험하는가 하면 하나님이 우리를 터치하신단 말이에요. 하나님이 우리를 간섭하신단 말이에요. 힘이 쭉 빠져버렸는데 하나님이 그를 터치하시면서 말씀을 주셨어요. "강건해라. 평안해라. 노예생활이 이제 끝나가고 있어." 그러면서 70년을 보여주신 거예요. 우리 민족으로 보면 이제 15년 남았어요. 죄송한 이야기지만 우리는 통일이 빨리 되고 싶어 하지만 사실은 이스라엘의 역사와 이렇게 비교해 보면 15년 남았단 말이에요. 이게 확실하다고하면 지금 어려운 거 얼마든지 이겨낼 수 있잖아요? 여러분, 사람의 말은 보증수표가 될 수 없어요. 사람은 환경 따라서 말이 달라집니다. 하나야, 그렇지? 내가 너를 책임져 줄게. (아멘) 뭘 아멘이야? 난 그렇게 말만하는 거야. 너 드럼 잘 치더라. 한 번 틀리기는 했지만……. 사람은 약속을 해놓고도 지키지 않지만 하나님은 한 번도 그 약속을 안 지키신 적이 없어요. 다니엘에게 "70년이 될 때에 네가 이스라엘 백성들을 끌고 이 노예 생활에서 벗어나리라."고 하는 것을 보여주시면서 자신감을 주시는 거예요. 다니엘은 그때야 하나님의 약속이 믿어지는 거예요. 하나님의 약속이라고 하면 여지까지 55년 동안 기다렸는데 15년 못 기다리겠어요? 그래서 다니엘이 고백하잖아요?

"나에게 힘이 생겼습니다."

두리하나교회 창립예배 때에 제가 와서 여러분에게 드린 말씀은 이 교회가 아둘람교회라고 하는 말씀을 전했습니다. 사무엘상 22장에 있는 말씀이죠. 다윗이 왕에게 쫓겨 다니면서 참 비참하게 살다가 하나님의 약속을 듣고 아둘람굴에 들어갔는데 그 아둘람굴에 사람들이 모여들었어요. 똑똑한 사람이 모인 게 아니에요. 가난한 자, 빚진 자, 박해받은 자, 별 볼 일 없는 사람들이 모였어요. 이이들은 뭐 남의 이야기하는 줄 알아요. 지들 이야기를 하는 건데……. 빚져 가지고 피난 온 사람들, 사울왕의 학정에 어떻게 살 수 없어서 쫓겨 다니는 사람들, 먹을 것이 없어 걱정인 사람들이 소문에 들으니까 다윗이라고 하는 하나님이 택하신 사람이 있는데, 그 사람에게 오기만하면 뭔가 이루어질 게 믿어지거든요. 그래가지고 모인 사람이 400명이예요. 정치하는 사람들이 아니에요. 재력 있는 사람이 아닙니다. 전부 빚진 자, 쫓겨난 자, 버림받은 사람들이 다윗을 중심으로 400명이 아둘람굴에 모여서 교회를 시작했습니다.

그게 여러분에게 드렸던 첫 번째 말씀입니다. 오늘 시리즈 2번입니다. 그 사람들이 모여가지고 뭘 했습니까? 이가 갈려요. 사울왕 이야기만 들어도 머리가 흔들려요. 기회만 있으면 그놈을 죽이고 싶어요. 억울해요. 자기들 돈을 빼앗아가고 자기들을 이렇게 비참하게 만든 그 정권, 그 사람들에게 칼을 갈고 지금 죽이고 싶은데 하나님이 그 400명의 사람들에게 뭐라고 말씀하셨는가 하면 그게 원수 갚는 게 아니라는 거예요. 여러분, 세상 사람과 우리 믿음의 사람은 살아가는 방법을 달리 해야 돼요. 그 사람이 내 것을 빼앗았으면 내가 그 사람 꺼 뺏는 거 당연한 일입니다. 그 사람이 날 때렸으면 나도 때리는 게 세상적으로 당연한 일이지만 하나님은 그게 아니라는 겁니다.

이제 여러분이 2주년을 맞이하면서 여러분의 태도가 달라져야 돼요. 여러분이 이북에서 내려와서 "아, 억울합니다. 너무 억울합니다. 저 지긋지긋한 정권 어떻게 안 무너집니까?" 그렇게 생각하지 말라는 겁니다. "너희의 것을 빼앗은 원수 같은 그 사람들을 너희들이 원수로 생각하지 말고 그를 위해서 기도해줘라. 그를 위해서 기도해줘라. 원수로 생각하지 말고 불쌍히 여겨라." 사울의 왕권에 대해서 너무 흥분하고 원수처럼 그 정권 무너지기를 바라고 하는 그것이 우리의 태도가 아니라는 이야기입니다. 여러분, 우리 김정일 동지를 사랑합시다. 이게 성경이 우리에게 주는 비밀입니다. "사랑하라고? 그러면 저놈의 목사는 아무래도 김정일이 하고 뭐가 되나보다." 그러는데 그럼요. 나하고 뭐가 돼요. 같은 김씨예요. 왜 사랑하라고 하느냐 하면 거기 백성들이 우리의 백성들이예요. 우리 백성들입니다. 이제는 너희들이 피해자가 아니라 너희들이 그 사람들을 향해서 해야 될 일이 있다는 거예요. 너희들 아무것도 없이 쫓겨났지만, 그러나 이제는 너희들을 통해서 하나님이 큰일을 하실 거라는 겁니다. 그래서 오늘 설교 제목을 제가 거기 있는 말씀을 통해서 "내 손에 붙이시고"라고 했어요. 여지까지 그 사람들 밑에서 살다가 다 뺏기고, 다 쫓겨났지만 그러나 이제부터는 그게 아니란 말이에요. 그 사람이 주인공이 아니라 여러분이 주인공이란 말이에요. 그래서 두리하나교회가 보통교회가 아니에요. 여러분이 주인공이에요. 여러분에게 붙이신다는 건 뭐냐면 여러분이 그 사람을 도울 수 있어야 되는 거예요. 그런데 지금 뭘 가지고 도와요? 하나야, 너 도울 거 있냐? 김정일 장군 뭐 사드릴 수 있냐? (없어요.) 그지? 없이는 안 돼요. 근데 하나님이 이렇게 말씀하시거든요? "그 마음을 갖는 순간부터 내가 너에게 복을 주리라. 네가 마음껏 북한의 동포들을 도울 수 있는 재력도 주리라." 이게 참 중요합니다. 천목사님 정도 되면 수많은 사람들이 오라고 그러면 다 와요. 한국의 유명한 목사님들 다 오라고 그러면 오는데 그 사람들 제쳐놓고 왜 나를 부르는고 하면 내가 이 교회 와서 예언하면 다 그대로 된대요. 그러기 때문에 오늘도 무슨 말씀하실까 기대한다는 거예요.

첫째, 앞으로 일 년 안에 이루어질 걸 이야기하겠습니다. 다른 교인 말고 우리 교인들, 오늘 여기 와서 여러분이 먹은 것이 일인당 만 원씩이에요. 우리 교회는 절대로 얻어먹는 습성이 없어요. 우리 교회는 먹은 것에 대해서 꼭 10배씩 갚습니다. 우리 교인들 잠깐 일어나세요. 올해 안에 10배씩 갚을 분들만 앉으세요. 이기태 권사님, 일어나세요. 왜 늦게 앉습니까? 이기태 권사님 표정을 보니까 "나는 10배 가지고는 안 됩니다. 나는 20배를 갚겠습니다."하는 거예요. (아멘) 저거 봐요. 20배예요. 이거 꼭 이루어집니다. 여러분, 믿어지죠? (아멘) 우리 교회는 목사 이야기는 다 돼요. 다 이루어져요. 아주 쉬운 예언이 하나 해결 되었어요.

두 번째 이 교회가 300명이 채워질 때 하나님의 약속의 때가 채워지는 거예요. 하나님은 그냥 일하시는 분이 아니에요. 우리하고 같이 일하시기를 원하시는 거예요. 여러분이 빨리빨리 하나님의 숫자를 채우세요. 그러면 여러분을 통해서 하나님이 저 이북에 있는 불쌍한 우리의 동포들을 도울 수 있는 그런 능력을 여러분에게 주실 것을 믿습니다.

그다음 여러분이 믿어야 될 게 뭔고 하면 내 손에 붙여주신다는 이야기가 뭐예요? 여러분이 왜 이북에서 내려오셨습니까? 우리 어머니 아버지도 이북에서 내려오셨어요. 빈손으로 내려오셨어요. 근데 저희 집안이 부천에서 이름난 부자 집안이에요. 이북에서 빈손으로 내려와서 부천에서 유명한 부자가 되기까지 딱 한 가지, 하나님을 제대로 만나셨어요. 우리 매부는 이북에서 전쟁이 한 2~3일이면 끝날 테니까 서울에 좀 내려갔다 오라고 그래가지고 그 부모님들이 이틀 먹을 음식과 성경책 한 권을 가방에 넣어줬는데, 그게 부모님하고 마지막이 되어 버린 거예요. 지금까지 55년 동안 헤어지셨어요. 근데 우리 매부는 빈손으로 내려왔는데 우리 매부가 우리 어머니의 자녀들 중에 최고로 성공했어요. 남 잘 된 이야기에 좀 고개를 끄덕이든지⋯⋯. 거기 두 분, 좀 일어나보세요. 옆에 사람 쳐다보지 말고⋯⋯. 거기 두 사람 일어나보세요. 잘 되게 생겼어요. 아, 웃지만 말고 고개를 끄덕여요.

축복의 말이니까……. 앞으로 잘되게 생겼어요. (감사합니다.) 됐어요. 앉으세요. 우리 매부가 성공한 비결 가운데 한 가지가 뭔고 하면 장모인 우리 어머니를 항상 그대로 따랐어요. 우리 어머니가 하는 대로 인생을 살았어요. 그래서 복을 받은 거예요. 여러분, 누구 편에 서 있으면 복을 받느냐를 알아야 돼요. 오늘 이렇게 형편없이 버림받고 빚지고, 쫓겨난 이 사람들이 이스라엘 왕권의 위대한 지도자가 될 수가 있었던 비결이 뭡니까? 그 사람들 공부를 시켰어요? 아닙니다. 그 사람들이 원한을 뭐 어떻게 다른 것으로 이용한 게 아니라 다윗은 그들에게 하나님을 바로 심어줬어요. 제가 이북에서 오신 몇 분을 좀 가까이하고 도와드렸어요. 근데 이북에서 오신 분들은 특징이 있어요. 절대로 남한 사람 이야기를 안 믿어요. 그죠? 근데 자기들끼리는 잘 통해요. 자기들끼리는 뭐 부산에 있어도 금세 통해요. 여러분, 그렇게 살면 복 받지 못합니다. 여러분이 복 받는 비결은 다른 거 없어요. 하나님 편에 서세요. 바로 하나님 편에 서시면 되게끔 되어 있어요.

하나님이 여러분을 왜 이 교회로 모이게 했습니까? 이 교회 오면 뭐 대단하게 일자리를 주고 돈도 주고 그러는 건 아니잖아요? 왜 여러분을 하나님은 이 교회로 모이게 하셨습니까? (축복을 주시려고) 김영희 집사님은 내가 3년째인데, 하여간 말대답을 참 잘하세요. 근데 오늘 처음으로 여지까지 입 다물다가 첫 마디 하셨네요. 하나님이 왜 여러분을 이 교회에 모이게 하셨을까. 제가 첫 번 창립예배 때 말씀드린 것처럼 이 교회는 보통교회가 아니라 아둘람교회예요. 여기 모일 때는 우리가 다 형편없는 상태에서 모였지만 아둘람교회에 들어온 400명이 이스라엘의 새로운 역사를 썼어요. 몇 년 사이에 그렇게 변했어요. 몇 년 사이에 어떻게 그렇게 변할 수 있었을까요? 그건 하나님이 하시는 일이기 때문에 그래요. 여러분, 이 교회 들어오신 것을 축복으로 아십시오. 이 교회 들어온 여러분을 통해서 앞으로 저 이북 땅에 일하게끔 준비시킬 겁니다.

우리 교회는 그렇게 큰 교회인데도 무슨 국회의원 얼굴 하나 못 보는데 여기는 뭐 사무총장이 오셔가지고 인사하고 가시고 여러분을 위해 법도 만들어 주신다고 그러고……. 아이구, 그렇게 겸손한 장로님인데 뒤에서 보니까 목에 다 힘주고……. 이게 보통 일입니까? 이게 보통일 아니잖아요?

여러분을 앞으로 하나님이 크게 쓰실 거예요. 진짜 웃겨요. 하나님 하실 때보면 진짜 웃겨요. 하나님이 하실 때는 막 쏟아 부어주세요.

저도 28년 전에 천막 교회에서 가마떼기 깔아놓고 교회를 시작했는데 아무리 봐도 교회 꼴이 말이 아니에요. 사람이 안 들어와요. 어쩌다 하나 깨끗하게 와이셔츠 입은 게 와서 이렇게 문 열어 보더니 뭐라고 그러는고 하면 "사람이 하나도 없네." 그래요. 나는 사람 축에도 안 끼었어요. 어떻게 들어오는 것마다 전부 술 취해가지고 오는지……. 하나는 들어와 가지고 드러누워서 들어요. 내가 그래도 술 취해서 드러누워 있는 거, 그거 위해서 설교하면 잘 듣다가 갑자기 일어나서는 "야, 그거 진짜냐?" 그리고 또 드러누워요. 유명한 알코올중독자 이용식이가……. 이혼직전에 있던 그 사람, 회사에서 쫓겨나기 일보직전에 있던 그이가 우리교회 집사가 되고, 권사가 되고 어쩌면 그렇게 잘 살아요? 되게 웃겨요. 하나님이 하시는 건 진짜 웃겨요. 나는 그래서 하나님은 되게 웃기시는 하나님, 하나님은 너무 엉뚱하신 하나님이라고 표현해요. 내가 보기에는 이 사람에게 복을 주셔야 되는데 어떻게 저런 지지리 같은 것에게 복을 줘요? 죄송해요. 아, 교수님 말고 얘들~이 빨간 옷들……. 나는 흰 저고리에 검은 치마만 보면 가슴이 막 두근두근해요. 10년 전에 처음으로 남북이 교류할 때 제가 평양에 가서 앉아있는데 저 흰 저고리에 검은 치마 입은 안내원을 뭐라 그러죠? (안내원 동무) 그것 말고 또 있잖아요. 식당에서 서비스해주는 사람, (해설원, 복무원, 접대원……) 말도 많아요. 하여간 그 아가씨가 저한테 오더니 그래요.

"아, 목사님이시라면서요?"

"예."

"목사님, 행복하세요?"

"예, 참 행복합니다. 나는 그럴 수밖에 없습니다. 하나님이 나를 행복하게 만드셨기 때문입니다."

그랬더니 자기도 행복하대요. 나는 하나님 때문에 행복한데 자기는 김정일 장군님 때문에 행복하대요. 사람은 사람을 행복하게 해줄 수 없어요. 최진실이가 돈이 없어요? 엄청나게 돈 많잖아요? 얼마나 만인의 사랑을 받았습니까? 대단한 사람인데 너무 외로워서……. 다니엘처럼 힘이 쪽 빠졌을 때 거기서 하나님의 음성을 듣지를 못했어요. 다니엘에게 들려주셨던 그 음성을 들어야 돼요. 다니엘이 하나님의 손길로 터치를 받고, 하나님이 "야, 고난 끝이야. 강건해. 평안해." 그 음성을 들은 다음부터 자신 있게 살았던 것처럼 하나님은 여러분을 다 이렇게 특별하게 뽑아내셨어요. 이북에서 넘어와서 다른 교회 다닐 수도 있고, 다른 일을 할 수 있음에도 불구하고 여러분을 다 이렇게……. 그렇죠? 광철 씨? 근데 광철씨는 우리하고 조금 다르죠? 조선족이잖아요. 근데 제일 고개를 많이 끄덕여요. 우리 이북동포들이 우선순위 1번이고 거기는 2번이야. 우스운 이야기지만 여러분, 자신감을 가지세요. 하나님이 여러분을 사랑하십니다. 너희가 저 밑에서 살다가 쫓겨나고 억울한 일 당했지만, 그러나 이제는 그 정권, 그 백성들을 네 손에 붙여주겠다 이거예요. 여러분 지금은 이렇지만 앞으로 큰일 할 사람이에요. 하나님이 특별히 뽑아내셨어요. 자신감을 가지세요. 하나님이 뭔가 나에게 큰일을 하게 하시려고 지금 준비시키는 거예요. 그게 믿어지면 왜 힘들어요? 하나님의 약속은 꼭 지켜지는 것인데……. 앞으로 여러분을 통해서 저 이북의 정권도, 이북의 백성들도 여러분 손에 붙이십니다. 두리하나교회 야말로 아둘람교회처럼 비록 지금은 형편없이 버림받고 쫓겨나고 빚진 사람들이 모였지만, 다윗을 중심으로 해서 그 사람들에 의해서 이스라엘의 새로운 역사가 써졌듯이 앞으로 천기원 목사님을 중심으로 여러분에 의해서 새로운 역사가 써질 거예요.

　천기원 목사님, 저분이 저 안 만났으면 오히려 인간적으로 굉장히 성공했을 사람이에요. 사모님은 나한테 진짜 감사하셔야 돼요. 최진실씨하고 같이 일하면서 그 최진실씨 봉급을 우리 목사님이 줬거든요? 그러면 눈이 맞았을지도 몰라요. 근데 하나님이 왜 사업을 하던 우리 천목사님 저와 만나게 하셨는지……. 제가 처음 그 교회 부흥회 갔을 때 천목사님 딱 보는 순간 성령께서 "저는 내가 택한 사람이다."하는 감동을 줬어요. 그래서 제가 그 이야기를 했더니 한 마디로 코웃음을 쳤어요. 아, 천목사님 대단히 교만한 분이예요. 목사가 이야기를 하면 그냥 좀 듣는 시늉이라도 하지 "목사님, 그딴 소리하지 마세요." 한 마디로 내가 망신을 당했어요. 근데 하나님이 선택하셨기 때문에 그 말을 들은 다음 날 부터 자꾸만 감동을 주시는 거예요. 결국은 이렇게 목사님이 되셨잖아요? 지금 위대하시잖아요? 우리 교회 오면 천목사님은 내 졸병이에요, 내가 뭐하면 꼭 따라다니면서 물도 갖다 주시고 그래요. 근데 미국에만 가면 사람이 달라져요. 두 얼굴의 사나이가 돼요. 지난번에 미국에 갔을 때 방송국에서 인터뷰를 한다고 그래서 오랜만에 저도 넥타이를 딱 매고서……. 난 한국에서는 별로 넥타이를 잘 안 매거든요. 넥타이까지 매고 갔어요. 뭐 TV에 나올 테니까 인터뷰하는데 말씀을 잘하시라나? 왜 나보고 말을 잘 하래? 지나 잘 하지. 그래서 갔어요. 1시간을 인터뷰하는데 웃으라고 하는 소리가 아니라 천목사님을 56분 했어요. 몇 분 남았어요? (4분) 4분 남았는데 아나운서가 2분 멘트를 하고 그러면 몇 분 남았어요? (2분) 2분 남았는데 그 아나운서가 뭐라는고 하면 "목사님은 어떻게 오셨죠?" 씨이~~ 완전히 나는 목사님 들러리예요. 나는 목사님 가방 들고 다녀요. 한번은 또 신문사에서 인터뷰하자고 한다고 그래서 내가 천목사님에게 가면 나 또 망신당할 건데 안 간다고 그랬더니 이번에는 아니래. 이번에는 목사님 인터뷰니까 가자고……. 그래서 갔어요. 아니긴 뭐가 아니에요? 또 마찬가지예요. 인터뷰는 목사님이 다 하고 마지막 사진 찍을 때 나보고 옆에 서래요. 보디가드처럼……. 인터뷰 한 마디 못했어요. 그냥 사진만 찍고 왔어요. 저는 미국에 부흥회를 가면 뭐 그냥 교인들에게만 사랑을 받지 천목사님은 가면 국회의원들, 인권운동가들 다 모여요. 그래서 나는 미국 가면 천목사님 하고 따로 놉니다. 나 절대로 같이 안놉니다. 내가 그때 받은 내 마음 속에 감동이 뭐고 하면 "아, 하나님은 이렇게 쓰시려고 세상 걸 다 버리게 하셨구나. 이렇게 쓰시려고……." 같이 일하던 최진실은 자살했는데……. 임집사, 왜 조냐? 일어나. 우리교인이 남의 교회 와서 설교를 듣다 졸면 백만 원 벌금을 물립니다. 앞으로 낼 각오가 되었으면 앉고 그렇지 않으면 서있어. 2시간에 10만 원씩 깎아 줄 테니까…….

  "왜 잘 나가는 사업가인 나에게 저 목사님은 주의 종이 되라고 이야기 할까?" 그 당시에는 믿어지지 않았지만 그러나 지금 뒤돌아보면 목사님이 돈 벌고 사업가로 성공한 것보다도 얼마나 보람 있는 인생을 삽니까? 얼마나 이 민족의 통일을 위해 위대한 삶을 살아갑니까? 하나님의 말씀에 여러분이 아멘하고 순종하기만 하면 여러분의 운명은 완전히 바뀌어져요. 사람이 운명을 바꿀 수는 없습니다. 내 부모가 나를 낳고, 이런 환경 속에서 나는 자라고 하는 그 운명을 절대로 바꿀 수는 없어요. 사람이 아무리 노력해도, 교육을 해도 운명을 바꿀 수는 없어요. 사람의 운명을 바꾸는 분은 오직 하나님 한 분이에요. 여러분, 그냥 이렇게 살다가 이렇게 죽겠습니까? 여러분에게 주어진 운명대로 살겠습니까? "아닙니다. 나는 이 운명대로 살기를 원하지 않습니다. 하나님이 나를 붙잡아주셔서 내 삶의 새로운 운명, 복된 삶, 보람 있는 삶, 하나님의 역사에 크게 쓰여 짐을 받는 축복의 사람이 되겠습니다." 그렇게 생각하십니까? 한 번 오른손을 들어보실래요? 정말 이 말씀대로 살기를 원하시면 세 번만 흔들어보실까요? 손을 요렇게 조금 드는 분들은 운명이 조금 바뀔 것이고 이렇게 높이 드신 분들은……. 기도합니다. 손들고 기도합니다.

"하나님, 감사합니다. 우리의 운명을 바꾸어 주시는 하나님, 하나님이 이 땅에 아둘람교회를 세우시고 이 두리하나교회를 통해서 옛날의 역사를 재현시키시는 하나님, 다윗을 중심으로 쫓겨나고, 빚지고, 별 볼 일 없는 사람들을 통해서 이스라엘의 새로운 역사를 쓰셨듯이 우리 천목사님을 중심으로 이 두리하나교회가 앞으로 이 민족의 위대한 역사를 쓰는 축복의 재단이 되게 도와주시옵소서. 하나님, 저들에게 저 이북 땅을 붙여주시고, 저 이북 땅의 민족들을 도울 수 있고 지도할 수 있는 위대한 축복의 사람, 지도자들이 나올 수 있게 저 든 손을 붙잡아주옵소서. 예수님의 이름으로 간절히 기도하옵나이다. 아멘."

(2008. 10. 5. 두리하나교회 2주년,
두리하나선교회 9주년 기념 감사예배)

나를 따르라
(마태복음 4장 18절~22절)

덕우중앙교회가 20주년을 맞이하게 된 것을 축하드립니다. 이장님, 인철이 아버지, 종순이 엄마, 상기 오빠 다들 오셔서 감사합니다. 오늘 20주년 생일인데 우리만의 잔치가 아니라 동네 분들과 이 기쁨을 같이 했으면 하는 마음입니다. 20년 전 교회를 개척하고 제대로 돌아보지도 못했는데 이렇게 성장해서 감사하고 기쁩니다.

오늘 본문 말씀은 베드로가 예수님을 만나는 장면입니다. 베드로는 여러분이 잘 아는 대로 형편없는 사람입니다. 참 별 볼 일 없는 사람입니다. 직업이 어부입니다. 옛날 우리조상들의 정서로는 푸줏간에서 일하는 사람을 별로 그렇게 높이 평가하지 않았습니다. 물론 요즘은 괜찮지만…… . 이스라엘에서 어부는 우리조상들이 푸줏간에서 일하는 사람들에게 하듯이 그런 평가를 했습니다. 어부는 아무나 되는 게 아닙니다. 어부 집안의 자식들만 어부가 되었습니다. 그들은 어떻게 보면 특별한 사람들이었습니다. 뭐 대단해서 특별하다는 게 아니라 그 운명에서 벗어날 수도 없고, 다른 일을 할 수도 없는 사람들이라는 말입니다. 그런 하층민 중의 한 사람이 베드로입니다. 그게 자기 운명인줄 알고 평생을 살아왔고, 그 자식들도 그렇게 살아가야할 운명인 베드로를 예수님이 부르셨습니다. 여지까지와는 전혀 다른 세계로 불러내시고 그 운명을 바꾸어주셨습니다.

예수를 만난 사람은 생각이 바뀌고 행동이 바뀌고 운명이 바뀝니다. 눈물을 흘려도 세상 사람들이 우는 것과 우리가 우는 것은 차원이 다릅니다. 세상 사람은 낙심해서 울지만 우리는 기뻐서 웁니다. 세상 사람들은 공허한 웃음을 웃지만 우리는 하늘의 기쁨과 소망을 가지고 웃습니다.

우리는 하늘의 축복을 받은 사람들입니다. 가장 큰 축복은 선택받았다고 하는 겁니다. 우리가 살아가면서 나에게 주어진 운명을 거부할 수 없습니다. 내가 김씨 집안에 태어나고 싶어서 태어난 거 아닙니다. "내가 왜 김씨야? 가문 좋은 홍씨 할 거야." 그렇게 거부할 수 없습니다. 나는 장목사님처럼 잘 생겼다는 소리를 한 번도 들어보지 못했습니다. 우리 교인들도 "목사님 잘 생겼어요." 하는 사람 한 사람도 없습니다. 그런데 내 장점이 뭔고 하면 지치지 않는 매력이 있다는 겁니다. 사실 잘 생긴 사람은 며칠만 계속 보면 싫증이 납니다. 근데 나는 보면 볼수록 매력이 있어요. 참 공평하신 하나님이십니다.

며칠 전에 TV를 보는데 남자들이 이왕이면 다홍치마라고 잘생긴 사람이 더 좋다고 말합니다. 그 말을 듣고 최윤희라고 하는 사람이 이런 말을 했습니다. 다 잘생긴 것 같아도 가만히 따지고 보면 사실은 자기가 제일 잘 생겼다는 겁니다. 사실 최윤희씨가 참 못생겼잖아요? 말상입니다. 나 그런 사람 안 만난 것이 얼마나 다행인지 모릅니다. 그런데 그분은 자기가 가장 잘생겼다는 겁니다. 왜? 독창적으로 생겼기 때문에……. 세상에 하나밖에 없기 때문에……. 이 세상에서 가장 귀한 것은 하나밖에 없는 것입니다. 스스로 못생겼다고 생각하는 사람은 하나님에 대한 모독입니다. 나는 하나님의 작품입니다. 세상에 하나밖에 없는 가장 귀중한 존재입니다. 하나님의 은혜로 만들어진 세상에 둘도 없는 걸작입니다.

형편없는 베드로를 예수님이 찾아오셔서 "시몬아!"하고 그 이름을 부르셨습니다.

"거기 고기 잡고 있는 사람 중에 나 따라올 사람 있냐?"

이렇게 물은 것이 아닙니다. 그 이름을 부르셨습니다. 희미하게 여러 사람을 향해 "누구든지 감동이 되면 나와라." 그게 아닙니다. 내 이름을 불러주셨습니다. 나를 꼭 찍어서 부르셨습니다. 얼마나 귀중한 일입니까?

지금 미국에서 공부하고 있는 우리아들이 초등학교 3학년 때 일입니다. 한번은 학교에서 아주 기쁨으로 달려왔습니다.

"아빠, 아빠."

숨이 넘어 갈 것 같습니다.

"왜 그래?"

"선생님이 나보고 주전자에 물 떠오라고 했어."

벼엉~신. 지 아비를 닮아서 모자라기는…….

"그게 뭐 그렇게 기뻐?"

"아니야. 선생님이 내 이름을 불렀단 말이야."

그 많은 아이들 중에 자기 이름을 부르면서 주전자에 물 떠오라고 했다는 겁니다. 너무 기쁜 겁니다. 선생님이 불러줘도 그렇게 기쁜데 하물며 하나님이 나 같은 사람을 불러주셨습니다. 하나님은 사람을 택하실 때 가문이 좋은 사람, 인물이 뛰어난 사람, 돈이 많은 사람을 부르신 게 아닙니다. 별 볼 일 없는 사람들을 부르셨습니다. 나중에 천국 가서 나 되게 야단맞을지 모르지만 다 별볼 일 없는 사람들이었습니다. 그러나 택함을 받은 다음 그들의 운명이 바뀌었습니다. 인간이 스스로 운명을 바꿀 수는 없습니다. 내 힘으로 어떻게 바꿀 수 없습니다. 유일하게 바꿀 수 있는 방법은 하나님의 은혜입니다. 하나님의 은혜만이 바꿀 수 있습니다.

20주년 감사예배를 드리면서 인원이 많지 않다고 실망하지 않기 바랍니다. 20년이면 동네가 발칵 뒤집혀야 될 텐데, 홍목사님 능력이 없어서 그런 게 아닙니다.

미국의 선교사 한 사람이 아프리카에 가서 20년을 있으면서 딱 두 사람 전도를 했답니다. 그 선교사님이 무척 실망하며 고국으로 돌아갔습니다. 그런데 후원해주던 교회도 사실 참 대단한 교회입니다. 성과가 아무것도 없는데 그 선교사님을 믿고 20년을 후원해주기가 그렇게 쉬운 일이 아닙니다. 그런데 그로부터 20년 뒤에 그곳에서 초청이 와서 갔더니, 그 두 사람이 나라의 지도자가 되어서 나라 전체의 역사가 바뀌었습니다. 자기는 두 사람 밖에 전도하지 못해서 실망했는데 그게 아니더라는 겁니다. 우리 눈에 보이는 것만이 전부가 아닙니다.

교회가 성장하고 사람이 많아지고 싶은 유혹을 누구나 받습니다. 저도 천막교회 때 "300명만 주세요." 하고 기도했습니다. 그때는 300명이 엄청 많은 숫자처럼 생각되었습니다. 300명이 넘은 뒤에는 더 달라고 하기에도 하나님에게 민망하고 해서 그 다음부터는 "하나님 마음대로 하십시오." 그랬습니다. 사람은 가시적인 성과를 바라지만 선교나 복음은 뿌리기만 하면 되는 겁니다. 거두려고 애쓰다보면 문제가 생깁니다. 우리는 뿌리기만 하고 거두는 것은 저분이 알아서 하십니다. 뿌리기만 하면 됩니다.

20년 동안 세 분의 목사님이 이 교회를 거쳐 가셨습니다. 고신복 목사님, 이광구 목사님, 지금 홍영기 목사님, 사실 20년 동안 세 분의 목사님 계셨다는 것은 장기적으로 계셨다는 겁니다. 나도 제주도에서 12명을 놓고 3년 동안 있으면서 참 힘들었습니다. 근데 홍영기 목사님은 여기가 뭐가 그렇게 좋은지 다른 데 가지를 않아요. 제가 세 번의 길을 열어 주었는데, 그때마다 안 가겠다는 겁니다. 그래서 나에게 구박도 많이 받았습니다. 여기가 왜 그렇게 좋은지 모르겠습니다. 쌀은 좋습니다만. 아무나 할 수 있는 일이 아닙니다. 도시 교회만큼 교인들이 쑥쑥 늘어나고 존경받고 사랑받지 못합니다. 농촌 교회가 참 힘듭니다. 교회를 지키고 있는 그 자체만으로도 존경하고 감사합니다. 나는 우리 교회 29년을 있었지만 제주도에 있었던 3년이 가장 값진 시간이었습니다. 기도도 가장 많이 했고, 책도 가장 많이 보고, 교인을 사랑하는 방법도 그때 참 많이 깨달았습니다.

나는 제주도에 있을 때 무당과 사랑을 했습니다. 나를 참 좋아했습니다. 그 무당은 작두를 타는데 참 대단합니다. 시퍼런 칼 날 위에서 춤을 춰도 상처 하나 입지 않습니다. 그 무당은 제주도에서 이름난 무당입니다. 신이 내리면 다 맞춥니다. 돈도 많이 벌었습니다. 그러나 그 무당은 자기에게 내린 신이 축복의 신이 아니라는 걸 알았습니다. 진리를 알았습니다. "나는 비록 이런 신을 모시지만 내 자식들만큼은 여기서 벗어나게 해야 되겠습니다." 자식들을 교회 보내면서 나에게 부탁했습니다. 헌금을 할 때도 굿을 해서 받은 돈이 아니라 꼭 은행에 가서 바꾸어서 했습니다. 가끔 저를 찾아와 주머니에 돈을 찔러주면서 "전도사님, 나는 이렇게 살지만 내 자식은 제대로 살게 하고 싶습니다. 전도사님, 기도해주세요." 내가 제주도에서 떠나올 때 우리 교인들은 아무도 안 울었는데 그 무당은 이틀을 울었습니다. 그 자식들이 믿음으로 축복받았습니다. 이게 진리입니다. 우리가 교회에서 해야 될 일은 이 진리를 알려주는 것입니다.

여러분은 선택 받았습니다. 나는 자다가도 그 생각을 하면 눈물이 납니다. 나 같은 사람을 목사로 만들어주신 것이 얼마나 감사한지 모릅니다. 선택은 사랑입니다. 사랑하니까 선택하신 겁니다. 남자를 선택할 때 사랑해서 해요? 돈보고 해요? 거기 노랑머리. 뭐 보고 선택했어요? 돈 보고? (좋아서 했어요.) 좋아서 하면 안 돼요. 좋은 것은 책임이 없어요. 사랑해야 돼요. 사랑에는 책임이 따릅니다. 하나님은 사랑해서 나를 선택하셨습니다. 책임져주시겠다는 겁니다.

제가 6년 사이에 세 번의 죽을 고비를 넘겼습니다. 신장과 췌장을 이식하고 눈이 안 보이고 목소리가 안 나왔습니다. 그때 하나님은 "아~맘! 내가 너와 함께 하고……." 하는 음성을 들려주셨습니다. 내가 죽어 갈 때도 "아~맘! 내가 너와 함께 한다." 그 음성이 들렸습니다. 세 번의 극한 상황 속에서 다들 죽는다고 말했습니다. 숭의교회 어느 장로님은 내 장례식에 갔다 왔다는 분도 계십니다. 그런 속에서도 하나님은 항상 "아~맘!" 그 음성을 들려주셨습니다. 하나님의 그 깊은 음성은 언제나 없어지지 아니하고 내 곁에 머물러 있었습니다. 다만 내가 듣지 못했을 뿐입니다. 하나님은 멈추시지 않습니다. 하나님은 언제나 여러분과 함께 하십니다. 하나님은 우리를 사랑한다는 것을 그 음성을 통해 알리십니다.

형편없는 베드로를 선택하셨습니다. 순식간에 그의 운명이 바뀌었습니다.

술꾼들이 모인 곳에 가면 꼭 물어보는 사람이 있습니다.

"목사님. 진짜예요?"

내가 예전에 술꾼이었다는 사실이 믿어지지 않는다는 겁니다. 자꾸 물어봅니다. 지금 내 얼굴에서 술꾼이었던 게 보여요? 지금 누가 고개를 끄덕였어요? 경인중앙교회 집사님이지? (안 보여요.) 술 먹을 돈이 없어서 포장마차 옆을 기웃거리다가 혼자 먹고 있는 사람이 있으면 옆에 가서 맞장구 쳐주고 공짜 술 얻어먹었습니다. 그 정도로 비참했었던 내가 오늘의 이런 목사가 되었습니다. 알코올중독자 모임에 가면 내가 최고의 강사입니다. 다른 설교가 필요 없습니다. 그저 "여러분도 나처럼 되기를 바랍니다." 그 말 한마디면 됩니다. 나 스스로 바꾸는 것이 아닙니다. 나를 오늘의 나로 바꾸어 주신 건 하나님의 사랑입니다. 사람에게 가장 큰 복은 운명을 바꾸어 주시는 겁니다. 복음에는 그런 힘이 있습니다. 20년 늦게 싹이 터지더라도 덕우리를 바꾸어 주실 것을 믿습니다.

오늘 오신 이장님, 영아 엄마, 인철이 아버지, 다 감사해요. 30년이 될 때 이 지역이 전부 복음화 되어서 "복음이 들어와 축복이 되었다."는 말이 동네사람들의 입에서 나오게 되기를 바랍니다. 우리 같이 기도하시겠습니다.

"고맙고 감사하신 아버지 하나님, 20년 전 씨를 뿌렸습니다. 이 복음의 씨가 자라게 하시고 베드로를 불렀던 음성이 온 동네에 들리고, 많은 사람들이 그 음성을 듣고 주님 앞에 나아와 축복의 사람들로 바뀌어 지게 도와주시옵소서. 예수님의 이름으로 간절히 기도하옵나이다. 아멘."

(2008. 10. 11. 덕우중앙교회 20주년 기념 감사예배)

내게로 돌아오라(1)

(요엘 2장 12절~14절)

제가 많은 자리에 참여하지만 이렇게 믿음의 사람들이 있는 곳, 서로를 사랑하고 서로를 위해 기도하는 이런 자리에 있다고 하는 것이 참 축복입니다. 여러분 옆에 있는 분들이 참 귀한 분들이에요. 우리가 인생을 살면서 많은 빚을 지고 살아요. 그렇죠? 늘 누군가의 도움을 받고 사는데, 사실 누구에게 도움을 받고 산다고 하는 것처럼 치사한 게 없어요. 그런데 성경에는 꼭 한 가지 꿔도 된다는 기록이 있는데, 그게 뭔가 하면 기도는 마음 놓고 꾸라는 거예요. 많이 꾸면 꿀수록 좋다는 거예요. 우리가 기도의 능력을 잘 알면서도 그렇게 살지 못할 때가 참 많이 있죠. 애엄마들 보면 참 재미있어요. 애들이 울면 어쩜 그렇게 잘 알아맞히는지 몰라요. 난 목사인데도 도무지 못 맞추겠어요. "응애, 응애" 그러면 "얘가 젖 달래요." 그리고는 젖을 줘요. 애들이 우는 게 다 똑같은 소리 같은데 "응애, 응애" 그러면 이건 젖 달라는 거래. "응에엥~" 그러면 이건 싸이렌 소리래요. 불났으니까 오줌으로 끄는 거래. 그래서 애들이 오줌 눌 때 우는 울음은 "응에엥~" 그런다는데 도무지 난 모르겠어요. 근데 엄마들은 참 잘 알아요.

사람이 태어나면서부터 제일 먼저 통하는 게 뭔가 하면 울음이라고 하는 것이죠. 그죠? 울음이라고 하는 거예요. 어제 오후 예배 때도 그런 설교를 했습니다만 "하나님 앞에 우는 사람은 사람 앞에 웃을 것이다." 하나님 앞에 우세요. 우리 기독교인들은 눈물이 있어야 해요. 그 눈물이 있지 않으면 절대로 웃을 수가 없어요. 하나님 앞에 우리가 울면 하나님이 틀림없이 사람들 앞에서 웃게끔 모든 것을 만들어 주신다는 거죠. 축복이 뭡니까? 하나님 은혜가 뭡니까? 나에게 주어진 환경을 바꾸어서 살아간다는 게 너무 좋아요. 믿음으로 산다는 게 참 재미있잖아요? 우리 수련원 집회에 우리 교회 교인들은 억지로 와요. 안 왔다간 목사한테 무슨 소리 들을까 봐. 홍상기 권사님도 지금 억지로 와서 앉아 있어요. 안 왔다가……. 억지로 와요. 참 스트레스 가운데 제일 큰 스트레스가 예배에 대한 스트레스인데 그게 힘들잖아요? 사실은 요즘 세이레 작정 새벽기도 하느라고 힘들어요. 또 뭐 "저 아픈데요." 그러면 "내 앞에서 문자 쓰지 마." 나 그걸로 통하잖아요? 나보다 더 아픈 사람이 어디 있어요? 그러니까 꼼짝 못하고 나오는 거예요. 아프다는 게 나한테는 통하지가 않아요. 수련원 집회도 억지로, 새벽기도도 억지로 나와요. 그게 스트레스거든요. 왜 예배 보면서 스트레스를 받습니까? 수련원 오면서 왜 스트레스를 받아요? 예배가 기뻐야지. 수련원 집회 오는 게 기대가 되고 흥분이 되어야지. 그렇잖아요? 기대하고 흥분하고 와야 뭔가 이루어지지 억지로 와가지고 아무것도 안된단 말이에요. 그렇죠? 이이도 지난번에 처음 와가지고 갖은 인상을 쓰더니……. 그 이쁜 얼굴에 왜 인상을 쓰고 와가지고……. 세상 사람들은 암을 힘든 병이라고 그러지만 기독교인들은 암은 감기보다도 약한 병이야. 저도 오랫동안 병을 앓으면서도 체험한 게 있어요. 내가 병원에 다니다 보니까 의사들한테서 상식을 많이 얻는데, 병으로 죽는 것보다 병에 대한 공포로 죽는 확률이 70%래요. 병으로 죽는 것은 30%밖에 안 되는 거예요. 병에 대한 스트레스, 병에 대한 공포, 그런 것 때문에 죽어요.

우리 수련원에 와서 치유 받는 사람들이 많아요. 지난번에도 얘기 했지만 치유의 단계 첫 번째가 뭐예요? 밥맛이 생기잖아요. 그죠? 밥도 못 먹던 게 그동안 못 먹던 거 다 만회하려는지 우리 수련원 와가지고 두 그릇, 세 그릇씩 막 먹어요. 참 밥이 맛있어요. 밥맛이 생긴 다음에는 눈물이 나기 시작하거든요? 눈물은 뭐예요? 기쁨의 시작이란 말이에요. 항상 기쁨의 시작이에요. 아까 말씀드린 것처럼 하나님 앞에 우는 사람은 환경보고 웃게 되고, 하나님 앞에 우는 사람은 사람 앞에서 웃게 된단 말이에요. 그런 이치를 알면, 눈물의 값어치, 눈물의 기쁨을 알게 돼요. 제가 20여 년 동안 부흥회 다니면서 보면 제 집회는 재미있는 집회라기보다는 눈물이 참 많은 집회잖아요? 제 집회는 눈물이에요. 가끔 친구

목사님들이 그래요 "너는 어떻게 교인들을 그렇게 울리냐?" 근데 그게 성서적이에요. 예수님이 웃었다는 표현은 하나도 없어요. 예수님이 깔깔대고 웃었다고 어디 있어요? 마가복음에 있어요? 마태복음에 있어요? 요한복음에 있어요? 예수님은 우셨어요. 예수님은 눈물이 있으셨어요. 근데 그 나사로의 상가에 가서 눈물을 흘리셨을 때, 그 눈물은 슬픔의 눈물이 아니라 그 눈물에 이어서 기적적인 역사가 나타났어요. 그래서 하나님이 우리에게 주신 보석과도 같은 것이 뭐냐 하면 바로 눈물이란 말이에요. 눈물……. 여러분, 어제도 제가 그런 설교를 했지만 눈이 깜박깜박하는 것이 눈물이 나는 단계예요. 여러분이 안 우는 거 같아도 하루에 수백 번씩 울어요. 울지 않으면 눈에 들어오는 먼지를 제거할 수가 없어요. 그러니까 눈이 깜박깜박하는 거예요. 근데 눈을 많이 깜박깜박하는 사람이 거짓말 잘해요. 우리 교인들보면 유난히 눈을 깜박깜박하는 사람이 있어요. 특별히 서정자 권사 같은 사람……. 근데 그거 좋은 거예요. 깜박거리는 게 눈을 보호하는 거예요. 그래서 이 눈물이라는 게 참 귀중한 거예요. 그러니까 많이 우세요. 어디 가서 울면 궁상맞다 그래요. 근데 수련원에서는 맘껏 울어도 돼요. 여기는 우는 사람이 대접받는 데예요.

그 다음에 변화가 뭐예요? 얼굴이 모습이 변하죠. 집사님, 한 달 동안 재미있었죠? 사는 게? 일어나 봐요. 아이구, 모자 참 이쁘네. 지난달에 처음 와가지고 "일어나라." 그러면 인상 팍팍 쓰고 그러더니 오늘은 얼굴이 달라졌어요. 돌아서 봐요. 너무 이뻐요. SK에서 나오는 그 주름 잡는 크림 발랐나? 앉으세요. 감사해요. 참 감사해요. 이런 단계가 있어요. 우리가 그런 단계를 거쳐요. 신앙생활도요 어떤 기대가 있어야 돼요. 그냥 참 억지로 하는 사람하고 저 남해 사모님처럼 그런 기대를 가지고 남해에서 이틀 전에 와가지고 기다리는 거하고 달라요. 기대하는 그런 마음이 필요해요. 그런 마음을 가져야 뭔가 이루어져요. 오늘도 우리 기대하는 마음을 가집시다. 하나님은 여러분의 기대에 절대로 실망시키지 않으십니다. 그 기대를 충족시키시는 분이 하나님이세요.

요즘 뭐 2012년도에 세상이 망한다고 야단들이죠? 세상이 조금 어렵고 힘들 때면 꼭 그런 것들이 일어나요. 그래가지고 사람들이 혼란스러워하는데 어려울 때면 꼭 종말론이 일어나잖아요. 종말론이 요즘 기승을 부리는데, 그 종말론자의 얘기에 의하면 2012년에 세상은 망해요. 근데 살아날 장소 하나가 있어요. 한국의 단양에 가면 산대요. 그래서 지금 단양 사이트에 8만 명, 다른 한쪽 사이트에는 3만 명이 모여들어요. 지금 단양에 가면 산다고 그래서 단양에 모여요. 장경우 목사님이 교인들을 데리고 일 년에 몇 번씩 단양에 가는 이유가 무엇일까 그랬더니……. 내가 오늘 장경우 목사남한테 경고 했어요. "장목사님, 당신은 아무래도 이단의 교주 될 거 같애." 아, 몇 년 전부터 그걸 예견하고 그리로 교인들을 데려 가잖아요. 참 웃겨요. 여러분, 그게 중요한 게 아니에요. 주님이 2012년에 오는 게 중요한 게 아니라, 믿음의 사람은 오늘 지금 나와 함께 하시잖아요. 신앙을 너무 추상적으로, 너무 미래적으로 보기 때문에 항상 믿음의 문제가 있는 것이지, 신앙은 실제적이고, 구체적이고, 현재적이어야 해요. 주님은 지금 나와 함께 하시는 거예요. 지금도 주님은 나와 함께 하십니다.

우리 교인들이 요즘 새벽에 작정하고 기도하는데, 제가 새벽기도를 인도하다가 너무 감사하더라구요. 올해 여러분이 잘 아는 것처럼 저는 죽을 고비를 몇 번 넘겼잖아요? 죽을 고비를 넘기고 이렇게 새벽에 강단에 섰어요. 처음에는 주일날 한 번 서는 것도 힘들어 했는데 그 다음부터는 야금야금이야. 2부, 3부하더니 그 다음에 오후예배도 하고, 또 요즘에는 새벽까지 하고……. 주위에서 새벽기도는 하지 말라고……. 목사님 건강을 생각하라고……. 그건 병신이에요. 목사는 새벽기도를 해야 건강하거든요. 나 생각해주는 것처럼 그러면서 하지 말라는 소리하지 마세요. 박영숙 전도사는 "목사님, 이러시면 안 됩니다. 건강을 생각하십시오." 병신~ 그러면 안 되죠. "더 하세요. 더 하세요. 목사님, 내가 우리 교인들 모아놓을까요? 10시에 모아 놓을게요. 2시에도 모아 놓을게요." 예배시간을 계속 늘려야지. 그죠? 목사는 참 너무 감사해요. 목사가 강단에 서는 것처럼 기쁜 게 없잖아요. 어떤 목사님은 강단에 서는 것이 죽기보다 싫다고 해요. 그런데 왜 목회를 하는지 몰라요. 나는 그냥 강단에 서는 게 너무 좋아요. 친구목사님이 알바니아에서 와가지고 한 달 동안 우리 집에 있는데 "야, 너 건강을 생각해서 내가 이번 한 달 동안 있으면서 2부, 3부도 내가 하고 오후예배도 내가 할게." 그러면서 나더러 쉬래요. 그래서 내가 그랬어요. "이 교회 강단은 내꺼야. 쓸데없는 소리하지 말어. 너는 그냥 밥이나 먹고 놀다 가." 아~ 얼마나 기뻐요? 교인들 앞에서 설교하면 교인들이 팍팍 빨아들이잖아요. 얼마나 기뻐요. 가끔 조는 것들도 있지만……. 코고는 이들도 있고……. 아니 난 문권사님보고 하는 말이 아니에요. 난 그냥 거기만 쳐다봤을 뿐이지. 왜 문권사님이 고개를 흔들고 그래? 문권사님 아니라니까……. 그러나 진실은 바로 얘기해야 돼요. 문권사 맞아요. 아~ 목사가 기쁨으로 설교하면 교인들도 기쁘잖아요. 그렇죠? "여러분, 망할 것이다. 여러분, 안될 것이다." 그래 봐요. 그럼 그 설교하는 저나 여러분이나 은혜가 되겠어요? 근데 그런 목사님들도 있어요. 여러분, 메시지를 가만히 들어보세요. 은혜스러운 메시지는요 다 희망적이에요. 다 잘 돼요. 왜 그래요? 하나님의 은혜는 우리로 하여금 잘 되게 만들어 놓잖아요. 그냥 수련원 오는 것도 기쁘고……. 그죠? 수련원 오려고 파마까지 이렇게 하고……. 괜찮아. 입술이 지난번하고 조금 색깔이 달라진 거같다? 그래, 그렇게 기뻐서 해야죠. 뭐든지……. 기도하는 것도 기뻐서 해야죠. '기도하면 된다. 기도하면 된다.' 그 생각하면 기뻐요. '하나님이 내 기도를 들어주시는지 안 들어 주시는지……. 기도 해봤자 뭐…….' 그러면 안 되잖아요. 찬송을 해도 기쁘게하고……. 요즘 우리가 많이 부르는 "주님의 사랑"을 할 때, '생각하면 할수록 두 눈가에 눈물이 터질 것만 같아요.' 그러면 그냥 눈물이 터져야지. 눈이 맹숭맹숭 해가지고 아무 느낌도 없이 부르면 무슨 은혜가 돼요? 찬송에도 깊이 빠져들어야 해요. "나는 이 찬송만 하면 눈물이 나." 그래야지. 그렇잖아요. 멀뚱멀뚱해가지고……. 이번에 이 찬송하면서 '두 눈가에 눈물이…….' 할 때에 눈물이 안 나면 침이라도 발라요. 새벽에 기도하다가 하나님이 나를 어려운 고비 가운데서 붙잡아 주시고, 건강 회복시켜주신 것이 너무 감사해서 눈물이 주르륵 쏟아져요. 눈물이 주르륵 흐르다가 눈을 이렇게 뜨는 순간 그 눈물에 색깔이 있어요. 무지개가 보여요. 거기서 참 귀한 것을 깨달았어요. 비온 뒤에 무지개가 뜨듯이 눈물의 기도 뒤에는 응답의 약속이 온다는 거예요. 그래서 눈물이라는 것이 참 귀중한 거예요. 세상 사람이 흘리는 눈물은 실패의 눈물, 아픔의 눈물, 고통의 눈물이지만 우리가 흘리는 눈물은 감사의 눈물, 감격의 눈물, 은혜의 눈물 아니에요? 눈물의 의미가 달라요.

애들이 처음에는 눈물로 시작해요. 그 눈물로 엄마와 통하잖아요. 이렇게 울면서 통하다가 그다음 단계가 어떻게 되요? 엄마들이 뭐해요? "까꿍" 그러면 애들이 까르르 웃어요. 그걸 보고 엄마들이 행복해 한단 말이에요. 웃음의 단계예요. 그러니까 항상 눈물 다음에는 웃음이 따라 오는 거예요. 눈물의 단계, 그다음에 따라오는 게 웃음의 단계, 그다음에 세 번째로? 눈물, 웃음, 세 번째는 내가 잊어버렸어. 뭐예요? 안 가르쳐 줬으니 모르지. 박권사님은 뭐 또 아는 체하려고 자꾸만 그래요? 언어의 단계, 말이 통하잖아요. 권사님은 또 암에 통해? 암의 단계? 감사의 단계? 말이 통해야 무슨 감사도 나오지. 애들이 울다가 웃다가 그다음에 통하는 것이 언어가 되죠. 사람이 같이 있어도 통하지 않는 사람이 있어요. 근데 제일 중요한건……. 김돈영이 지금 졸려고 그러는 거지? 오늘 새벽부터 일찍 나와 가지고 자꾸 졸려고……. 지금 눈을 깜박이는 거는 거짓말 하려고 그러든지 아니면 졸려서 그러든지 둘 중에 하나예요. 일어나봐. 어? 아주 입신한 것처럼 저게 졸리니까 자는 거예요.

언어, 말이 통해요. 같은 말을 해도 통하는 말과 통하지 않는 말이 있어요. 하나님 앞에 기도해도 우리의 기도가 하나님 앞에 통하는 기도가 있고 하나님 앞에 통하지 않는 기도가 있어요. 여러분, 이왕이면 통하는 기도 하세요. 이번 수련원 집회에는 통하는 기도하세요. 내가 기도할 때마다 내 소원, 내 마음, 내 환경, 모든 거 하나님 앞에 놓고 기도할 때, 하나님이 내 기도를 들으시고 하나님의 응답이 와주는 거예요. 통한다는 게 뭐예요? 일방적인 게 아니라 쌍방향이에요. 사람이 혼자 사랑하는 건 참 비극 아니에요? 그렇죠? 김권사님, 두 분 중에 누가 더 사랑해요? (제가요.) 박용란 권사님이 더 사랑해? 이래가지고 싸움하는 거예요. 부부지간에 왜 싸움해요? 여기까지 와가지고……. 통해야 해요. 통하는 기도를 해야 하는데 통하는 기도가 뭐예요? 하나님의 마음이 내 마음이 되어야 해요. 그렇지 않아요? 마음이 같아야 통하지 마음이 같지 않으면 통할 수가 없어요.

우리가 인생을 살다보면 "그때에는 그렇게 힘들고 죽을 것 같았는데, 지내놓고 보면 아무것도 아니었구나."하는 그런 고백을 할 때가 참 많이 있습니다. 사실은 살다가 한 번도 사방이 완전히 다 막혀본 적은 없어요. 우리가 눈을 떠서 보질 않았으니까 그렇지 항상 하나님은 피할 길을 열어주신다는 거예요. 여러분에게 늘 그런 간증하지만 우리 천막 교회에 있을 때 무척 힘들었어요. 쌀 반 되를 사려고 부개동까지 30분 걸어갔어요. 동네에서 사기 창피해서…….

쌀 반 되 사가지고 오다가 우리 집사람이 길거리에서 넘어져서 그거 다 쏟아버리고…….

그랬으면 그냥 올 것이지 그걸 주워 담느라고……. 그것도 구경 거리라고 사람들이 쳐다보는데 눈물이 쏟아져요. 야, 그때 참 막 막했어요. 힘들었어요. 어려서 부잣집 아들인 저는 가난이란 건 도무지 나하고는 상관이 없는 이야기인줄 알았는데, 내가 그렇게 가난의 어려운 고비를 넘기면서 참 힘들었어요. 여러분 잘 아시는 것처럼 6년 전에 제가 수술 받았어요.

심장, 췌장 이식수술 받고 해골처럼 여러분 앞에 나타났을 때, 여러분도 참 많이 울었죠? 그때 말도 못하고 보지도 못했을 때에 그 안타까움이란……. 그냥 이대로 죽는 게 좋지, 말도 못하고 앞을 보지도 못하는 그 심정은 말로 다 할 수가 없어요. 이제는 내 인생 끝인 줄 알았어요. 근데 지내놓고 보니까 내가 그렇게 가난하게 살았기 때문에 가난이 뭔지를 알아요. 가난한 교인들하고 눈빛만 봐도 통해. 내가 그런 경험이 없었다면 오늘 이런 목회자가 되지 못했을 겁니다. 내가 죽을 고비를 넘기고 아파봤기 때문에……

올해도 죽을 고비를 넘겼잖아요. 그러니까 우리교인들 나한테 아프다는 소리를 못하잖아요. "목사님, 아파요." 그러다 "내 앞에서 문자 쓰지 마." 그러면 찍소리 못해요. 왜? 내가 아파봤기 때문에……. "목사님, 아파요." 그러면 전화기 붙잡고 같이 울면서 기도해요. 전화기 통해서 내 눈물이 통해져요. 전화기 붙잡고 통곡을 하면서 울어요. 눈물의 언어예요. 눈물의 언어. 그때는 그렇게 힘들고 그게 마지막인줄 알았는데, 지내놓고 생각해 보니까 그것 때문에 오늘의 내가 있어요. 하나님은요 항상 피할 길을 주시고 그걸 통해서 우리를 더 인생을 값지게 만들어 주세요.

오늘 새벽에 제가 그 설교를 했나요? 상어라는 놈은 물고기 중에 최고로 강하잖아요? 이이들은 고개를 끄덕이지도 않고, 상어 알아요? 근데 왜 고개도 안 끄덕여? 파마만 잘 나오면 최고냐? 파마가 잘나오다 어떻게 뒤통수에서 좀 이상하게……. 상어라는 놈이 물고기 중에 최고로 강자이지 않습니까? 상어가 그런 강자가 되기까지는 이유가 있어요. 어떤 물고기든지 물고기에는 다 부레라고 하는 게 있죠. 부레가 있기 때문에 물고기가 뜨는 거예요. 이들이 알아야지. 홍영화는요 자연시간에 졸아가지고요 부레가 뭔가……. 부레가 뭔지 알아? 모르지? 그러니까 자연 성적이 그렇게 나쁜 거야. 우리 교회 어느 집사님은 자기 딸보고 이렇게 성적이 나쁘냐고 야단쳐놓고 가만히 생각해보니까 자기는 학교 다닐 때 성적이 더 나빴더래. 그래서 할 말이 없더래요. 제가 지난 번에 그런 예화를 들었는데 아들이 75점밖에 못 받아서 "이놈의 새끼야. 왜 75점밖에 못 받았어? 더 해봐." 그랬더니 그다음에 85 점 받데. "거봐. 되잖아. 조금만 더 해봐." 그랬더니 95점 받아 왔더래. 아들은 너무 좋아서 칭찬받으려고 잔뜩 기대하고 있는데 "하나를 왜 틀려? 지난번에 내가 가르쳐준 거잖아. 그걸 틀려?" 애가 그래서 이를 악물고 공부해서 100점을 받아 왔어요. "엄마, 백점." 그랬더니 엄마가 "이번 시험이 쉬웠나 보지?" 그래 가지고 애새끼들이 공부를 하겠어요? 좀 우리가 긍정적인 말을 해야 하 잖아요. 믿음의 사람일수록 긍정적인 말을 해야 돼요. 통하는 기 도가 뭐예요? 통하는 기도는 긍정적인 기도예요. "하나님, 안 될 것 같아요." 하면 "그래, 네 믿음대로 될지어다." 노랑머리 일어 나봐. 일어나. 시흥시지? 그래 파마가 똑같아요. 같은 미장원에서 했어요? 아니, "안 될지어다." 하는데 왜 아멘 해? 큰일 나. 아멘 을 잘 찾아서 해야지. 다시 한 번 합시다. "안 될 것을 믿습니다." (-_-) "될 것을 믿습니다." (아멘) 그래. 그러니까 통하는 기도는 긍정적이에요. 하나님은 무엇이든 해주시는 건 아니에요. 우리 막내딸이 미국에서 공부하는데 얘가 걱정을 해요. 달러가 많이 올라가지고 이 어린 게 부담스러운가봐 "아빠 달러가 많이 올랐 다는데, 나 공부 그만두고 갈까?" 고년이요 뭘 오겠어요? 근데 그 말이 나를 울리는 거예요. "예은아, 걱정하지 마! 내가 안 먹어도 너를 공부시킬 거야." 그죠? 내가 그렇다고 안 먹으면서 공부시키겠어요? 먹으면서 공부시키지.

우리가 기도할 때도 "하나님이 이루어주실 것을 믿습니다." 그러죠. "믿습니다."가 뭐예요? 긍정적인 언어 아니에요? 그러니까 부레라는 것이 뭐냐 하면……. 홍영화 잘 들어. 부레는 이런 손수건 같은 건데 이게 있어야 물고기가 물에 뜨는 거야. 이걸 물고기들은 이렇게 달고 살아요. 이 부레가 없으면 물고기는 가라앉아 죽어요. 그래서 죽은 놈은 부레가 터졌던지 거기에 무슨 문제가 생긴 거야. 다른 물고기는 다 부레가 있는데 상어만큼은 태어나면서부터 부레가 없어. 상어는 태어나면서부터 부레가 없기 때문에 그냥 가만히 있으면 가라앉아 죽어요. 그래서 상어는 태어나면서부터 부지런히 돌아다녀야 돼. 가만히 있을 수가 없어. 부지런히 이러고 여기 저기……. 아멘을 빨리해 줘야지. 나 힘들어 죽겠는데……. 그러고 돌아다니다 보니까 상어에게 힘이 생겼어요. 물고기의 악조건을 최고의 조건으로 바꾼 거예요. 믿음은 바로 이겁니다. 어떤 나쁜 것이라도 믿음 안에 들어오면 좋은 제품이 돼요.

여러분, 우리가 다 그런 경험들을 하잖아요. 박권사님, 그죠? 암 대장. 우리 수련원에 암속회가 있어요. 박용란 권사는 속장. 김진숙이는 부속장. 여기 모자는 속도. 감사하지. 참 얼마나 감사해요? 저는 죽음의 고비를 몇 번 넘기면서 한 번도 "나 죽겠네." 라는 생각을 안 했어요. 하나님 날 살려주시고……. 의사선생님이 와서 그래요. "목사님, 일주일에 한 번은 설교하시나요?" 그러니까 이제 한 번은 설교해도 된다는 거죠. 그렇다고 거기서 "난 계속해요." 그럴 수도 없고 그냥 가만히 씩 웃었어. 얼마나 감사해요? 나 처음 강단에 섰을 때 정말 힘을 다해서 했는데, 아, 요즘도 막……. 얼마나 감사해요? 내가 기뻐서 하는 거야. 누가 시켜서 하면 못해요. 기쁘니까 하는 거예요. 여러분, 기도도 되어지는 걸 바라보면서 하면 기쁘단 말이에요. 기뻐요. 거기 모자는 지난번에 화장도 못 하고 왔잖아요. 그냥 쭈그리고 앉아 인상 쓰고 있더니 오늘은 화장도 하고 얼마나 좋아요? 주방장, 이번에 새로 주방장 바뀌었거든? 이이 밥 많이 줘. 뭘 아멘이야? 이이는 조금 줘. 살이 자꾸 찌잖아. 조절해야 돼. 그러니까 아주 가장 악조건으로 태어난 상어가 그 악조건을 바꿔서 오히려 그것을 자기에게 가장 큰 힘이 되었듯이 어떤 조건이든지 우리가 바꿔서 축복으로 바꿔 써야 돼요. 기도하면 바꿔주시잖아요. 바꿔줘요.

나 좀 앉아도 되죠? 저기도 앉아있는데 나도 뭐 같이 앉지. "나 앉아도 되지?" 그럼 지도 앉았는데 나는 안 되겠어? 저 여자 되게 웃기는 여자예요. 저게 보통이 아니에요. 얼굴 쳐다보세요. 얼굴 값을 하고 돌아다니는 여자인데 저게 젊은 나이에 사업하다 실패하고 하여간 별 걸 다 했어요. 어린 나이에 그런 고비를 참 많이 넘겼어. 내가 지난번 설교를 했는데, 거기에 실수한 게 뭐냐 하면 결혼을 두 번 했다가 이혼했다는 표현이 다른 여자와 저 여자가 섞여서 그랬어요. 저 여자가 오늘 와서 나한테 따지더라고 "목사님, 나는요 두 번 결혼 안 했어요. 나는 처녀예요." 그럼요 처녀죠. 남자와 같이 살긴 했지만 처녀죠. 근데 지금 교통사고 나서 다리를 잘 못써요. 우리 권경호 집사님 조카 되는데 너무 안 되어서 제 설교집을 갖다 줬대. 그 설교집 보면서 은혜가 되더래. 여러분, 이렇게 전한다는 게 참 귀해요. 전한다는 게 참 귀해. 내 설교집은 21년 된 고전이거든? 근데 참 이상하게도 보통 설교집은요 1년 지나면 그 다음엔 별로 은혜가 되지 않는데 신기하게도 21년 된 책인데 지금도 꾸준히……. 야, 그런 양심가지고 어떻게 전도사를 하냐? 병신아. 일어나. 전도사가 말도 안 들어. 21년 동안 꾸준히 읽힌다는 게 뭐가 배가 아파서 비웃냐? 꾸준히 읽힌다면 아멘 해야지. (아멘) 앉아.

말씀이라는 게 참 그래요. 수련원에도 수많은 분들이 왔다 가지만 거기에 한두 사람만 은혜 받으면 돼요. 여러분은 구경하다가 그냥 가. 그 한두 사람을 위해서 우리가 들러리 서는 거야. 그렇잖아요? 하나 살아나면 되는 거야. 그러니까 우리는 그냥 이러고 있다가……. 요즘 또 주방장 바뀌더니 밥도 괜찮아졌대. 근데 저것들이요 웃겨요. 여러분은 몰라요. 오늘 낮에는 기가 막히게 진수성찬을 차려놨어. 지들끼리 먼저 잘 먹고 저녁에는 이상하게 무국을 끓여가지고……. 내가 제일 싫어하는 무국은 왜 끓여? 참 그래도 감사하지. 그래가지고 여기까지 왔어. 그게 참 그래요. 여러분, 어떠한 악조건이라 할지라도 하나님 앞에 돌아오기만 하면 돼요. 내 운명, 내 팔자로 사는 것이 아니라 하나님의 은혜로 사는 거예요. 여지까지 은혜를 받기 전에는 내 환경, 내 능력으로 살아갔지만 이제부터는 하나님의 은혜로 바뀌어 지는 거예요.

이번 집회는 요엘서를 여러분께 말씀 드리려고 준비하고 있는데, 이 요엘서는 마치 IMF를 맞았던 그때의 우리의 환경과, 지금 IMF보다도 더 힘들다고 하는 우리 민족의 형편과 거의 똑같아요. 아, 정말 이거 뭐 어떻게 헤쳐 나갈 길이 없어요. 꼭 그냥 무화과 나무의 열매가 열렸다가는 떨어지고, 곡식이 익었다가는 황충이가 와서 먹어버리고……. 이게 아예 처음부터 안 되면 차라리 괜찮은데, 처음부터 안 되면 기대도 안 하는데, 되다가 안 되고, 되었다가는 안돼요. 기가 막힌 일이예요. 너무 충격이 커요. 근데 요엘서의 전체적인 흐름이 뭔가 하면 하나님 앞에 돌아오기만 하면 된다는 거예요. 절대로 해결 방법을 우리 스스로 찾지 말자는 거예요. 사람에게서 해결 방법 찾을 수가 없어요. 하나님 앞에서만 해결 방법을 찾을 수 있는 거예요. 우리가 신앙은 알아요. 모르는 사람 없어요. 그죠? 오순화 집사, 알지?(아멘) 알긴 되게 잘 알아요. 그러면 우리가 그렇게 살아야 하는데 그렇게 살지 못한다 이거예요. 그러니까 자꾸만 실망하고 그러죠. 여러분이 기도할 때, 이런 기도를 하셔야 해요. "아는 것으로 그치지 않게 하시옵소서. 아는 대로 살게 도와주시옵소서." 이렇게 기도하면 박권사님처럼 암도 이겨내잖아. 암도 고치잖아. 여기 지금 암환자들 몇 분 오셨는데 걱정할 거 하나도 없어요. 자꾸만 공포를 느끼는 게 문제예요. 공포를……. 우리 교회 청년 하나가 나한테 와서 그래요. "목사님, 나는 참 믿음대로 살기 원하고, 말씀대로 살기 원하는데……. 깨끗하게 살기 원하는데 내 속에 있는 놈이 자꾸만 나를 못되게 만들어요." 그래서 내가 그랬어요. "성령이 인도하는 대로 사는 게 믿음의 사람이고, 속에 있는 마귀가 시키는 대로 사는 건 마귀의 사람이지. 속에서 마귀가 시키는 걸 뻔히 알면 그걸 물리쳐야지." 여러분, 성령이 인도하심을 따라 사세요. 제가 늘 얘기하지만 세상의 지식 갖고 사는 게 아니라 하늘에서 주시는 지혜를 가지고 사는 거예요. 세상의 그 어떤 사람의 힘이나 권력의 힘을 믿고 살아가는 게 아니라 기도함으로 하나님의 능력을 힘입어 살아가는 거예요. 믿음은 뭐예요? 성경은 뭐예요? 믿는 자는 잘 될 것이다. 그게 뻔해요. 성경의 얘기, 믿음의 사람들의 얘기는 뻔해요. 한국의 영화처럼 결국은 해피엔드예요. 우리가 지금 그걸 안다면, 그걸 믿는다면, 지금 살아가는 과정쯤은 이겨나갈 수가 있는 거예요. 지금 은혜가 되냐? 지난번에 왔을 때 아마 여러분이 얼굴 봤겠지만 얼마나 죽을상이었는데, 어휴~ 오늘 보니까 천사표야. 천사표. 천목사님은 여자 보는 눈이 있어요. 우리 천목사님이 그래요. "그 집사인지 안 집사인지……. 나경원 닮았어요." 집사요? 안 집사요? 아냐? 무슨 말인지 몰라? 그러면 안 집사라고 하면 되지. 그 얼마나 모습이 달라요? 여러분, 여기 수련원 올 때에는 그냥 왔지만 변해가지고 돌아가야지. 변해가지고……. 여기서 은혜 받았으면 그렇잖아요. 김상덕 집사, 남편한테 잘해야지. 이복현 집사님이 그럽디다. "목사님, 자꾸만 설교시간에 김상덕 집사를 치세요." 내가 청부 받았어. 이복현 집사님

괜찮아요? 이 정도면? 아직도 약해? 더 하래. 김상덕 집사, 그러면 안 돼. 남편한테 잘해! 생글생글 웃어! 일어나봐. 따라 해요. (남편에게 절대로 잔소리 하지 않겠습니다. 매일 일곱 번씩 생긋 생~긋 웃겠습니다.)

믿음은 우리가 실제적으로 살아가는 이야기예요. 이다음에 죽으면 천국 간다는 그것만이 아니잖아요. 우리가 여기서 천국처럼 살아가야 돼요. 교회에서도 마찬가지예요. 나는 여러분을 사랑하고 여러분은 나를 사랑하고……. 어떤 병신은 그러더라고. 목사님, 우리 교인들은 너무 목사님을 좋아한대. 그거 당연한 거지. 그죠? 황재동 권사님, 당연한 거지? 황권사님, 나를 얼마나 사랑해? (많이) 많이 가지고 안 돼요. 하늘땅이지. 하늘땅. 애새끼만도 못해요.

요엘서에 나타난 아주 정말 힘들고 어렵고 막막한 현실 속에서도 돌아오기만 하면 된다는 거예요. 여러분, 우리가 참 어렵다고 얘기하잖아요? 그러나 여러분, 믿음의 사람은 어렵다는 얘기를 입에서 떼어 버려야 해요. 환경은 분명히 어렵고, 환경 보면 어렵다고 이야기 할 수밖에 없지만, 우리는 시선을 하나님 앞에 돌려야 해요. 하나님 앞에 돌리면 하나님이 그까짓 문제 해결 못시켜 주시겠어요? 하나님이 나를 사랑하신다는 믿음만 확실하면 안 될 게 뭐가 있어? 그죠? 이집사? 수련원에서 요즘은 출석을 안 부르지만 오늘은 출석을 불러야 돼요. 이제 여기에 출석부 이름 올릴 테니까 빠지지 말어.(아멘) 그래, 감사해요. 한 번 여기 재미 붙이면, 여기서 병 한 번 고침 받으면, 안 올 수가 없어요. 근데 병을 고치면 기쁜데 기쁘다가도 몇 달 지나면 더 큰 게 없을까 그런 생각을 해요. 제가 잘 아는 목사님이 있는데 여자목사님이에요. 지금 미국에서 아주 크게 성령운동을 하는 분이에요. 입신하고 그런 역사가 나타나는 분인데 우리 수련원 집회 같이 인도하시는 분이에요. 막 성령이 역사하니까 그다음에 교인들이 더 큰걸 요구하는 거예요. 성령의 역사에 절제가 따르지 않으면요 시험에 빠져요. 문제가 생기는 거예요. 그래가지고 더 큰 걸 사모하다 보니까 가톨릭처럼 꼭 물이 문제입니다. 물이……. 꿈꿀 때에 탁한 물을 보면 시험에 걸린다고 그러죠. 시험에 든다는 예증이라 그러죠. 맑은 물을 보면 은혜를 받고 좋은 일이 생긴다고 그래요. 그러니까 여러분은 자기 전에 탁한 물 보게 하지 않게 해달라고 기도하세요. 근데 그렇게 기도하면 탁한 물이 보여요. 그런 생각도 하지 말고 그냥 기도하고 주무시면 좋은 꿈을 꾸게 돼요. 그러니까 우리가 기도해야 돼요. 잠자기 전, 3분, 5분 기도가 제일 중요하다고 하는 거예요. 우리가 의식적으로 믿음으로 살라고 하지만 잠자리 들어가면 무의식적으로 죄를 짓기도 하고 그러기 때문에 무의식속에서 죄를 짓지 않기 위해서지 잠들기 전 3분, 5분 기도를 해야 돼요. 기도하면 하나님이 우리의 모든 것을, 잠자리도 지켜주시고 좋은걸 보여 주세요. 저도 집회 다니고 20년 동안 성령 운동하면서 아직까지 잘못되지 않은 건 절제를 하기 때문이에요. 마지막 잘못되는 단계에 가면은 뭘 이용하게 되냐면 물을 이

225

용하게 돼요. 우리 장경우 목사님도 부흥회 다니다가 물로 역사할 때가 나오면 장경우 목사님도 이단 되는 거예요. 지금도 이단 될 소지가 다분히 있잖아요. 단양에 교인들을 왜 끌고 가요? 성수라고 하는 걸 가톨릭에서도 가끔 뿌려주잖아요. 박태선씨는 뭐예요? 물에다가 손을 얹고 기도해 줬잖아요. 그래서 생수라고 팔았어요. 또 잘못 뻥튀기 해가지고 박태선이가 손 씻은 물을 가지고 팔아먹었다고 그러잖아요. 물이라는 게 보면 성령 운동의 가장 마지막 단계예요. 시험의 단계에 들어갈 수 있는 소지가 거기 있어요. 그 목사님은 요즘 물을 뿌린데요. "너희 집 지하에 악한 마귀가 있나보다. 거기다 물을 뿌려라." 하면 거기다 물을 뿌리고, 자식들 방에 물 뿌리고……. 여러분, 그걸 원하는 분들은 우리 주방에 물을 가져가. 자꾸만 여러분, 특별한 거, 특별한 거를 사모하진 말란 말이에요. 우리 교회도 특별한 거, 특별한 거를 사모해요. 왜 그래요? 그러지 마세요. 여러분, 지금 우리에게 일어나는 이 은혜가 얼마나 커요? 나는 여러분의 그런 기도에 부응할 그런 목사가 못 돼요. 나는 더 업그레이드 하지 않습니다. 성령 그대로 여러분에게 증거 할 거예요. 있는 그대로 우리가 감사하면서 살아가잔 말이에요. 감사하면서……. "내게 돌아와라. 돌아와라. come back. 돌아와. 돌아와." 돌아오기만 하면 그다음부터는 누가 책임져요? 하나님이 책임져 주신다 말이에요.

요엘서에는 하나님 없이 사는 인생이 당하는 어려움을 계속해서 우리에게 깨닫게 하세요. 근데 그 어려움이 남의 얘기가 아니라 내 얘기예요. 여러분, 요엘서를 한번 읽어 보세요. '아~ 이것이 우리 민족이 지금 당하고 있는 문제로구나. 이게 내 가정의 문제로구나.' 근데 이 요엘서의 결론은 뭔가 하면 그 어떤 어려움도 하나님 앞에 돌아오는 사람에게는 그 어려움이 축복으로 변한다는 거예요. 그런 변화의 역사를 체험 받는 여러분이 되시기를 간절히 축원합니다. 축원합니다.

환경을 보고 한숨 쉬지 마십시오. 여러분 고개를 들어 하나님을 바라보십시오. 이 시간도 여러분을 바라보시면서 기다리시고 계시는 하나님, 그 하나님은 여러분의 기도를 경청하시고, 여러분의 기도에 응답해 주십니다. 어떤 악조건도 축복의 조건으로 바꾸어 쓰십시오. 믿음만 있으면 무엇이든지 가능합니다. 열심히 기도하십시오. 여러분의 기도는 꼭 이루어집니다. 하나도 하나님은 그냥 지나치시지 않습니다. 다 듣고 계십니다. 다 들어 주십니다. 여러분 시간은 가까이 오고 있습니다. 응답의 시간이 너무 가까이 오고 있습니다. 소망을 가지고 기도하는 여러분 되시기 바랍니다.

오늘 여기 암환자 몇 분이 오셨네요. 걱정하지 마세요. 염려하지 마세요. 하나님이 여러분을 여기로 인도하신 건 분명 하나님의 역사가 있습니다. 맡기십시오. 그리고 하나님 앞에 돌아서 기도하십시오. 여러분, 아무리 힘들다 그래도 그러나 하나님은 여러분을 분명히 축복의 사람으로 만들어 주십니다. 믿음이 없어서 기다리지 못하고 주저하고 당황하고 포기할 뿐이지 믿음만 있으

면 하나님의 약속을 우리 성취할 수 있습니다. 우리 열심히 기도
하시다가 응답의 소식을 듣는 여러분 되시기를 바랍니다.

(2008. 12. 15. 제63차 수련원 집회)

내게로 돌아오라(2)

(요엘 2장 12절~14절)

오늘밤에 더 보기가 참 좋으네요. 따라하십시다.

"희망을 말합시다."

성경은 다 희망적이 얘기죠. 하나님을 만난 사람들은 희망을 얘기하게 됩니다. 요엘서를 통해서 볼 것 같으면 막막한 현실입니다. 그 현실을 보면 나갈 길이 없어요. 그런데 한 가지 방법이 뭔고 하면 하나님을 바라보는 겁니다. 하나님을 바라보니까 길이 다 막힌 줄 알았더니 어딘가 열려 있다는 거예요. 여러분, 하나님이 절대로 사방을 다 가둬놓으신 적이 없어요. 믿음의 눈을 떠서 보면 나갈 길이 분명히 있거든요? 그런데 우리가 그걸 보지 못하기 때문에 답답하고, 살아가는데 자신감을 잃어버리는 거예요. 항상 길은 있다는 거예요.

책을 보니까 어떤 사람이 처음 교회를 나와 가지고 기도할 줄 모르니까 "예수님, 나 왔어요." 그게 기도예요. "예수님, 나 왔어요." 비웃지 말어. 여러분도 처음 예수 믿을 때 다 그랬어요. "예수님, 나 왔어요." 매일 매일 교회 나와서 그 기도를 했어요. 어느 날 병이 들어가지고 병원에 입원했는데, 예수님이 와서 그러더래. "나 여기 왔다." 여기서 아멘을 해야 는데……. 아니, 여기 올 정도면 그렇잖아요? TV도 안보고 따뜻한 아랫목에 드러누워 있지도 않고 여기까지 올 정도가 되면 아멘을 해야지. 반장들이 시원치 않아서 그래요. 요즘 반장들이 물갈이를 했더니 조금 좀…….

제가 여러분에게 늘 말씀을 드리지만 기도할 때에 첫 번째 생각해야 될 믿음이 뭔고 하면 '경청하시는 하나님' 이라는 거예요. 하나님은 항상 내 기도를 듣고 계세요. 그리고 두 번째로는 절대로 내 시간을 고집하지 말라는 거예요. 응답하시는 분은 그분이거든요? 그러니까 그분이 응답의 시간을 정하시는 것이고 내가 생각하는 것보다도 더 좋은 것으로 주세요. 내가 살아오면서 느끼는 게 뭐냐 하면 하늘의 지혜를 가지고 살아야 돼요. 무식한 우리 어머니, 기도하는 우리 어머니의 말씀을 따르고서 생각해보면 어쩌면 그렇게 사람이 생각할 수 없는 것들을 생각하셨을까하는 거예요. 그래서 거기서 나온 말씀이 뭔고 하면 세상의 지식가지고 살아가는 게 아니라 하나님 주시는 지혜를 가지고 살아가는 거예요. 그래서 찬송이 하나 나왔죠. 그렇죠?

세상의 지혜 가지고, 세상의 지식 가지고

하늘의 깊은 진리의 세계 이해 할 수는 없답니다.

오묘하고 놀라운 하늘의 비밀 세계를

이 땅에서 배운 믿음으로 전혀 알 수가 없어요.

오직 하늘의 선물로 받은 지혜로는

모든 것이 깨달아져요. 믿을 수 있게 되어요.

제가 이번 성탄에 다섯 분에게 책 선물을 주려고 준비를 하고 있는데 책 제목이 "엄마가 지켜줄게"입니다. 그 책을 쓴 사람이 미술감독인데 아들이 자폐아예요. 사람들이 전부 다 자폐아는 고칠 수 없다는 편견을 가지고 있어가지고 부모들도 다 포기를 합니다. 근데 이 어머니는 포기를 하지 않았어요. 장애를 가지고 있지만 틀림없이 이 아이를 통해 뭔가 이룰 것이라는 걸 믿었어요. 그래가지고 기도를 참 많이 했어요. 미국의 좋은 병원, 좋은 연구소, 좋은 도서관은 다 다니면서 연구를 해봤지만 이 장애아를 고치는 그런 정확한 연구는 지금까지 없다는 거예요. 그래서 그 엄마가 열심히 돌아다니면서 기도도 하고, 많은 데이터를 뽑아 봤는데 우리가 생각하는 자폐아는 두 가지 특징이 있어요. 뭐고 하면 남의 말을 제대로 알아듣지를 못해요. 두 번째로는 성질이 급해요. 알아듣지를 못하기 때문에 급해요. 정상적인 애들보다 자폐아들은……. 나도 이번에 알았어요. 자폐아는 남의 얘기가 아니야. 다 우리 주위에 있는 얘기 아닙니까? 말을 잘 알아듣지 못하는 이유가 뭐고 하면 다른 정상인 아이보다 말을 이해하는 속도가 늦다는 거예요. 말을 하면 그게 뇌에 전달되어서 이해를 하게 되는데 뇌에 전달되는 속도가 늦다보니까 나중에 혼란이 오는거예요. 그래가지고 막 화를 내는 거예요. 사실은 그 자폐가 있는 아이들은 한쪽으로 굉장히 발달 되어 있기 때문에 개발시키면 정상적인 아이보다 엄청난 능력을 발휘 할 수 있다는 거죠. 그 아이의 엄마는 자기의 아이를 통해서 그것을 증명을 시킨 거예요. 그래서 자폐를 앓고 있는 아이들과 말할 때는 조급해서는 안 된대요. 천천히 슬로우, 슬로우……. 그래야 알아듣고 알아들은 다음에는 절대로 화를 안 낸다는 거죠. 우리가 "너는 왜 이것도 몰라." 자꾸만 그러다 보니까 애가 흥분하는 거예요. 그 엄마는 그 아이를 교육하는 가운데 가장 중요한 게 뭐냐 하면 절대로 포기하지 말라는 거예요. 포기하지 마세요. 제가 그런 얘기하잖아요? 미국 가서 집회하는데 "never, never give up! 절대로 포기하지 말라." 제가 그 설교를 했더니 교포 하나가 끝나고 와가지고는 "목사님, 요즘도 내복 기워 입는 사람이 있습니까?" 그래요. 포기하지 않는 거예요. 여러분, 우리 신앙생활도 마찬가지예요. 기도생활도 마찬가지예요. 하나님은 자폐아인 것 같애. 우리말을 잘 빨리 이해를 못하세요. 나는 그 책을 읽다가 그런 생각을 가졌어요. '그래, 기도는 내 말만 자꾸 하는 것이 아니라 이해시키는 것이고, 그다음에 하나님 앞에서 기다리는 것이다.' 기다릴 줄을 알아야지. 기다릴 줄을…….

신앙생활에 기도 그다음에 순종이라는 게 있어요. 난 우리 예수가족 목사님들 가운데 제일 별로 좋아하지 않는 분이 홍영기 목사님예요. 그이만 보면 밥맛이 없어요. 지금 여기 앉아 있어요. 뒤에 앉아있어. 그이하고는 좀 안 놀았으면 좋겠어. 우리하고 안 놀았으면 좋겠어. 말을 안 들어요. 근데 오늘 우리 장경우 목사님이랑 천목사님이랑 앉아가지고 옛날 얘기 하다가 부꾸미라고 여러분 아시는지 모르겠어요. 수수를 갈아서 이렇게 해가지고 팥도 넣고 동부도 넣고 딱 덮어가지고 기름에 구워서 먹으면 정말 맛있어요. 또 그게 이 화성의 전통음식이에요. 주방장, 언젠가 우리 한번 해줘. 모르면 내가 할 게. 그런데 오늘 어쩌다가 그 수수부꾸미 얘기가 나왔어요. 그게 여기 음식이니까 고신복 목사님이 덕우리에 계실 때에 그걸 맛있게 먹었다는 말을 하면서 전화를 했어요. 홍영기 목사님한테 목사님들이 그 부꾸미를 먹고 싶다는데 좀 해오라고 그랬더니 홍목사님은 그게 뭔지 모르니까 "부꾸미요? 아~ 주꾸미요?" "아니, 이러 이러하게 생긴 부꾸미." 그냥 나뒀으면 주꾸미를 먹을 뻔했는데, 송탄에 가 있는 목사님보고 두 시 반에 전화해 가지고 다섯 시까지 해오라는 거예요. 야, 나 고신복 목사님이 저렇게 대단한줄 몰랐어요. 난 착한 줄만 알았더니……. 아이고, 험해요. "홍목사, 너 다섯 시까지 해와. 안 해오면 알아서해." 아니, 안 해오면 어떡할 거야? 근데 또 내 말은 안 들어도 고신복 목사님 말은 들어요. 4시 45분에 허겁지겁 그걸 해가지고 온 거예요. 허겁지겁……. 부꾸미라는 건 어디서 사올래도 사올 수가 없어요. 부꾸미라는 것은 특별한 때에만 먹는 거라서 어디서 사올 수가 없어. 송탄에서 달려와 가지고 방앗간에 가서 찹쌀하고 뭐하고 해가지고 집에서 구워서 하여간 그걸 해왔어. 수수는 아니고 찹쌀로 비슷하게……. 내 오늘 그걸 먹으면서……. 사실 오늘 속도 별로 안 좋아서 그걸 먹으면 안 되는데, 먹으면서 어쩌면 홍영기 목사님이 오늘 이렇게 쳐다보니까 예수님처럼 닮았어요. 오늘 목사님들이 다 홍영기 목사님을 칭찬해요. 우스운 얘기지만 선배 목사님들이 그걸 해오란다고 해올 사람이 아니에요. "목사님, 나 지금 송탄에 있어요. 나 못가요." 평소에는 그럴 사람이에요. 근데 그걸 해온 거예요. 그래서 내가 그거 먹으면서 그랬어요. "우리 이걸 어떻게 공짜로 먹냐? 한 개에 만 원씩이다." 내 지갑 다 털어 줬어요. 해온 게 또 무지 많이 해왔어요. 벌써 예견을 했나봐. 끝나고 먹고 싶은 사람 사무실에 와요. 그리고 한 개에 만 원씩만 내요. 여러분, 순종하면 복이 되는 거예요. 짜증나죠. 송탄에 가 있는 사람한테 부꾸미 해오라면……. 부꾸미가 뭔지 알지도 못하는데……. 근데 그 자세, 그 마음, 내가 그거 보면서 '나도 하나님 앞에 그렇게 살아야겠다.'는 생각을 했어요.

요엘서에서 이 요엘 선지자가 말한 것이 뭔가 하면 "다른 말 듣지 마라. 다른 거 보지 말고, 다른 거 듣지 말어. 하나님을 향해 서고, 하나님 말씀만 들어." 이게 이 말씀의 주제예요. 그러면서 요엘서에 뭐라고 하는가 하면 "너희들 앞에 상황이 기가 막히고 각박해도 환경보고 탓하고 환경보고 절망하지 말어. 시선을 바꿔.

하나님을 봐." 하나님을 보면 희망을 말 할 수 있어요. 여러분, 믿음 가진 사람은 희망을 말하는 거예요. 그죠. 박권사님? 암으로 죽어가면서도 하나님 앞에 기도했잖아요. "하나님, 나 죽여주세요."라고 기도했어? 김권사님은 박권사님이 죽었으면 좋겠지? 솔직하게 얘기해 봐요. 대답 못 하는 거 봐요. 남편 권사님이 얼마나 기도를 했겠어요? 그러니까 우리는 희망을 얘기하는 거예요. 기도는 희망이거든요.

제가 가끔 그런 설교를 합니다만 사람들이 안 된다고 말할 때, 우리도 안 된다고 말하는 것은 이치예요. 근데 남이 안 된다고 말할 때, 우리는 된다고 말하는 게 믿음이에요. 믿음으로 살아가는 거예요. 믿어지죠? 아이고, 얼굴이 훤하네. 화장품 어떤 거 써요? SK 써? 지난달에 우리 수련원 올 때에는 밥도 못 먹고 "나 죽었네." 그러더니 보세요. 은혜 받고 얼굴도 달라지고 생각도 달라지고……. 바로 이런 거예요. "예수 예수 믿는 것은 받은 증거 많도다." 여러분, 내가 경험해야만 되는 건 아닙니다. 그런데 저는요, 하나님이 왜 그렇게 많은 그런 경험을 하게 만들어 놓으셨는지 난 어떤 때는 너무 힘들어요. 어떤 목사님이 그래요. "나도 김목사님처럼 그런 경험을 했으면 설교를 잘 할 텐데……." 젊은 나이에 사업가로 잘 나가다가 실패해가지고 알코올중독자가 되서 술 쳐 먹고 돌아다니다가 길거리에 쓰러지기도 하고……. 나를 아는 장로님들이 지나가다 내 엉덩이 치고 지나가고……. 사람 잘못될 때에 너무 미워하지 말어. 내 엉덩이 치고 지나간 그 장로님 몇 년 전에 밤에 나를 찾아와 울어요. 자기 아들이 어쩌면 목사님 과거 처럼 되었는지 그럴 줄 몰랐대. 사람들이 나를 다 버렸거든? 형제들도 다 나를 버렸는데, 우리 어머니 그 추운 겨울날 술 먹고 길거리에 쓰러져 있으면 얼어가는 아들 두 발 녹여 주시기 위해 앞가슴 풀어헤치시고 아들의 발을 가슴에 대고 통곡하며 기도하시다가 "종순아, 너 나이 40되면 큰일 할 사람이다." 그죠? 나 큰일한 사람이지. 누가 뭐래도……. 저거 왜 비웃냐? 큰일 할 사람이에요. 그렇지 않아요? 알코올중독자들 집회에 가면 제가 최고의 강사 아닙니까? 알코올중독자들 가운데 제일 성공한 사람이 나라고 그래요. 그 정도면 됐지. 뭐. 여러분이 나를 어떻게 평가 하던지 간에 나는 내 인생을 역전시켰어요. 여러분, 은혜 받은 사람은 자기의 어떤 환경이라도 역전시킬 수 있어요. 우리가 그래서 기도하는 것이고, 그래서 우리가 믿음생활 하는 거예요. 안될 게 뭐가 있어? 안될 게……. 나보고 오늘도 그래요. 오늘 자꾸만 서지 말래. 천목사님이 자기가 또 한대. 그래서 내가 관두라 그랬어요. 이 행복을 왜 뺏겨? 조금 배가 고프긴 하지만 얼마나 감사해. 그지? 내가 천목사님보다 낫지? 병신아~ 입으로 시늉만 살짝 해야지. 그렇게 손들고 하면 어떡해? 저거 이북 아오지 탄광으로 보내버려. 나 있는 곳에서 감사할 수 있고, 나 있는 곳에서 행복할 수 있다면……. 여러분의 행복이 내 행복이고, 여러분의 기쁨이 내 기쁨이에요. 믿음은 좀 멋있게 살아야죠. 그렇죠? 막 짜증내고 그럴 거 없어요. 기쁨으로 살아야죠. 한 번 옆의 사람들 손잡고 고백합시다.

"당신의 기쁨이 내 기쁨입니다."

아니야, 지금 얘기하는 거 보니까 "당신의 불행이 내 행복입니다." 하는 표정이야. 세상 사람들은 그렇게 얘기해요. 당신의 불행이 내 기쁨입니다. 근데 믿음의 사람은 그게 아니에요.

"내 기쁨이 당신의 기쁨입니다."

수련원에 산수유가 빨갛게 달린 게 얼마나 이쁜지 몰라요. 그렇게 자두도 따 먹고, 알타리도 뽑아먹고 별 걸 다 먹으면서 산수유는 왜 안 따 가는지 몰라요. 참 신기해요. 산수유는 영원한 사랑이죠. 말 그대로 봄에 제일 먼저 피는 꽃이 산수유 아닙니까? 노란 꽃이 피죠. 그다음에 제일 늦게 지는 게 산수유예요. 지금도 빨간 열매가 얼마나 아름다워요? 내가 지금 이상한 건 민들레도 뽑아먹고 알타리도 뽑아가고, 열매라는 열매는 다 따 먹으면서 왜 산수유는 안 가져가는지 몰라요. 근데 이유를 알았어요. 아침 9시만 되면 새들이 와요. 산수유를 먹어요. 먹으면서 뭐라는가 하면 송내중앙 교인들 참 착한 사람들이라는 거예요. 이렇게 우리 먹을 것을 남겨둔 착한 사람들이라는 거예요. "이 사람들에게 하나님, 은혜를 주시옵소서." 새들도 감사해서 기도해요. 여러분이 은혜 받는 이유가 산수유 안 따먹어서 그래요. 이왕 안 따먹은 거 따먹지 말아요. 꽃이 제일 먼저 피고 열매가 제일 나중까지 있는 산수유, 여러분 믿음도 그렇게 되기를 바랍니다.

교회에 처음 들어온 교인들 보면 너무 열심히 해요. 잘 해요. 뭐

"목사님, 목사님" 그러면서……. 근데 지내놓고 보면 별 볼 일 없는 사람들이 많아. 그래서 내가 그래요. "에그, 그냥 무덤덤해도 묵은장이 제일 낫다." 우리 수련원도 그렇잖아요. 여기 수련원에 자리 잡은 사람들, 개근하면 100회 때에는 내가 외국에 보내줄 거예요. 한 번도 안 빠진다는 전제하에……. 주여, 박용란 권사, 감기 걸려서 다음 집회에 빠졌으면 좋겠습니다. 한권사님은 어떻게 된 게 매번 첫날은 놀다 와요? 남편 권사님하고 어디 가서 놀다와~?

우리 신앙생활도 지치지 않는 신앙생활이 필요해요. 기도도……. 요엘서에서는 돌아선 사람들의 모습에 관한 말씀이 있어요. 돌아선 이는 시선이 바뀌잖아요. 방향전환이란 거예요. 변화라는 게 방향전환이란 거거든? 방향을 전환해야 돼요. "하나님을 봐." 하나님을 보면서 뭐해요? 우리가 기도하는 거죠. 하나님과의 대화예요. 제가 첫날 말씀드렸지만 기도 못해도 좋아요. 애새끼들이 처음에 '앙~' 하고 울면 다 통해요. 엄마들하고 다 통해요. 하나님도 우리가 울면 다 통해요. 그냥 울었더니 하나님이 우릴 기쁘게 만들어 놓으세요. 그냥 우리가 기도하면 일방적인 것이 아니라 쌍방향이에요. 통해요. 기도하면 내 기도 들어주시고 응답해 주시고……. 그 기쁨으로 우리가 살아가요.

제 오래된 간증가운데 부천에서 생선장수 해가지고 아들 둘을 대학 공부시킨 분이 있어요. 참 억척스럽게 살았어요. 부천에서 인천까지 차비 아끼느라고 걸어가서 생선을 받아가지고 그걸 이고 부천까지 오면서 팔기도 하고 그렇게 걸어와요. 장사하는 동안 그분은 점심을 먹어본 적이 없대요. 그렇게 억척스럽게 해서 아들 둘을 대학을 공부시키고 조금씩 모은 돈으로 땅을 사놓고, 사놓고 그랬는데 부천이 도시화 되면서 그 땅이 요지가 되었어요. 그래, 남의 행복은 자기들의 불행으로 생각하는 사람들이 아멘 하겠냐? 그 땅이 요지가 되었어요.(아멘) 그래가지고 이제 아파트도 사고 살만해졌어요. 아들들도 대학을 졸업했으니까 좋은 직장 다니면서 결혼하면 자기는 손자나 보며 살면 되겠다는 생각을 했는데, 아들들이 취직을 하지를 않아요. "엄마, 요즘 세상이 어떤 세상인데 이제 취직을 해가지고 언제 성공합니까? 엄마 가지고 있는 땅 반만 팔아서 우리 주시면 사업하겠습니다." "안 된다. 안 된다." 그러다가 자식 이기는 부모가 어디 있어요? 땅을 반을 팔아서 줬어요. 근데 이미 그때에는 사기꾼이 그 형제들을 따라 다닐 때야. 그래서 사업 시작한지 몇 달이 못 되어서 다 망가졌어요. 그럼 정신을 차려야 할 텐데 또 엄마한테 와서 그래요. 우리가 한번 속지 두 번 속느냐고……. 그 땅 좀 팔아 달라고……. "안 돼. 이건 안 돼" 그래도 죽어라고 달라고……. 그래서 또 땅을 팔아 줬어요. 몇 달 못 가 또 그 돈 다 날려버렸어요. 돈이야 잃어버릴 수 있지만 자식들이 그래도 정신을 못 차려요. 어느 날 이상한 소문을 듣고 등기소에 가서 아파트를 열람해 보니 자기 아파트도 이미 아들들이 다 잡혀 먹었어. 집도 없게 생겼어. 너무 기가 막힌 거예요. 그 어머니가 그래도 자식들이 깨닫지 못하니까 어느 날 생각하다가 남은 돈 300만 원을 찾아다가 자식들 둘 무릎

꿇려 앉혀놓고 "얘들아, 앞으로 10분만 눈을 감고 있거라. 10분 후에 이 돈을 맘대로 써라. 그러나 10분 안에 눈뜨는 놈은 10원 한 장도 안줄 것이다." 눈을 감게 하고 그 돈다발에다가 휘발유를 뿌리고 불을 붙였어요. 그리고 그 어머니가 돈 불에 자기 얼굴을 디밀었어요. 자식들은 10분 안에 눈뜨면 돈 안 준다니까 지금 앞에 무슨 일이 벌어진지도 모르고 눈을 감고 돈 쓸 궁리를 하고 있는 사이 어머니 얼굴은 타들어 가요. 하도 이상한 냄새가 나서 큰 아들이 눈을 떠 보니까 어머니가 돈다발에 얼굴을……. 그래서 그 어머니를 업고 병원에 갔는데 이미 눈동자는 타버리고 얼굴은 상상하지 못 할 정도로 일그러졌어. 근데 아무리 치료를 권유해도 치료를 받지 않아요. 음식을 먹질 않아요. 그 병원 원장 되시는 분이 감리교 장로님이시죠. 한때 부천 시장을 하셨던 분인데 제 초등학교 2년 선배예요. 저한테 전화를 하셨어요. "목사님, 와서 설득 좀 해주세요. 왜 목사님 집 있는 동네에서 살던 그 생선장수 아줌마 알죠?" 그래서 갔어요. 제가 손잡고 그랬습니다.

"아주머니, 저 쌀장수집 아들이에요. 저 기억나세요?"

그분이 웃는 건지 우는 건지, 그 찌그러진 얼굴로 "알죠. 목사님 얘기 잘 들었죠. 옛날에 그때 술 먹고 그렇게 속 썩였다면서요?"

"그럼요. 근데 나 이렇게 잘되었잖아요. 나 목사 되었잖아요. 이제 아들들 정신 차렸을 테니까 그냥 음식을 좀 드세요."

"아니오. 난 못 먹습니다. 그러나 내가 죽어가면서도 나는 내 아들 포기하지 않습니다. 나에게는 그래도 희망이 아들들입니다."

아무리 설득을 해도 결국은 굶어 죽었어요. 얼마나 비극적인 이야기입니까? 근데 참 나는 부흥회 다니면서 전반부보다는 후반부가 되게 재미있어요. 그죠? 나 만나는 사람들이 대부분 그래요. 힘든 사람들을 만나가지고 은혜 받고 새사람 되고…… 저 뒤에는요 아멘도 안 해요. 저 뒤에 임영미 권사, 저거 **뺀들뺀들** "그 간증 벌써 몇 번 하셨죠?" 그런 얼굴이에요. 임영미 권사 정말 이렇게 놀면 임영미 권사 과거를 내가 다 얘기할 거야. 남편도 여기 와 있잖아. 내가 과거 얘기할까? 그 얘기하면 집안이 발칵 뒤집혀. 이왕 얘기 나온 거 다 하지 뭐. 여러분 긴장하지 말어. 그냥 마라톤대회 나갔던 이야기야. 세상에 얼마나 잘 뛰었는지 우리 천막교회에 희망은 임영미 청년이었거든요? 다른 사람들보다도 엄청나게 빨리 1등으로 달리다가 골인지점 20m를 앞두고 쓰러져 가지고…… 야, 그때 생각하면은 병원으로 실려 가는데 내 마음속에…… 내가 참 못났나봐. "세상에 저 지지리 못난 것 같으니라고. 조금만 더 죽어라고 뛰지." 그 생각만 나는 거야. 그러니까 여러분, 아멘을 제대로 해야지 그렇지 않으면 이렇게 과거를 다 터뜨릴 거예요.

참 비극적인 이야기입니다. 죽어가면서도 "나는 내 아들을 깨닫게 하기위해 죽지만 그래도 난 내 아들에게 희망을 갖습니다." 제가 대전에 가서 부흥회를 할 때 첫 시간부터 그렇게 우는 놈이 있어요. 도대체 기억이 안 나는데 그렇게 울어요. 첫 시간 끝났더니 창피한 줄도 모르고 사람들 헤치고 들어와서 나를 끌어안고 통곡을 하면서 울어요.

"목사님, 저 기억나세요?"

"누구시죠?"

내가 사람을 잘 알아보거든요. 우리 천기원 목사님은 어제 만난 사람도 몰라요. 나하고 천기원 목사님하고 10여 년 동안 교류를 했는데, 오늘 아침에 일어나가지고 나보고 "누구시더라?" 그래요.

"목사님, 저 생선장수 아줌마……."

아, 그 얘기를 듣는 순간 눈물이 핑 돌아요. 지도 울고 나도 울고…….

"그래, 네 엄마의 희망. 역시 넌 네 엄마의 희망이었구나. 네 인생을 포기하지 않았구나."

교회 집사래. "그래, 고맙다. 네 엄마의 눈물이 어디 가겠니? 죽어가면서도 내 희망이라고 말했던 너희들이 잘못될 리가 있니? 걱정하지마라. 잘 될 것이다."

나는 부흥회를 다니면서 참 신기하게도 대단한 사람들을 만나진 못했어요. 내가 만나는 사람들은 대부분 실패한 사람이에요. 춘천에 있는 교회에 가서 집회를 하는데, 장로님 아들이 IMF때 증권회사 지점을 맡았는데 싹 망했어요. 교인들 돈도 엄청 끌어다가 투자를 했는데 싹 망했어. 우리 교회도 제발 증권하지 말랬는데 증권을 해요. 하여간 참……. 오늘 오신 분들은 증권 안하는 분들만 온 거 같은데 모르지. 최요한 권사님 감사해요. 오늘 밀감도 주시고 떡도 주시고……. 웃는 게 이상야릇하게 웃으시네. 교회 돈을 다 끌어서……. 장로 아들이 증권회사에서 잘 나갔으니까 교인들 돈을 끌어 썼는데 교회가 너무 어려움을 당하는 거예요. 그 부인이 나는 더 이상 빚 때문에 못살겠다고 이혼을 하겠다고 하더래요. 그 시아버지 장로님한테 와가지고……. "아버님, 나 더 이상 못살겠습니다. 이혼하겠습니다." 아버지 장로님이 "그래, 내가 생각해 봐도 너 살아봤자 더 힘들기만 하겠다. 이혼해라. 근데 이번 집회 끝나고 해라. 내가 장로 아니냐? 어떻게 집회 앞두고 이혼을 하냐? 이번 집회 끝나고 이혼해라." 도망간 아들도 불렀어요. 근데 하나님은 참 얼마나 기기묘묘하신지……. 세상에~ 쫄딱 망하고 도망갔던 놈을 제가 일으켜 세워가지고 "너 잘 될 것이다." 아멘은커녕 여기 저기 수군수군 거려요. 저놈새끼 돈 떼먹은 놈이 왔냐고……. 근데 영월집회든가? 그놈 나타난 게? 영월집회에 부부가 왔어요. 신기하게……. 신기하게도……. 왜 아멘 안 해? 뒤에 아멘 해. 아멘 안 하면 모자 벗겨. 신기하게도……. (… 아멘) 늦잖아. 남보다도 빨리 은혜를 받아야지. 신기하게도…….(아멘) 불과 2년 만에 다 회복을 한 거야. "목사님, 너무 감사해요." 여러분, 좀 이런 맛이 있어야죠. 그죠? 맨 날 환경에 따라서 그냥 "아이고, 그게 운명이니까 어쩔 수 없죠. 팔자인 걸 어떡해요." 왜 그래요? 그 팔자는 고쳐야 되잖아요. 우린 팔자, 운명으로 살아가는 게 아니라 하나님 은혜로 살아가잖아요. 은혜 받은 사람들은 역전 시키잖아요. 다 모든 것 잘되게 만들어 놓으시잖아요.

내가 이틀 동안 밥을 제대로 못 먹어서 병원에 갔더니 선생님이 그래요.

"왜 식사를 안 하세요? 교인들이 속 썩여요?"

"아니요, 너무 감사해서요. 안 먹어도 배불러요."

여러분, 우리 입에서 늘 항상 할 수 있다고 하는 고백을 해야 돼요. 요엘서에서 이스라엘 백성들이 다 망하고 아무것도 없었지만 그러나 하나님을 향해서 서는 순간부터 이스라엘 백성들 입에서 뭐라 그랬어요?

"하나님의 은혜로 우리가 잘 될 것이다. 하나님의 은혜로 회복될 것이다."

회복되는 역사예요. 그래서 자꾸만 감사의 고백이 나오는 거예요. 늘 똑같은 얘기 입니다. 첫째 뭐예요? 돌아서기만 하면 하나님 치유해 주시고 회복시켜 주시고 감사를 찾게 해주시는 분이예요.

어떤 세 청년이 이층에서 생활하다가 불이 났어요. 하나는 빠져나왔는데 둘이 빠져 나오질 못한 거예요. 그래가지고 '어떡하나, 어떡하나……' 하다가 둘이 창문을 열고 나 좀 살려 달라고 나 좀 살려달라고……. 밑에서 사람들이 뛰어내리라고 해도 못 뛰어내리는 거예요. 그때 아주 건장한 사람 하나가 나타나가지고 뛰어내리라고, 내가 받아줄 테니 뛰어내리라고 소리를 쳐요. 그런데도 못 뛰어내려. 결국 하나는 질식해서 죽었어. 그런데 하나는 마지막에 도저히 안 되겠다 싶으니까 뛰어내리라는 등치 큰사람이 말을 믿고 뛰어내렸어. 살았어요. 여러분, 믿음이라는 게 그런 것이에요. 뛰어내리면 살 줄 알지만 주저하다가 아무것도 못하는 거예요. 믿음은 결단이에요. 결단. 주님이 여러분에게 "은혜를 주신다. 병도 고쳐 주신다. 잘 되게 해 주신다." 그냥 믿고 전적으로 의지하는 거예요.

나는 목회생활 하면서 늘 항상 '이게 하나님의 뜻인가, 아닌가.' 이걸 제일 먼저 살펴요. 그냥 하나님의 뜻이라 그러면 돈에 대한 건 생각도 안 해요. 저분이 하라 그러면 저분이 책임져 주시니까……. 왜 내 돈 가지고 하려고 그래요? 우리는 하나님 돈 가지고 사는 거예요. 꿈이라고 하는 것이 있고, 소망이라고 하는 것이 있어요. 꿈은 하나하나 현실 속에서 이뤄가는 것이고 소망은 그냥 내가 바라는 거예요. 그래서 사실 이 단어의 의미를 엄격하게 생각해 보면 우리 믿음의 사람은 꿈을 가지고 살아가는 거예요. 하나하나 이루면서 살아가는 거예요. 하나하나 이루면서……. 목회도 가정생활도 사업도 마찬가지예요. 장현민 집사, 그렇지? 잘 되지? 저이는 내 얼굴만 보면 잘 된다고 그러는데 어떻게 요즘은 안 보러 오냐? 요즘도 잘 되냐?(아멘) 나 안 봐도 잘 돼?(-_-) 신기해요. 어디 가서나 제가 장집사 간증하지만 처음 개업할 때, 친구 회사에서 책상 하나 얻어놓고 개업하면서…….

세상에, 저 부인 김유혜 집사 나쁜 여자예요. 아니 개업예배에 목사가 갔는데 준비를 안 해 놓고 있다가 빵을 어디서 급하게 사와서는……. 아마 옆에서 오래된 걸 사왔나 봐요. 보니까 시퍼렇게 멍들었다 그러냐? 뭐라 그러냐? 곰팡이……. 저이들은 그 생각만 하면 눈물이 날 거야. 곰팡이 슬은 빵 갖다놓고 예배 보는데 목사가 "왜 곰팡이 슬었어?" 그러면 안 되잖아요. 내가 그때 아무 말 안하고 그 곰팡이를 먹었어. 지금 그래서 이렇게 약한가봐. 내가 그 곰팡이 빵 먹으면서 하나님 앞에 그렇게 기도 했어요.

"하나님, 이것도 사랑이라고 곰팡이 슬은 빵 사다 놨는데, 지금은 친구 회사에 책상 하나 놓고 시작하지만, 하나님 이 사업을 축복해 주옵소서."

우리 장집사 봐요. 저거 땅 따먹기를 얼마나 잘하는지……. 그 친구 회사 빌려가지고 했었는데 지금 친구 회사를 다 먹어 버렸어요. 배가 아프지? 남 잘되는 꼴을 못 봐요. 양심 있냐? 저 병신은 왜 의자에 앉아서 나하고 같이 놀려고 그래? 저것도 젊은 여자가 크게 사업하다가 망하고……. 또 내가 지난번 설교할 때 착각을 해가지고 두 번의 이혼을 했습니다. 그랬더니 자기는 이혼은 안 했대. 남자와 같이 살긴 했어도 이혼은 안 했대. 호적상으로 깨끗하다나?

망한 거 같으나 하나님 붙잡아 주시면 잘 되는 거예요. 어떨 때 보면 "이거 안 될 것 같은데……."하는 이건 내 생각이에요. 그러니까 여러분, 믿음의 사람은 나를 포기할 줄 알아야 돼요. 나를 포기해야 돼요. 내 생각, 내 경험, 내 고집이 나오면 절대로 안 돼요. 나를 포기해야 돼요. 신앙생활에 가장 중요한 거는 나를 포기하는 거예요. 내가 나를 보면 안 돼요. 나를 보면 안 되지만 하나님을 보면 돼. 가장 중요한 거예요. 하나님이 보여 져요? 눈을 깜박깜박하면 거짓말을 잘하는 거거든? 우리 교회 서정자 권사가 눈을 깜박깜박 거짓말을 잘해요. 또 여러분 웃으라고 하는 얘기 가지고 진짜인줄 알고 "서정자 권사님 거짓말 잘 한다며?" 그러면 상처 받아요. 그렇게 하지 말아요. 아이고, 목사님이 설교를 했는데 서정자 권사님 눈 깜박깜박하는 게 매력적이라고 그렇게 얘기를 해줘야지. 그죠? 설교도요 사람이 무슨 이야기를 하던 간에 좋게 얘기를 해줘야지. 어떤 병신들은 없는 얘기까지도 덧붙여서 해요. 여러분, 그렇잖아요. 긍정적인 사고가 뭐예요? 좋게 얘기해야 돼요. 희망을 말하는 사람은 좋게 얘기하는 거예요. 그죠? 내가 저질이냐? 응? 전도사, 내가 저질이냐?(아니요.) 저 전도사가 처음 와가지고 내가 쓰는 언어가 저질이라나? 근데 들으면 들을수록 은혜가 된대. 나 참~ 내 쓰는 언어가 처음 듣는 사람은 과격하게 들릴지 몰라도 이제 두 번만 들으면 은혜가 돼.

1월 1일부터는 우리 신년집회 합니다. 1월 1일 저녁부터 3일까지 할 텐데 새벽과 저녁시간에 집회를 합니다. 우리가 신년도에 기대를 참 많이 갖습니다. 왜냐하면 세상의 모든 사람들이 다 안 된다는데 우리는 된다고 말하면서 그걸 기대하고 그렇게 이루어질 것을 믿어야 되잖아요. 그러니까 희망을 말해야 돼요. 사람들은 자꾸만 안 된다고 그래요. 그 뭐 TV 켜보세요. 신문 봐보세요. 다 안 된다는 얘기잖아요? 전부 안 된다는 이야기예요. 그러니까 안 된다고 하는 것이 모든 사람들 머리에 그게 입력이 되어있어. 전부 안 된다는 거예요. 그런데 우리는 희망을 얘기해야 돼요.

요엘서의 마지막이 뭐냐 하면 이제 하나님을 만난 너희들은 희망을 말하라는 거예요.

여러분, 희망을 이야기합시다. 말 한대로 됩니다. 말 한대로…….. 믿음의 사람은 말 한대로 되는 거예요. 새해에는 잘됩니다. 뭐든지 이루어질 것입니다. 하나님이 급하셨어요. 요엘서에 보니까 그대로 놔두면 포기할 것 같으니까 포기를 시킬 수가 없었어요. 하나님이 급하셨어. "빨리 돌아서라. 시선을 나를 향해 봐. 환경보지 말어. 환경 보면 안 되지만 하나님을 보는 자는 잘 될 것이다."

여러분, 새로운 한 해를 맞이하면서 여러분 입에서 희망을 말하세요. 교회가 잘 됩니다. 여러분 가정이 잘 됩니다. 직장이 잘 됩니다. "아휴~ 뭘 전부 힘든데 어떻게 돼요?" 그렇게 이야기 하지 마세요. 김장렬 권사, 왜 서 있어? 옛날에 해녀였어요. 나 제주도에 있을 때요 뭐 먹고 싶으면 말만하면 돼요. "문어." 그러면 "잠깐만 계세요." 그리고 딱 물에 들어가서 지박질이라 그러냐? 김장렬 권사님? 물질하는 거 뭐라 그러지? 제주도 말이 있어. 문어를 갖다 줘요. 우리 김장렬 권사님, 이필수 권사님 같은 분 없죠. 벌써 30여 년 동안을 나랑 같이 살잖아요. 얼마나 감사해요? 참 감사하죠. 그냥 제주도에 있었으면 잘살 텐데……. 제주도에 있었으면 지금도 물질할 거 아냐? 착착착 해가지고 "우리 목사님은 문어라지? 문어~" 또 먹고 싶은 거 얘기해 전복? 또 빨리 얘기해. 김상덕 집사 뭐라 그랬어? 고등어? 해녀가 무슨 고등어를 잡냐? 참 감사해요.

여러분, 우리 한결같은 믿음가지고, 주님 바라보며 희망을 가지고 기도 하고, 희망을 말합시다. 사람들에게도 희망을 말합시다. 여러분 자녀에게도 희망을 말하세요. 난 우리 어머니 그 말씀 잊을 수가 없어요. 다 나를 버렸을 때 "종순아, 너 나이 40되면 큰일 할 사람이다." 술 취해 쓰러져 있는 아들에게 무슨 희망이 보여요? 그러나 믿음으로 바라 볼 때, 나이 40되면 큰일 할 사람이다. 그 믿음대로 내가 40세에 얼마나 크게 일했어요? 내가 지금 42세 거든?

희망을 이야기 합시다. 잘 될 것입니다. 기도하는 대로 될 것입니다. 열심히 기도하십시다. 열심히 찬송하십시다. 여기 오는 사람마다 기적을 보게끔……. 참 얼마나 감사해요? 여기 오는 사람 한 사람씩이라도 기적을 보고 돌아가잖아요. 우리가 여기 기도하는 동산에서 희망을 바라보듯이 여러분 있는 교회에서 희망을 이야기 할 수 있는 여러분 되기를 간절히 축원합니다. 여러분, 소원을 가지고 있습니까? 소원은 내 뜻이 이루어지길 바라는 것이라고 하면 여러분 믿음의 꿈을 가지십시오. 믿음의 꿈을 하나하나 이루게 해주십니다. 오늘도 우리가 이 집회를 마치면서 희망을 말할 수 있는 여러분이 되기를 바랍니다. 우리 희망을 한 가지씩만 놓고 이 시간 하나님께 기도하십시다. 그래서 우리의 기도를 응답 받을 수 있는 여러분이 되기를 바랍니다.

"고마우신 하나님, 성회를 시작하게 하시고, 요엘서에 나와 있는 이스라엘 백성들의 모습과 같이 이 나라 경제, 정치, 모든 걸 바라 볼 때, 암울하지만 그러나 우리는 환경을 보지 않고 우리 하나님을 바라봅니다. 하나님, 희망을 말합니다. 우리의 희망을 이루어 주시고, 우리의 꿈이 이루어지게 도와주시옵소서. 믿음의 사람답게 할 수 있다는 말을 하게 도와주시고, 감사하며 살아갈 수 있는 한 달 되게 도와주시옵소서. 예수님의 이름으로 감사하며 기도하옵나이다. 아멘."

(2008. 12. 17. 제63차 수련원 집회)

욤키프르
(마태복음 18장 21절~22절)

올해의 마지막 주일입니다. 교회력에 보면 오늘은 욤키프르, 속죄일입니다. 세계 어느 교회이든지 오늘은 "욤키프르"라고 하는 주제를 가지고 설교합니다. "욤키프르"라고 하는 이 단어는 한 해를 살아오며 우리가 지은 죄를 주님 앞에 고백할 때에 용서받지 못할 죄가 아무것도 없다는 겁니다. 초대교회를 연구해보면 이 속죄의 주간에는 서로의 죄를 고백합니다. 마치 하나님 앞에 고백하듯이 "내 죄를 용서해주시겠습니까?" 그러면 상대편에서는 바로 하나님의 모습으로 고개를 세 번 끄덕입니다. 그러면 다 용서 받았다고 일어나서 기뻐하면서 춤을 추고 찬양을 합니다. 우리 한 번 초대교회 예식으로 돌아갑니다. 두 분이 같이 마주보면서 고백하십시다.

"제 죄를 용서해주시겠습니까?"

세 번 끄덕인 사람은 용서를 받지만 한 번은 지옥 갈지 모릅니다. 다시 합니다.

251

"제 죄를 용서해주시겠습니까?" (끄덕, 끄덕, 끄덕)

한 해 동안 제 개인적으로는 참 많이 울고 힘들고 아팠습니다. 생사의 갈림길에서 너무 힘들었습니다. 정말 또 다시 이런 일이 있어서는 안 되겠다고 하는 생각을 갖기도 했습니다. 그러면서도 감사했습니다. 그렇게 많이 울고, 그렇게 힘들었는데, 내 생애 가장 감사를 많이 한 해이기도 합니다. 새벽에 눈을 뜨면 하루를 시작하게 하신 하나님의 은혜가 감사해서, 강단에 서면 하나님이 이렇게 건강을 회복시켜주셔서 말씀을 전할 수 있게 해주신 은혜가 너무 감사해서 울었습니다. 힘들고 어려울 때 사랑하는 성도 여러분의 사랑한다는 그 말 한마디가 얼마나 저에게 큰 힘이 되었는지 모릅니다.

우리는 대체로 사랑한다는 표현을 잘 못합니다. TV에서 보니까 어떤 아들이 너무 어머니의 은혜가 감사해서 평생 한 번 어머니에게 사랑한다는 표현을 해야 되겠다 싶어서 어머니에게 "어머니 사……." 그러는데 어머니가 쳐다보더라구요. 그러니까 딱 멈춰서 말을 못하는 거예요. 이미 "사"는 시작했으니까 "어머니, 사……. 사미자 나이가 몇 살이에요?" 그러다가 며칠을 결심을 하고 다시 어머니에게 고백합니다. "어머니, 사랑해요." 그 어머니가 기뻐해야 될 그 말을 듣는 순간 몽둥이를 들고 "이놈의 새끼야, 또 무슨 잘못을 저질러 놓고……." 우리는 사랑의 표현도 잘 못하고 받아들이기도 잘못합니다.

예전에 장수만세인가요? 오래전 TV 프로에서 나이 많은 부부가 나와서 퀴즈 문제를 푸는데 사회자가 물었습니다.

"할머니, 할아버지 같은 부부를 가리켜서 뭐라고 하죠?"

그랬더니 할머니가 그럽디다.

"웬수."

정답은 천생연분이었는데 다시 사회자가 묻습니다.

"할머니. 네 글자인데 뭐라고 할까요?"

그랬더니 "평생 웬수"

아니 부부지간에 왜 평생 원수입니까? 근데 그 할머니만 아니라 사실은 같이 살아가면서도 그런 가정들을 나는 너무 많이 봅니다. 겉으로는 그럴듯한데 평생 원수처럼 살아가는 부부도 있다는 말입니다.

"욤키프르"라고 하는 오늘 세계적으로 하나님을 믿는 사람들이 공통적으로 고백하는 이 속죄의 날, 용서의 날에 첫째는 하나님이 우리의 잘못을 용서해 주시는 기쁨을 가지라는 겁니다. 죄의식에 사로잡히는 건 세상 사람들의 모습이고 우리는 우리의 죄를 고백할 때마다 그 어떤 죄라도 용서 받지 못할 것이 아무것도 없다고 하는 그런 믿음을 가져야 됩니다. 또 하나님으로부터 그런 용서를 받은 사람, 그런 사랑을 받은 사람은 마땅히 다른 사람을 사랑하고 용서해야 될 그런 귀한 모습을 가지고 살아야 됩니다.

오늘 베드로가 예수님에게 이렇게 고백합니다.

"내게 죄를 범한 사람을 몇 번이나 용서하면 좋겠습니까? 일곱 번까지 할까요?"

베드로는 성격이 급한 사람이지만 그래도 예수님을 만난 다음에 세 번은 참을 줄 아는 사람이 되었습니다. 전에는 한 번도 못 참던 베드로가 그래도 예수님을 만난 다음에 변한 게 뭐고 하면 세 번까지는 참을 줄 아는 사람이 되었어요. 근데 그 당시 율법은 일곱 번까지 참으라는 거예요. 그래서 베드로가 큰마음을 먹고 자기의 넓은 마음을 자랑하려고 그렇게 말하는 겁니다. 사람들이 참 이상하죠? 자기가 이제까지 살아오던 방법보다 조금쯤 한 단계만 높이면 자기 마음이 굉장히 넓어진 것 같이 느껴요. 전에 천기원 목사님이 제가 병원에 있을 때 왔는데 제가 무슨 일로 화를 내었어요. 그랬더니 밖에 나가 커피를 한 잔 뽑아 마시면서 우리 집사님보고 그러더래요. "속 넓은 내가 참아야지. 속 넓은 내가 참아야지." 사실 천기원 목사님 속은 밴댕이 소갈딱지 같은데……

칭찬받으려고 베드로가 그렇게 이야기한 거예요.

"예수님, 내가 일곱 번 참을까요? 율법에서 말하는 그 수준까지 내가 갈까요?"

그 말을 듣고 예수님이 오늘 뭐라고 그랬습니까?

"일곱 번뿐 아니라 일곱 번을 일흔 번까지라도 용서하라."

용서에는 한계가 없다는 거죠. 하나님이 한계 없이 너희들을 사랑하고 용서한 것처럼 너도 그렇게 하라는 겁니다. 내 과거를 생각해보면 나는 너무 많은 죄를 지었지만, 한 번도 죄의식 때문에 내가 사로잡히지 않은 건 이런 하나님의 사랑 때문입니다. 이제 하나님을 믿고 난 다음부터는 떳떳해질 수 있다는 거예요.

요셉이라고 하는 사람의 생애를 보면 참 힘들게 살아온 사람입니다. 요셉은 어떤 사람입니까? 어려서부터 하나님이 주신 위대한 꿈을 가지고 살아간 사람이에요. 요셉은 꿈의 사람이라고 이야기를 합니다. 근데 처음에는 그 꿈처럼 살지를 못했습니다. 형들의 미움을 받고 팔리는 신세가 되었습니다. 종살이를 하고 옥살이를 합니다. 자기에게 주어진 현실은 그렇게 힘들었습니다. 한이 많은 사람입니다. 눈물이 많은 사람입니다. 미움이 많은 사람입니다. 꿈대로 되어 지지를 않았습니다. 근데 요셉이 왜 성서에 나오는 가장 귀한 인물이 되고, 그의 생애에 그런 밑바닥까지 내려갔던 사람이 한 대국의 국무총리가 될 수 있었던 비결이 무엇입니까? 환경은 그렇지 못하고, 현실은 그렇지 못하지만 그는 현실을 보지 않았습니다. 그는 하나님을 바라보았습니다.

"하나님, 현실은 나에게 이런 것을 가져다주지만 그러나 나는 하나님을 바라봅니다."

여러분, 하나님을 바라보는 사람은 희망이 있습니다. 하나님을 보는 사람은 언젠가는 성공하게 되어있습니다. 요셉이 아들 둘을 낳았습니다. 큰아들을 낳고서 이름을 뭐라고 지었는고 하면 "므낫세"라고 지었습니다. "므낫세"라고 하는 이름, 자기 큰아들에게 지어준 이 이름은 요셉의 눈물이 있는 이름입니다. 그는 한이 많습니다. 미움이 많습니다. 자기 힘으로 어떻게 해결할 길이 없습니다. 그래서 큰아들을 낳고 그 이름을 지으면서 기도합니다.

"하나님, 내 한, 내 미움을 내 힘으로는 어떻게 해결할 수 없습니다. '용서해야지.' 그러고 돌아서면 용서가 되지를 않네요. '그래. 사랑해야지.' 다짐을 하고 돌아서지만 그 사람을 보면 사랑하게 되지를 못하네요. 내 힘으로는 도대체 나 스스로를 이겨낼 수 없습니다. 하나님, 당신이 나로 하여금 미운 마음을 없이해주시고, 내 과거의 이 모든 아픔을 청산할 수 있게 나를 도와주옵소서."

이 므낫세라고 하는 이름의 뜻은 자신이 겪은 한과 상처를 하나님이 잊을 수 있게 해주었다는 뜻입니다. 과거를 청산하겠다는 겁니다. 내가 가지고 있는 그 모든 감정들을 용서함으로 다 청산하겠다는 겁니다. 그 청산은 당신이 나에게 그 마음을 주셔야 된다고 하는 그 고백이 바로 므낫세라고 하는 겁니다.

여러분, 이 연말에 우리는 므낫세라고 하는 이름을 우리 가슴에 달아야 됩니다. 한 해 동안 살아오며 우리가 얼마나 한스럽고, 얼마나 어렵고, 얼마나 미움이 많이 생겼습니까? 참 힘들게 살아왔습니다. 그러나 이걸 그대로 가지고 다시 새해를 맞이해서는 안됩니다. 요셉의 결단과 같이 므낫세라 이름 지으며 "하나님, 나의 과거를 청산시켜 주셔서 내 과거를 단절시켜주시옵소서. 이제는 내가 다시는 이런 일을 반복하며 살지 않겠습니다." 하는 그런 믿음의 고백이 있어야 됩니다.

둘째 아들을 낳고서는 에브라임이라고 하는 이름을 지어줬습니다. 에브라임은 미래로 향한 희망의 역사를 이루어 나가겠다는 뜻입니다. 과거의 단절만으로 끝나는 게 아닙니다. "이제는 주님은 바라봄으로 나에게는 그 꿈이 현실 되기를 바랍니다." 하는 미래지향적인 그런 믿음을 가지고 내가 살아가겠다고 하는 겁니다. 오늘 이 마지막 주일에 우리가 고백해야 될 말입니다. 므낫세와 에브라임이라고 하는 이 두 이름을 합치면 과거를 청산하고 이제는 믿음의 마음을 가지고 새롭게 출발하겠다고 하는 고백이 됩니다. 바로 요셉이 두 아들의 이름을 지어주면서 그의 인생을 바꾸어 놓는 그 과정이 오늘 우리가 이 마지막주일에 고백해야 될 것이라고 저는 생각합니다.

얼마 전에 한 자선단체에서 저에게 전화가 왔습니다.

"목사님, 감사합니다. 저희들이 목사님에게 감사하다는 감사패를 전하려고 그럽니다."

"아니, 왜요?"

"목사님은 어떻게 그런 큰돈을 우리 단체에 기부하셨습니까?"

깜짝 놀랐습니다.

"저는 그렇게 기부할 돈도 없고 그렇게 기부한 적도 없는데요?"

"목사님 성함이 김종순 맞죠?"

"네!"

"목사님, 주민등록번호를 좀 대주십시오."

"4612××-×××××××입니다."

제 개인 신상에 관한 일이니까 ××로 처리합니다.

"아이구, 맞네요. 송내중앙교회 목사님 아니십니까?"

"맞습니다."

"아, 목사님이 기부해놓고 모르신다고 그러면 어떡합니까?"

도무지 이해가 되지를 않아요. 기부한 사람은 분명히 송내중앙교회 목사 김종순이에요. 아무리 생각해봐도 모르겠어요. 그래서 우리 교인 중에 누가 내 이름으로 그 돈을 기부했을까? 정창희 집사님? 에이, 집 팔아도 그 돈 안 돼. 이복현 집사님? 차 팔아도 안 돼. 도무지 모르겠어요. 그러다가 고등학교 친구 하나가 생각이 났습니다. 전화를 했더니 아니나 다를까 그 친구가 제 이름으로 사회단체에 그 큰돈을 기부를 했습니다.

제 간증 가운데 나오는 인물이니까 아마 여러분이 잘 아실 거예요. 제가 사업에 실패를 해서 어려움을 당하고 막판에 무슨 정신으로 살았는지 모를 때에 친구들을 찾아다니며 손 벌리고 얻어먹고 살 때가 있었습니다. 고등학교 친구들을 다 찾아다니면서 손 벌리고 얻어 썼습니다. 저는 그때 기억을 많이 잊어버렸어요. 고등학교 친구 가운데도 가장 친한 친구이고 제일 사업에 성공했는데 그 친구는 찾아가지 않았습니다. 왜고 하면 언젠가 찾아갈 친구가 없어지면 마지막으로 그 친구를 찾아가서 큰 거 한탕하려고……. 내 예상대로 나중에 누구 찾아갈 친구가 없을 때에 그 친구를 찾아갔습니다. 그 친구를 찾아가기 전날 밤 잠을 한잠도 못 잤습니다. 내 비참한 모습을 보면 그 친구가 쫓아 나와서 나를 끌어안고 "종순아, 어떻게 네가 이렇게 되었니? 왜 나를 빨리 찾아오지 않았니? 내가 너를 도울 수 있는데……." 그러면서 나를 데려가서 큰돈을 줄 거라고 기대를 했습니다.

그런데 그 친구 회사에 가서 제가 왔다고 연락을 하니까 없다는 거예요. 사장이 안 나왔다는 거예요. 점심시간까지 기다리다가 사람들과 함께 나오는 친구를 보게 되었습니다. 내가 친구를 부르며 다가갔더니 경비를 시켜서 개 끌듯이 나를 끌어서 길바닥에 내팽개쳤어요. 내 평생 인생을 살아오면 가장 한스럽고, 가장 잊을 수 없는 일입니다. 나중에 내가 자다가도 잠에서 깨어 두 주먹을 불끈 쥐고 그때 아픔을 생각한 적이 많이 있었습니다. 참 많이 울었습니다. 내 기억에서 지워버리고 싶은 친구였습니다. 제가 이렇게 교회로 돌아오고 그 친구가 IMF때 제일 먼저 부도가 나서 망했다는 이야기를 들었습니다.

어느 날 새벽기도를 마치고 나가는데, 시커먼 그림자가 나를 뒤에서 덮쳤습니다. 나를 길거리에서 끌어안고 통곡을 하고 웁니다. 돌아봤더니 바로 그 친구였습니다. 내 입에서는 분명히 "너 쌤통이다. 이놈의 새끼, 나한테 그러더니 너 잘 됐다?" 그렇게 말해야 될 텐데 나 아닌 내 속의 그 누군가가 그 친구를 끌어안게 하였습니다. 해장국 집에 둘이 쭈그리고 앉아 같이 해장국을 먹으며 참 많이 울었습니다. 그날 아침 은행에 가서 내 통장에 있는 돈을 다 찾아주었습니다.

"바보 같은 놈, 뺨이라도 때리지. 엉덩이라도 걷어차지. 내가 죽지 못해서 너를 찾아왔는데 어떻게 말 한 마디 없니?"

울고 있는 그 친구에게 그런 이야기를 했습니다.

"나 이거 그냥 공짜로 주는 거 아니야. 너 천 배로 갚어."

여러분, 나 우습게 보지마세요. 나 투자의 달인입니다. 그때 천 배로 갚으라고 그랬는데 몇 년 후에 그 회사가 다시 일어났습니다. 이 장면에서 고개를 끄덕이고 아멘을 해야지. 여러분도 그 친구 때문에 빵을 한번 먹은 적이 있는데도 어쩌면 그렇게……. 다시 합니다. "천 배로 갚어." (아멘) 그 말이 나에게 복으로 돌아올 줄 누가 알았습니까? 일 년에 한 번씩 돈을 싸가지고 와서 주는데 그 돈 받는 재미가……. 야, 나 목사 안 했으면 고리대금업을 할 뻔 했습니다. 한 번은 돈을 가지고와서 하는 소리가 목사가 어떻게 천 배씩 받냐고 깎아달라고 그래서 내가 백 배로 깎아 줬습니다. 또 한 번 돈 가지고 와서 오십 배로 깎아달라고 해서 깎아 줬습니다.

그러다 몇 년 전부터는 제가 돈을 안 받았습니다. 그랬더니 그 친구가 내 이름으로 자선단체에 돈을 기부를 했다는 겁니다. 아, 얼마나 기뻤는지 모릅니다. 정말 하늘을 쳐다보며 참 많이 기쁨의 눈물을 흘렸습니다. 용서 한 번 한 것이 나에게 이렇게 큰 복으로 오는구나. 여러분, 용서하면 복이 됩니다. 용서하면 기뻐집니다. 용서하면 하늘이 파랗게 보입니다. 용서하면 저 하늘에 무지개가 보입니다.

눈 질끈 감고 용서해야 될 텐데 그게 안 되는 거예요. 오늘 요셉이 자기 아들의 이름을 므낫세라고 지으면서 "하나님 내 마음 속에 있는 이 한, 내 마음속에 있는 이 눈물, 내 마음속에 있는 이 미움을 하나님, 다 깨끗이 씻겨버리고 단절시켜주옵소서."

여러분, 오늘 이 마음가지고 이 마지막 주일을 하나님 앞에 고백하십시다.

"하나님이 내 마음속에 용서할 수 있는 마음을 주시면 용서할 수 있습니다."

용서하는 겁니다. 이렇게 용서를 하고, 용서를 받는 그 과정을 통해서 그 다음에 에브라임의 단계에 올라가서 우리는 희망을 말해야 됩니다. 여러분, 믿음의 사람들, 이제 그런 용서를 받은 사람들은 사랑을 말해야 됩니다. 자꾸만 사랑을 말해야 됩니다.

어제도 우리 권사님, 집사님들하고 같이 이야기를 하는데 남편들이 잘한 이야기들을 하면서 칭찬을 하고 그러는데 이재문 권사가 불쑥 이런 소리를 합디다. "남편들이 평상시보다 잘하면 그거 바람피우는 거야." 아무래도 그 집에 경험이 있는 것 같습니다. 아니, 더 잘해주면 그대로 받아들이지 왜 그런 소리를……. 한 번은 TV에 택시운전수가 나와서 그럽디다. 두 남녀가 탔을 때에 아주 다정하게 이야기를 하면, 이건 부부가 아니라 부적절한 관계라는 거예요. 이렇게 등 돌리고 앉아있으면 부부라는 거예요.

왜 그렇게 살아야 됩니까? 왜 잘해주는 게 이상하게 느껴집니까? 윤보현 권사님, 이 설교 들었으니까 오늘부터 이재문 권사에게 잘해주지 마십시오. 오해 받습니다. 그러나 오해 받아도 믿음의 사람답게 사랑을 말해야 됩니다. (아멘)

여러분, 저는 여러분을 너무 사랑합니다. (아멘)

아멘 하는 게 아니라 "저두요." 그래야지. 이렇게 우리가 표현이 약합니다. 다시 합니다.

"저는 성도 여러분 한분 한분을 너무 사랑합니다." (저두요.)

꼭 시켜야 됩니까. 우리 새해에는 사랑을 말합시다. 용서를 받고 용서를 했으니 사랑하는 거예요.

두 번째 이렇게 사랑을 말하며 사는 사람에게는 희망을 가지게 됩니다. 저는 내년 한 해 동안 52주 설교의 전체적인 흐름을 이미 잡았습니다. 내년 제가 52주 동안 여러분에게 설교할 설교의 흐름이 무엇인고하면 바로 희망입니다.

"당신이 내 희망입니다. 하나님, 당신이 내 희망입니다."

내 아내를 바라보며 "여보, 당신은 내 희망이야."

내 자식들을 바라보면서도 "너희들은 내 희망이야." 이렇게 고백하십시다.

나는 여러분 앞에 설교할 때마다, 여러분의 얼굴을 볼 때마다, 여러분을 바라보며 나는 이렇게 고백할 겁니다.

"여러분이 내 희망입니다."

대통령 욕하지 마십시다. 그래도 하나님이 내신 대통령입니다. "대통령, 당신은 내 희망입니다." 우리 이렇게 이야기합시다. 우리가 만나는 사람마다 희망을 말하고, 믿음의 사람답게 그렇게 살아가면 요셉처럼 꿈이 이루어집니다.

희망을 말하는 요셉에게 결국은 그 희망, 꿈이 이루어져서 버림

받고 밑바닥까지 내려가 종살이, 옥살이를 하던 요셉을 들어서 애굽의 국무총리를 만들어 놓으셨듯이 분명히 희망을 말하는 여러분을, 희망을 말하는 이 민족을 하나님은 업그레이드 시키고, 잘되게 하시고, 축복의 민족으로 만들어주십니다. 힘들어하는 우리들에게도 분명히 하나님의 놀라운 축복이 임할 것을 믿습니다. 우리 같이 기도하시겠습니다.

"고맙고 감사하신 하나님, 이 마지막 주일에 욤키프르, 용서함을 받는 기쁨을 주심을 감사합니다. 우리도 다른 사람을 용서하게 도와주시옵소서. 사랑을 말하게 하시고, 희망을 말하게 도와주옵소서. 새로운 한해에는 과거를 단절시키고, 믿음을 가지고 살아가게 도와주옵소서. 예수님의 이름으로 감사하며 기도하옵나이다. 아멘."

(2008. 12. 28. 마지막 주일 설교)